中國新聞史研究輯刊

八 編

主編　方 漢 奇

副主編　王潤澤、程曼麗

第 **2** 冊

守護好我們的精神家園
——白凱文少數民族文化文選（修訂版）（中）

白 潤 生 著

花木蘭文化事業有限公司

國家圖書館出版品預行編目資料

守護好我們的精神家園——白凱文少數民族文化文選（修訂版）（中）／白潤生 著 -- 初版 -- 新北市：花木蘭文化事業有限公司，2024〔民 113〕
目 4+210 面；19×26 公分
（中國新聞史研究輯刊 八編；第 2 冊）
ISBN 978-626-344-794-3（精裝）
1.CST：新聞業 2.CST：中國新聞史 3.CST：少數民族
4.CST：民族文化
890.9208   113009360

ISBN-978-626-344-794-3

9 786263 447943

中國新聞史研究輯刊
八 編 第 二 冊　　　　　　　　ISBN：978-626-344-794-3

守護好我們的精神家園
——白凱文少數民族文化文選（修訂版）（中）

作 　 者	白潤生
主 　 編	方漢奇
副 主 編	王潤澤、程曼麗
總 編 輯	杜潔祥
副總編輯	楊嘉樂
編輯主任	許郁翎
編 　 輯	張雅淋、潘玟靜　美術編輯　陳逸婷
出 　 版	花木蘭文化事業有限公司
發 行 人	高小娟
聯絡地址	235 新北市中和區中安街七二號十三樓
	電話：02-2923-1455／傳真：02-2923-1452
網 　 址	http://www.huamulan.tw 信箱 service@huamulans.com
印 　 刷	普羅文化出版廣告事業
初 　 版	2024 年 9 月
定 　 價	八編 6 冊（精裝）新台幣 16,000 元

守護好我們的精神家園
——白凱文少數民族文化文選（修訂版）（中）

白潤生　著

目次

第六輯

我國早期的少數民族文字報刊

　　我國早期的少數民族文字報刊出現於 20 世紀初葉，《西藏白話報》是我國最早的藏文報紙。《西藏白話報》創辦於清朝末年即 1907 年四五月間。其創辦人是清廷最後一位駐藏大臣聯豫和幫辦大臣張蔭棠。

　　19 世紀末葉，帝國主義武裝入侵西藏。1904 年，英軍侵佔了西藏名城江孜。繼而直取拉薩，西藏人民遭到了空前的浩劫。駐藏大臣有泰是清末腐敗無能官吏的典型代表，不僅不組織西藏同胞進行有效的抵抗，反而魚肉人民，討好英軍，使得清廷在西藏人民中威信掃地。1906 年 4 月，清朝政府派張蔭棠「領副都統」頭銜，「駐藏幫辦大臣」的身份，進藏「查辦藏事」，以挽回西藏的危險局面。

　　張蔭棠作為為中央政府的欽差大臣進藏後，第一件事就是參劾了駐藏大臣有泰等十餘滿漢官吏昏庸誤國、貪污腐化等罪行。西藏人民對於革職查辦有泰等滿漢官員無不拍手稱快。全藏上下民氣大振。

　　1905 年，聯豫被清朝政府派往西藏，接替了原駐藏大臣有泰的職務。聯豫，字建侯，原姓王，內務府正白旗；他與張蔭棠都曾出使過歐美，通曉洋務，並具有一定的愛國主義思想。駐藏期間，他們的主要功績是收回了中央在西藏的主權，先後「請撥餉銀，編練新軍，改官制，鑄銀元，舉辦漢文藏文傳習所、印書局、初級小學、武備學堂、白話報館等」，大膽改革，實行新政，但是，清末的西藏「錮蔽已深，欲事開通，難求速效」。他們認為「與其開導以唇舌，實難家喻而戶曉，不如啟發以俗話，自可默化於無形」。於是他們便以「愛國尚武開通民智」為宗旨，參照四川旬報及各省官報的辦法，創辦了我國最早的

藏文報刊《西藏白話報》。這也是西藏地區第一家近代報刊。

《西藏白話報》十天一期（旬刊），每期發行三四百份。當時，由於「漢人之能解藏文者」甚少；「藏人之能識漢字者」也很少，所以該報以漢、藏兩種文字印刷出版，深受廣大藏族同胞歡迎，據說還有很多讀者「自來購閱」。

該報第一期是駐藏幫辦大臣張蔭棠由內地帶去的一部石印機印刷出版的。為了長期印刷出版這張報紙，聯豫等人派專人到嘎里嘎達（即今加爾各答）購買機器，以便把它辦得更好。

從現存於西藏自治區文管會裏的一本宣統二年（1910年）8月印刷的《西藏白話報》，可以知道：

這份報紙用進口白色優質機製紙裝訂而成，長方形，長 34.5 釐米、寬 21.5 釐米，共七頁。首頁為封面，正中劃一長方形框，框內用紅藍雙色套印。上部自左至右印有藍色的漢藏兩種文字──「西藏白話報」。下部正中印有紅色團龍一條，四角飾雲紋，方框右邊為墨書漢文「宣統二年八月下旬第二十期」13個字。最後一頁是漢藏兩文的說明，藍色，字跡已有些模糊，尚依稀可辨。說明是：「本報系每十日出版一本，每本收藏圓一枚，每月三本，每年三十本，全年投資合藏口三十圓，此口日零買之價也。若定閱一年及半年者，每本減二分……」

中間五頁為正文，似用鋼版刻寫，黑墨油印，全部為藏文行書。其內容有西藏新聞、內地新聞、國外新聞以及科技報導等15篇。主要內容是：

（1）開辦警察學校。

（2）黑龍江、江西兩省局部地區發生水災和蟲災。清政府撥出二萬兩白銀賑濟災民。

（3）四川有一位熱心教育事業的老師，生前個人出資一千多兩銀子，創辦了女子師範學堂和兩所小學。為表彰其辦學功績，四川總督請求政府在其家鄉建立牌坊。

（4）廣東鐵路局任命龍建京為審查委員，審查修建粵漢鐵路的經費預算。

（5）有關當局貼出告示：北京將開辦一所公安學校，中學生即可報名。

此外，還介紹了開墾荒地、開闢商埠和中國手工業品參加南洋博覽會以及怎樣飼養牲畜、如何發展農業生產等消息和科學常識。

繼《西藏白話報》之後，在我國新疆地區出現了辛亥革命時期唯一的少數民族文字的革命報紙──《伊犁白話報》。

《伊犁白話報》由馮特民主編，主要撰稿人還有馮大樹、李輔黃、郝可權等。他們都是在 1910 年前後隨同新軍協統楊績緒從湖北調到新疆的湖北籍的同盟會會員。

馮特民，湖北江夏人，名一，筆名鮮民，畢業於湖北自強學堂，系科學補習所所員和日知會會員。1905 年馮在武漢創辦《楚報》，「縱論鄂省政治，不避嫌疑」。因坪擊張之洞，曾遭查禁，受到拘留處分。此後，他加入了同盟會，隨楊到新疆後，成為當地同盟會的主要負責人之一。

伊犁是少數民族薈萃的地方。《伊犁白話報》用漢、維、蒙三種文字出版，這張報紙除宣傳同盟會的綱領外，還向少數民族同胞宣傳民族民主革命，號召他們與全國人民一道反對清朝封建獨裁統治。由於這張報紙的宣傳，新疆地區的同盟會會員日益增多，許多少數民族同胞積極投身於革命。

這一時期在新疆斜米出版過《自由論壇》和由華僑在塔什干創辦的維吾爾文版的《解放報》。當時新疆的最高統治者楊增新都曾看過這些報刊。

在西藏和新疆地區首先出現少數民族文字報刊是有其歷史原因的。第一，藏族和維吾爾族都是歷史悠久、文化燦爛的民族。除神話傳說之外，藏族有文字記載的歷史從 6 世紀算起，已有 1400 多年之久。據史書記載，藏文創制於公元 7 世紀即是在松贊干布做贊普的年代裏。藏文創制後，就有了本民族文字的著作和評述，對於古代藏族的新聞和新聞傳播的發展有重要意義。尤其是在松贊干布和文成公主聯姻之後，不僅促進了西藏與中原之間的政治、經濟、文化以及生產技術和曆算、醫藥等科學知識的交流和相互發展，而且進一步發展了古代藏族的新聞和新聞傳播。維吾爾族的先民回鶻人在公元 8 世紀就創制了拼音文字──回鶻文。維吾爾族的書面文學從 11 世紀以來就有流傳至今的巨著，如玉素甫·哈斯哈吉甫的敘事長詩《福樂智慧》、穆罕默德·喀什噶爾的《突厥語詞典》等。

古稱西域的新疆地區，是我國歷史上最早開發的地區之一。張騫兩次出使西域，進一步溝通了我國到中亞一帶的「絲綢之路」。漢族悠久的文化，從漢代以來就在西域廣泛傳播。許多書籍、醫方早在唐代以前就傳入新疆。白居易剛寫成不久的《賣炭翁》等詩，非常迅速地在西域流傳，說明當時新疆地區與中原信息交流傳播早已十分發達。

第二，在中國新聞史上，清朝末年興起了第二次辦報高潮，這次高潮一直持續到辛亥革命爆發。第二次辦報高潮出現的標誌是各種政治派別的報刊數

量猛增，以康梁為首的資產階級改良派報刊，1899 年僅有六七種，到 1906 年已達到十幾種；以孫中山為首的資產階級革命派出版的報刊更多。從 1900 年創辦的兩三種，到 1911 年已發展到 120 種，其中期刊 50 餘種，日報 60 餘種。另外，隨著國內資本主義的發展，交通的便利，電報的出現以及民族危機的加重，各種政見的論爭和發表，不僅刺激了報刊的發展而且加深了資產階級改良派（後來發展為保皇派）和革命派對報刊輿論作用的認識，並形成了各具特色的資產階級輿論觀。

第三，「愛國尚武開通民智」的辦報思想影響甚大。康有為在他的《上清帝第四書》中就提出了「設報達聰」的主張，《中外新報》的創辦就反映了康梁「開民智先開官智」的理想。被毛澤東同志稱之為維新變法時期「向西方國家尋找真理」的「先進的中國人」嚴復，其辦報思想的核心也是「開民智」。「民智者，富強之原」。怎麼「開民智」呢？就是辦報，並且要針對不同讀者對象辦不同的報紙。他所創辦的《國聞報》和《國聞彙編》（旬刊）就實踐了這些主張。魯迅先生也說過：「將文字交給大眾的事實，從清朝末年已經有了的。」又說「士大夫也辦過一些白話報」。我國最早的白話報可追溯到 19 世紀 70 年代，《民報》被稱為「白話報之祖」。19 世紀末 20 世紀初，我國白話報刊有了很大發展，據中國新聞史學家方漢奇教授統計，這一時期國內陸續出版的各種不同政治傾向的白話報刊不下 50 種，在日本還出版了兩種，在這些白話報中，也有一些是資產階級改良派在戊戌維新時期辦的，其目的依然是為了「開通民智」，宣傳「新政」、「新學」。聯豫、張蔭棠在西藏創辦漢藏兩種文本的《西藏白話報》以及辛亥革命時期漢、維、蒙、滿四種文本的《伊犂白話報》等等都是受到以上思想影響的。他們的辦報活動，開中國少數民族文字報刊之先河，具有重大的歷史意義。

（原載《中國記者》1989 年第 3 期總第 27 期）

發展中的中國民族新聞事業

一

　　我國少數民族報業興起於 20 世紀初葉，內蒙古地區的《嬰報》（蒙、漢合璧）、西藏地區的《西藏白話報》（漢、藏文版）、東北地區的《月報》（朝鮮文版）、新疆地區的《伊犁白話報》（漢、維、蒙、滿四種文字版）等少數民族文字報紙相繼問世。但是不久民族新聞事業便出現了斷層。最典型的便是我國藏文報業，從第一張藏文報紙《西藏白話報》銷聲匿跡之後，在我國遼闊的藏族聚集區約近半個世紀再沒有興辦藏文報紙。

　　少數民族報業越過低谷，再度發展，是在中國共產黨成立之後。1922 年中國共產黨提出實行民族區域自治政策之後，民族報刊和黨的民族文字報刊才逐漸發展起來。此時，最為有名的少數民族文字刊物就是 1925 年 5 月 20 日在北京創刊的《蒙古農民》。該刊由 1923 年冬在北京蒙藏學校成立的中國共產黨蒙古族第一個黨支部主辦。它是我國少數民族鬥爭史上第一個馬列主義刊物。

　　毛澤東新聞思想的核心是黨報思想。曾任蒙綏政府主席的烏蘭夫受黨中央的派遣，1945 年 10 月專程來到內蒙古開展和領導自治運動。他到蘇尼特右旗宣傳黨的民族政策，喚起蒙漢各族群眾的覺悟，並於 1945 年 10 月 25 日至27 日在張家口召開了有 79 人參加的內蒙古各盟旗代表大會。這次大會成立了內蒙古自治運動聯合會。為了宣傳貫徹聯合會的綱領、路線，急需籌辦機關報，傳播信息，以使黨的民族團結、區域自治政策深入人心，烏蘭夫指示綏蒙區黨委，調剛被分配在綏蒙工作的勇夫到張家口組建報社，出版內蒙古地區黨委領

導下的統一戰線性質的機關報。這就是創建於 1946 年 3 月 17 日的《內蒙古週報》。它是內蒙古地區第一張黨的報刊，書冊狀，16 開本，每期 20 餘頁，週刊，每一頁上半頁是蒙古文，下半頁是漢文。蒙漢兩種文字並排對照印刷出版，有的稿件是由漢文譯成蒙古文，蒙古文篇幅較之漢文要大些。

社址設在張家口市為落實中共中央和毛澤東的指示精神，辦好黨報和黨的報刊，內蒙古地區黨委在烏蘭夫的領導下，就辦好少數民族文字報紙《群眾報》、《內蒙古週報》、《內蒙古日報》幾張不同時期的報紙，專門做出決定。

黨的報刊是黨領導下的統一戰線性質的報紙，不同於黨委機關報即黨報。當時，在內蒙古地區不可能一開始就創辦少數民族文字的黨報，條件尚不成熟，內蒙古地區第一張省級黨報是創刊於 1947 年的《內蒙古自治報》（蒙古文）。該報面向蒙古族廣大幹部和有一定閱讀能力的蒙漢族同胞。以初級幹部和非文盲農牧民為主要對象，注重政治常識和科學常識的傳播，向讀者進行啟蒙宣傳。該報原是內蒙古自治運動聯合會東蒙分會的機關報。自同年 9 月 1 日起正式成為中共內蒙古黨委機關報。《內蒙古共產黨工作委員會關於內蒙古自治報的決定》標誌著該報已完成其歷史性的轉變，成為內蒙古第一張省級黨報。如果從共產黨能在一個省（自治區）成為執政黨這個意義上講，它就是最早的少數民族文字報刊的省級黨委機關報。

其他民族地區，少數民族文字報紙同樣經歷了由黨的報紙到黨報的漸變過程《西藏日報》創辦初期也是黨的報紙。當時，黨在西藏的主要任務，是繼續執行關於和平解放西藏辦法的協議，鞏固和擴大反帝愛國統一戰線，增強民族團結，發展西藏建設。遵照黨中央的指示，編委會也吸收了若干上層人士參加，從而使報社的編委會成了一種特殊的組織形式。具體說來，報社的領導班子由四個方面人員組成：1.中央派來的人員；2.西藏地方政府方面的，有噶雪·頓珠才仁等人、班神堪布廳方面，有德夏·頓珠多吉等人；3.昌都方面的，有勒村普拉；4.還有學者，如擦珠·阿旺哈桑、紅舍·索南傑布等人。這個統一戰線形式的編委會持續了一個相當長的時期。

二

當前，我國少數民族報業，已形成了以黨報為核心的多層次、多地區、多種類、多種文字的民族報刊體系。這個體系的形成標誌著我國少數民族新聞事業已進入了繁榮發展的新時期。

我國現有的 80 多家少數民族文字報紙中，自治區（省）、地州盟市和縣旗三級黨委機關報就有 50 家，其中自治區（省）一級 9 家，地州盟市一級近 35 家，縣旗一級有 6 家報紙。作為體系，不僅有個核心，而且圍繞這個核心形成一個輻射狀的報紙網絡。從少數民族文字報紙整體看，有省（區）級報紙、地州盟市一級的報紙，也有縣旗一級的黨報。從文種和地區上看，內蒙古地區的蒙古文報紙、新疆地區的維吾爾文報紙、西藏地區的藏文報紙，更是比較早地形成了以省區級黨報為核心的，包括各級黨報的專業報、科技報、青少年報等等報紙在內的輻射狀的報紙網絡。這個以黨報為核心的報紙體系，有一個統一的辦報思想。這就是貫徹無產階級的新聞思想、堅持黨的辦報方針，做黨和人民的耳目、喉舌，把宣傳黨的民族平等團結政策，宗教信仰自由政策，民族區域自治政策作為首要任務。

實踐證明，發展民族新聞事業首先要辦好少數民族文字的報紙。毛澤東同志認為，發展民族的新聞事業，首先應當辦好少數民族語言文字的傳播媒介。《西藏日報》創刊前，毛澤東曾就辦一張什麼樣的報紙，於 1955 年 10 月 25 日指示中共西藏工委：在少數民族地區辦報，首先應辦少數民族文字報紙。

為了辦好少數民族文字報刊，培養和造就一批少數民族新聞工作者的任務，也就歷史地落在中國共產黨人的身上。這也是毛澤東新聞思想的一個重要內容。在中國少數民族文字報刊興起時期，多是政治家辦報，政府官員辦報，真正的報人太少了。到了三四十年代，民族文字報刊進入了發展時期。黨的領導機關和報社領導開始自覺地培養少數民族新聞工作者，有意識地吸收和培養少數民族參加民族報刊的辦報活動，為他們創造和提供辦好民族報刊的學習機會，讓他們邊幹邊工作邊提高，在工作實踐中磨煉自己，提高業務水平，形成了一支少數民族新聞工作隊伍。少數民族報人隊伍的形成又促進了民族新聞事業的發展、繁榮。這支隊伍不僅使民族報刊得以發展，而且向民族地區後來發展起來的廣播電視事業輸送了骨幹力量。也就是說，他們不僅為我國少數民族報業的發展貢獻了自己的才乾和青春，而且也為我國現代化的新聞事業的發展建立了功勳。這支隊伍在少數民族新聞事業的發展過程中逐步成長壯大。在老一輩的少數民族新聞工作者中，如薩空了、穆青、蕭乾等，為國內外所知名。

新中國成立後，民族地區的各級各類報社在上級黨委的領導下，都採取了許多有效措施培養和造就少數民族新聞工作者。比如報社內部有計劃地加強

業務學習，定期評報，提高新聞理論、新聞寫作水平，有計劃地通過函大、電大、職大方式培訓年輕的編採人員；選派保送業務骨幹脫產進修；在報社內部實行以老帶新，以師傅帶徒弟，搞好傳幫帶，有計劃地培養新聞工作的接班人，到外地參觀考察，實行易地採編，取長補短，提高辦報水平。通過職稱評定、考核新聞業務知識等等措施，提高在職人員的新聞業務素質和政治素質。再者就是從社會上補充新生力量，包括吸收大專院校畢業生和從報紙骨幹通訊員中培養和選拔新聞人才。由於採取了多層次、多渠道、多種形式培養和造就新聞人才，目前我國已擁有一批有影響的優秀少數民族新聞工作者。依靠這支隊伍，我國少數民族新聞事業才有一個新的質的飛躍，據統計，我國目前少數民族地區，省（區）、地（州）、縣三級黨委機關報工作人員近 6000 人，其中編輯人員 4800 人左右。內蒙古、寧夏、新疆、廣西、雲南、青海、西藏等七個省（區）的廣播電視系統的採編人員有 6100 多人，約占全國廣播電視系統的採編人員的七分之一。全國少數民族新聞工作者的總數一定大大超過以上這兩個數字之和。他們已成立了全國民族新聞工作者協會和中國少數民族新聞研究會，創辦了學術刊物《民族新聞》。

發展民族新聞事業是落實民族區域自治政策和民族政策的一個重要方面。我國是在中國共產黨領導下由 56 個民族組成的社會主義國家。民族團結、民族平等和各民族的共同繁榮，是一個關係到國家命運的重大問題。早在建黨初期，黨的綱領裏，黨的決議和黨的領袖的講話中提出了在我國少數民族聚居區實行民族區域自治政策和各民族一律平等的政策。根據中華人民共和國憲法的規定，少數民族在日常生活、生產勞動、通訊聯繫以及社會交往中，使用自己的語言文字都應受到尊重。在我國 55 個少數民族中，有 53 個民族有自己的語言（回、滿兩個民族通用漢語文），21 個少數民族原來有自己的文字。據最近資料表明，全國各民族地區採用 17 種民族文字出版了 77 種報紙，發行量達 14835 萬份，用 11 種民族文字出版了 153 種雜誌，發行量達 1280 多萬冊。誠如國家民委副主任伍精華在全國民族語文工作會議上所說：「少數民族使用和發展本民族語言文字的自由得到了尊重和保障。」新時期我國少數民族報業的發展，與解放初期和解放前只有屈指可數的幾種相比較，無疑是令人鼓舞的，少數民族新聞事業迎來了繁花似錦的春天！

（原載《中國記者》1993 年第 6 期總第 78 期）

辛亥革命與新疆少數民族報刊

　　1911年辛亥革命爆發，新成立的鄂州軍政府於11月9日頒布了《中華民國鄂州約法》，其中明文規定：「人民自由言論著作刊行並集會結社」，只有在「有認為增進公益，維持治安之必要，或非常緊急必要時得以法律限制之。」〔註1〕這是我國保護言論出版自由的第一個法令。

　　我國西北的少數民族聚居地新疆，儘管由於歷史、地理等原因，新聞傳播事業發展緩慢，但從辛亥革命的醞釀期開始就不可避免地受到革命精神的影響，以宣傳「三民主義」、反帝反封為突出特點的少數民族革命報刊也有效促動了邊疆少數民族群眾的革命鬥志，為辛亥革命席卷全國、推翻腐朽的封建統治做出了不可小覷的貢獻。

《伊犁白話報》的輿論準備

　　創刊於1910年（清宣統二年）3月25日的《伊犁白話報》是新疆地區第一份近代化報紙。由資產階級革命派為宣傳反帝反封的資產階級民主革命而創辦。到1911年12月18日停刊〔註2〕，共歷時一年零八個月，有力地推動了革命形勢的發展，為辛亥革命在新疆的勝利做了必要的輿論準備。

　　十九世紀初的中國正處於內憂外患之中，隨著內地反帝反封鬥爭形勢的不斷高漲，以孫中山為代表的資產階級革命派將目光投向西北，楊續纘緒、馮特民、馮大樹等同盟會成員紛紛從內地來到新疆，成為新疆革命活動的先驅。

〔註1〕引自陳旭慧編：《宋教仁集》上冊，中華書局1981年3月第1版，第30頁；轉引自黃湖著：《中國新聞事業發展史》，復旦大學出版社2001年版，第93頁。

〔註2〕《伊犁白話報》各文種版本停刊具體時間說法不一。參見《中國少數民族新聞傳播通史》（上），中央民族大學出版社2008年版，第109頁。

革命黨人到達伊犁後，積極開展革命活動，聯絡社會各階層人民。同時沿用內地革命鬥爭的宣傳形式，創辦《伊犁白話報》，作為同盟會在伊犁的公開宣傳機關。〔註3〕《伊犁白話報》的創辦成為新疆少數民族新聞事業的開端，同時也是這一時期我國唯一的少數民族文字報紙。

《伊犁白話報》的主辦人馮特民（？～1912），湖北江夏人，名一，原名超，字遠村，筆名鮮民，畢業於湖北自強學堂，後遊學海外。他工書能文、思想活躍、筆鋒犀利，曾任《申報》訪員，主辦過《楚報》，在內地有一定的辦報經驗。加入同盟會之前曾是科學補習所和清末湖北革命團體日知會的成員。他撰文抨擊時政，受到朝廷追查，為避難而混入新軍來到伊犁，繼續開展革命活動。所幸，當時的伊犁將軍長庚〔註4〕比較開明，他是推行「新政」的中堅分子，在練兵、興學、辦實業的同時，也支持馮特民等人利用惠遠印刷廠的設備開辦《伊犁白話報》。但另一方面，由於新疆地處偏遠的西北，革命力量比較單薄，革命派在開展革命宣傳時仍不能採取內地其他革命報刊那種比較尖銳的鬥爭方式，只能代以相對溫和的辦報策略，循序漸進的宣傳民族革命精神。

為適應多民族地區的實際情況，《伊犁白話報》採用漢、滿、蒙、維4種文字出版發行。漢文版是四開小報，設有「宮門鈔」、「上逾」、「來函摘登」、「轉載專件」、「本省新聞」、「演說」、「愛國話歷史」、「譯報」、「雜俎」、「閒評」、「告白」、「愛國運動史」等欄目，報導新疆各族人民反對帝國主義侵略、維護國家統一的各種消息。

《伊犁白話報》創辦時正值辛亥革命時期，全國處於第二次辦報高潮，報刊得到前所未有的發展，報刊業務也有很大的進步，報紙的革命色彩越來越濃，言論日益加強，語言興起「新民體」——半文半白、淺顯易懂。儘管《伊犁白話報》的發展與內地的大報相比，各方面仍有差距，但也具備了如上所述的革命色彩和特點。

首先，在言論方面，《伊犁白話報》設有「演說」、「閒評」、「告白」、「愛國話歷史」等幾種評論形式，「演說」相當於社論，針對社會時政進行評論，「閒評」相當於雜談，「告白」相當於時事短評，辦報人通過不同的內容以不同的形式充分反映報紙的指導思想、政治態度，旗幟鮮明，以言論指導鬥爭，

〔註3〕苗普生、田衛疆主編：《新疆史綱》，新疆人民出版社2004年版，第393～394頁。
〔註4〕長庚喜談《大公報》，《伊犁白話報》創辦時，他通過英斂之從《大公報》請來兩位排版、印刷師傅，幫助該報的編採出版事宜。

筆鋒犀利，具有強烈的革命色彩。例如「愛國運動史」、「愛國話歷史」專欄，採編全國各族人民的愛國活動材料和有關抗禦外侮、振興中華的宣傳鼓動文章，大聲疾呼籌還國債，收回主權，喊出了伊犁「要爭各省之先步」的雄壯口號。並向各族人民陳述：「我們祖國有萬里河山，四萬萬同胞，不能與世界各國比肩稱雄，是做國民的恥辱。」要各族人民「在侵略者面前萬眾一心，合力禦敵」。還提出要興辦學堂，學習新技術，傳授新知識，使國家振興起來。再如1910年4月14日第21期的《伊犁白話報》上，許湛恩撰寫的一篇題為「勤學息言」的「演說」說道：「……伊犁是新疆的一個椅角兒，緊接著強大的俄國為鄰……國家的時勢到了什麼地步！若是一味的囿聞無見，混亂的得過且過，得樂且樂，到了那時再說那時，那可就糟糕啦。怎麼呢？若是人人都像這個思想，都像這個樣兒，不用人家亡我們這土地，自己就沉沒了……」像這樣懇切規勸國人振作，齊心協力禦敵保國的文章，在《伊犁白話報》上頻繁出現，足見其宣揚革命愛國主義思想的宗旨。

其次，報紙上還有一些如「須彌山新語」、「維摩室叢鈔」的欄目，分別以隨筆、小評論、雜談等形式，向讀者介紹知識性內容，激發人們進行社會變革，坪擊地方官吏依勢欺壓平民百姓的行為和一些社會不良現象。

第三，《伊犁白話報》兼有本省新聞和國內其他地區及國外新聞，為新疆各民族受眾提供全面翔實的報導，令人更切實地感受到革命風潮的勢不可擋，推翻舊制、振興自強的迫在眉睫。

加之，內容新穎、語言通俗易懂，形式活潑，深受當地民族同胞的喜愛。當時的新疆民族受眾評論《伊犁白話報》說：「貴報關於國計民瘼，公益公害之事，語言痛切。實足以振聵起聾，開通民智」〔註5〕。在《伊犁白話報》的宣傳鼓動下，伊犁新軍中不少人加入了同盟會，少數民族中的先進分子，也積極支持革命。《伊犁白話報》成為推動新疆伊犁辛亥革命的先導。

革命形勢的不斷發展，迫使清政府任命頑固派志銳到任伊犁，成為末任伊犁將軍，1911年11月，志銳勒令停辦《伊犁白話報》。

《新報》的革命宣傳

創辦於1912年2月22日的《新報》，起初是新伊大都督府機關報，它不接受私人捐款，自稱是《伊犁白話報》的繼續，仍在惠遠城北大街原廠址印刷。馮

〔註5〕《來函照登》，《伊犁白話報》第二十一號。

惕廣任經理，鄭醉弇為編輯，徐佩臣負責印刷，其他編輯採訪人員則多是兼職。

《新報》使用的紙張大小和質地與《伊犁白話報》相同；該報用漢、維吾爾兩種文字出版，為日報；在編輯排版上較《伊犁白話報》有較大的改進，全報共分為兩大版。報頭的兩邊有民國年、月、日（月、日為公曆）和農曆、俄曆、星期日、清真禮拜日，報紙最上邊也有民國和農曆年、月、日，中間是「新報」二字。兩版間縫為 7 釐米，均用於刊登廣告和啟事，報紙的兩邊緣有時也加登啟事和告示。

當時伊犁將軍府尚未倒臺，所以《新報》也只能借「開通民智，融化域」即宣傳資產階級文明，消除民族隔閡的旗號，繼續宣傳革命。資產階級革命成功，《新報》即成為伊犁革命政府的機關報。

《新報》的辦報方針，體現在該報 1912 年 2 月 24 日、2 月 25 日、3 月 4 日的《廣徵文言》裏：「本報宗旨以開通民智，融化畛域，消除專制舊習，進策共和新獻為主。」它以大量篇幅刊登新政權的主張，發表國內外的最新消息，大造革命輿論；它聯絡上下聲氣，是群眾監督政府的工具，是時代的吶喊者，是歷史的忠實記錄者。

從 1912 年 2 月份和 3 月份的《新報》中也能發現，該報不惜版面著重宣傳資產階級革命，歌頌辛亥革命的領袖人物孫中山、黃興以及伊犁的革命黨人。《新報》闢有「本省要聞」欄目，及時報導伊犁臨時政府的有關消息，揭露和批判封建專制主義的罪行。在 3 月 11 日《說政體解決之原因及現時之希望》一文中寫道：「我們孫黎黃（指孫中山、黎元洪、黃興）諸君心地仁慈，顧全大義，歷數十年的辛苦，屢幹屢敗，屢敗屢幹，總不忍四萬萬同胞永墜地獄，想把我中華建共和國，立在世界上。特以國會不開，忠言不聽，迫不及待，只得以戎衣相見。內地各省同胞見孫黎黃等救民水火，同時也有宣布獨立的，也有派兵會剿的，無論哪一省，都聽中央臨時政府的命令。」

《新報》的版面編排重點突出，特色鮮明。該報的第一版內容，多以「公電」為首要消息主要是伊犁政府機關、群眾團體和各方面的來往電函，已宣布共和的各省和地區的重要函電，南京臨時政府有關政事活動的電訊。其次為「社論」，有時也以「評論」代之。三是「共和政體成立史」，記載各省和地區革命勝利、宣布共和的情況，新的機構設置與負責官員的任免，革除清朝的弊政，制定新的法制與軍紀的文件，政府及各界要人的政見談話等，後改為「中央新聞」。例如 3 月 11 日報導武昌、宜昌多地及伊犁的光復時間及各地領導人

活動，報導各省政府成立後的活動情況，為新疆革命黨人提供了革命經驗。四是「譯點」，多是揭露英、美、俄、德、日等帝國主義國家，干涉破壞中國革命，乘機擴大對華侵略的罪惡行徑。後改為「國外譯要」。

《新報》第二版主要報導新疆的地方新聞。一是「本省要聞」欄，占的篇幅較大，後改為「本省紀聞」。在新、伊戰爭期間主要反映民軍與省軍之間的戰況，也間載政事活動、農牧業生產和工商業的情況。在報導伊犁軍民與迪化清軍打仗的消息時使用了大量篇幅。戰況報導也十分詳細。如2月25日的報導：「敵人步炮不支，即潰敗下去」，「死亡三四百人，又被民軍擊死三四百人，共計七八百人，敵人連夜敗歸西湖（烏蘇）。」另外，對沙俄的外交活動也登在這一欄內。隨後又以新疆各縣城鎮區分登載各地的重要事件。二是「譯報」，摘登國內各大報的重大新聞。三是「文告」，多是全文刊登伊大都督府的命令和文件，後改名「專件」。四是「雜記」，宣傳伊犁革命過程中犧牲人員的傳記或相關事蹟，也選載革命要人如孫中山、黎元洪等人的傳記。五是文字短小精悍的「時評」，闡述新問題，坪擊社會上不良風氣，如對袁大化等人向伊犁投遞匿名信等事件，加上按語全文披露，諷刺封建頑固官僚反對共和等。六為「詼諧文」，是幽默嘲諷性的文字。如標題為《新論語》的短文：「其曰，如有志銳之才美，使驕且吝，其餘不足觀也已。」以舊詩文形式譏諷封建舊習氣的，如《新孟子》等；以日記體裁痛斥沙俄侵略罪行的，如連載張立人的《援阿隨徵記》等，報尾有時也會介紹點國內文學作品。

《新報》的編輯指導思想明確，立場鮮明，認為報紙「為輿論之代表，為政府之監督，是報紙之天職也」，「不因勢力為轉移，不挾黨私而立論。」報紙為世界上一利器，「可以輸出新智識，新思想，新道德，以貢獻於社會」，為「世界最新之歷史」，確有點資產階級新聞自由的味道。《新報》關於新、伊戰事的報導和袁大化諱敗為勝不同，與忠於清廷的封建文人也有區別，它對民軍打勝仗報導詳細，說固爾圖被圍潰敗，「傷亡甚多」；揭露精河、沙泉子之勝，「亡亦不少」。

《新報》在行文上也比較潑辣，有針對性。伊犁起義勝利後，該報多次敦勸新疆巡撫袁大化宣布共和，揭露袁大化「貪此末世之功名，甘作亡國之奴隸」，「自是與中興曾左諸公，齊驅並駕」，而不顧人民「哀號無狀，怨慕先中」，在省城迪化（今烏魯木齊市）捕殺同情革命人士，挑起新、伊戰爭，作春蠶自縛，「旅新之傑士能有如此者，居省之漢奸能無愧死。」袁世凱竊權後倒行逆施，《新報》則逐條批駁其謬誤。楊增新上臺後多行不義，《新報》也撰文譏刺。

另外，《新報》還代表伊犁執政者，徵求人民的批評建議，就此擬訂《約章十條》。原《伊犁白話報》主辦人馮特民也以伊犁外交總長署名，連日登報徵求意見。照錄其全文於後：「敬啟者：鄙人謬荷各界公推，泰列外交總長之任。才淺任重，顛覆是懼。況時值改革，事皆草創。諸多缺點，自不能免。尚望各界宏達君子，時賜教言，匡我不逮。或遠惠遙函，以當面規。人無論識與不識，言無論對與不對，即使誹謗鄙人，亦無不傾誠拜納。以期隨時改良，用付同胞重論。想諸君子關懷時局進行念切，必不以小子不才，而有所吝教也。賜函請寄寧遠外交司，或惠遠敝寓所為禱。待此布聞，無任翹企。外交總長馮特民拜啟。」

《新報》憑藉其強烈的鼓動性，在宣傳資產階級政治、文化、經濟方面起了很大作用，為新疆的民主主義革命建立了功勳。其激烈的言論，也使反動統治者如坐針氈，驚恐不安，甚「畏報館之言」。

1912 年新疆省長兼督軍楊增新為了鞏固自己的統治地位，在新聞傳播領域實行獨裁措施，9 月強令與自己政治立場不一致的革命報紙——《新報》停辦。

小結

辛亥革命時期興起的第二次辦報高潮，大量報刊致力於宣傳資產階級的革命主張，監督政府的行為，喚醒民眾的意識。與改良派的報刊大不相同，資產階級革命派不再幻想通過君主立憲走改良的道路，而是直接坪擊封建統治，提倡武力推翻腐朽沒落的清政府，建立新政，進步的少數民族文字報刊也不例外。

這一時期，地處我國西北的新疆地區匯聚了大批漢族和少數民族的資產階級革命力量，部分革命人士積極運用報刊這一大眾傳播手段進行卓有成效的宣傳鼓動，儘管由於歷史、地理等多方面的原因，新疆的革命報刊數量和革命宣傳力度相對有限，但其發揮的傳播革命火種、喚醒革命精神的作用是值得關注的。辛亥革命通過資產階級革命報刊的宣傳鼓動實現了新疆少數民族開明分子認識、接受、傳播「三民主義」，積極參與辛亥革命大潮的目標；新疆近代報刊也借助辛亥革命的資產階級民主革命精神對新疆少數民族受眾產生了鮮明深刻的影響，實現了報刊宣傳進步思想，正確引導輿論的社會功能。（與丁豔麗合作）

（原載《新聞春秋》，2011 年第 2 期總第 25 期）

《新青年》與少數民族報業的發展

　　1915 年 9 月 15 日，從日本歸國的陳獨秀創辦了《青年雜誌》，這一刊物成為了新文化運動的發端。

　　從第二卷起《青年雜誌》改名為《新青年》，1916 年遷至北京出版。而後，李大釗、魯迅等人陸續參與刊物的編輯和撰稿，形成了群英薈萃的局面。《新青年》緊密地聯繫了一大批進步知識分子，逐漸成為開展新文化運動的中心。俄國十月革命後，《新青年》又成為了學習和傳播馬克思主義的陣地，新文化運動的方向也從激進的民主主義轉向了「布爾什維主義」。

　　這一切對中國這個多民族的國家產生了深遠影響。和漢族同胞一樣，廣大少數民族同胞也加入到這場新思想解放運動中來，並發揮了不可忽視的積極作用，他們創辦刊物、發表文章、宣傳科學民主、鼓動反帝反封建，與《新青年》遙相呼應。

新青年與少數民族革命報刊

　　李大釗作為《新青年》的積極撰稿者與編輯委員，在 1918 年相繼發表了《庶民的勝利》、《布爾什維主義的勝利》，象徵著《新青年》從思想啟蒙階段轉向宣傳馬克思主義的新階段。特別是 1919 年，李大釗將其輪值的《新青年》變成馬克思主義研究的專號，並發表了《我的馬克思主義觀》，介紹了馬克思主義的政治經濟學、階級鬥爭學說和歷史唯物主義三方面的基本理論。熱烈的讚揚了俄國的十月革命勝利，並指明了中國的出路。《新青年》的馬克思主義宣傳使越來越多的進步青年清晰地認識到必須反帝、反封建、反官僚，從馬克思主義的觀點來觀察中國的問題，探索解放中國之路。中國是多民族的國家，

如何鼓動各民族一起奮身作戰，與帝國主義、封建主義、官僚資本主義作鬥爭成為革命能否勝利的關鍵問題。李大創在 1923 年、1925 年先後發表了《平民主義》、《蒙古民族的解放運動》，把少數民族問題與中國革命的許多重大問題提到同等重要的地位，並在《蒙古民族的解放運動》一文中，深刻剖析了蒙古民族所受的四重壓迫，闡述了蒙古民族的解放問題。

李大釗不但從形勢上對少數民族的革命問題進行分析，同時從實踐中進行指導，培育了一批少數民族革命志士，讓他們以少數民族革命報刊為陣地宣傳革命思想、團結少數民族群眾，在愛國主義旗幟下並肩攜手，共同反帝反封建的鬥爭，促進各族青年的思想解放。

1925 年，多松年、烏蘭夫、奎壁等在李大釗的直接領導下，創辦了內蒙古地區最早的革命刊物——《蒙古農民》。他們的辦刊目的十分明確，在第一期上的一篇短文中明確指出：「蒙古農民的仇敵是——軍閥、帝國主義、王公。」《蒙古農民》設有：政論、訴苦、醒人錄、好主意、蒙古族和外蒙古人民的生活等專欄，從多方面以鮮明的態度，通俗的語言、活潑的形式，向內蒙古的蒙漢族同胞指出了受壓迫、受剝削、受苦難的根源，告訴他們要過安寧幸福的日子，就得自己起來和全國同胞團結在一起，打倒軍閥、王公和帝國主義。在大革命時期，《蒙古農民》就像一盞明燈，照亮了內蒙古無數蒙漢族農民的心；像響徹長空的春雷，喚醒了沉睡的北疆大地。

在新疆有著名的新民主主義戰士庫特魯克·阿吉·先吾克於 1918 年創辦的革命刊物《覺悟》。庫特魯克·阿吉·先吾克（1876～1937），生於喀什，青年時遊歷各國，回國後，一直尋求中國的革命之路。他深受《新青年》的影響，熱情投身於科學、民主的宣傳運動中來，並且撰寫一系列戰鬥性的文章，表達他愛國愛民的心願，與封建專制主義的反動派統治階級鬥爭到底的決心與意志。

《覺悟》熱情宣傳先進世界觀，坪擊愚弄民眾的反動統治者，揭露地方反動勢力的各種醜行，鞭撻他們奴役民眾、剝削人民的罪惡。該報刊載的大部分文章都是喚醒人民擺脫愚昧、迷信，引導他們與反動勢力作鬥爭。同時，引導群眾學習新科學、新知識，用科學知識武裝青年一代，並號召年輕人應在創造民族地區燦爛前景的道路上做貢獻。

《反帝戰線》也是在中國共產黨領導下創辦的少數民族革命報刊，繼承了《新青年》的反帝、反封建、反官僚的精神。1935 年 9 月 1 日，《反帝戰線》

創刊於迪化（今烏魯木齊），前身是《反帝半月刊》和《檢討與批評》。出版漢文版 8 卷 1 期，共 55 期，發行量 4000～15000 份。維吾爾文版 1 卷 2 期，共 8 期。發行量大，影響面廣，為中國共產黨領導新疆人民與全國同胞一起與帝國主義抗爭並取得勝利作出了貢獻。

《新青年》與少數民族女報人

《新青年》刊載的論文以及生動的小說來闡述平等的思想，深刻影響了我國早期的女青年，其中包括少數民族女報人。她們走出兩千多年的封建桎梏，大膽追求自由、平等，並且將國家的命運與個人的命運緊密聯繫起來，為國家的獨立、民眾的自由而鬥爭，不惜付出自己的寶貴生命。

向警予（1895～1928），中共早期婦女運動領導人之一，漵浦人，土家族。五四運動前夕，參加新民學會。1919 年，與蔡暢等人一起赴法留學並同周恩來、蔡和森等發起成立旅歐共產主義小組。在法留學期間，向警予開始用馬克思主義觀察婦女問題，不僅為《少年中國》等報刊寫稿，並曾計劃組織通訊社「以通全國女界之聲氣」。1922 年初，向警予加入中國共產黨。國國後，當選為候補中央委員、任中央婦女部部長。她頻頻為黨中央刊物《前鋒》、《嚮導》及《婦女雜誌》、《民國日報·覺悟》等報刊撰稿，所寫文章充滿了戰鬥精神。大革命失敗後，向警予秘密主編黨內刊物《長江》和通俗油印小報，不斷發表文章聲討反動軍閥倒行逆施，並號召人民群眾與敵人鬥爭到底。1928 年不幸被捕，同年 5 月 1 日英勇就義。

由少數民族婦女創辦的、以婦女為讀者對象的現代日報——《婦女日報》，是 1924 年元旦由劉清揚在天津創辦的。這張報紙是由中共黨員和共青團員為主要領導人的四開小報，闢有言論、中外要聞、婦女世界、各地瑣事、兒童園地等專欄。該報在當時是專門討論婦女問題的唯一報紙。當時向警予曾寫文讚頌其出版「是中國沉沉女界報曉的第一聲」，是「中國婦女宣傳運動的新紀元」。

劉清揚（1894～1977），女，回族，天津人，中國婦女運動的先驅，中國少數民族報刊活動家。1919 年五四運動時期，她組織「天津女界愛國同志會」，積極參與愛國運動，爭取婦女平等權利，成為婦女運動的代表人物。1924 年，她在上海、廣州、北平組織愛國婦女團體，並在自己主持的《婦女日報》上撰寫稿件宣傳馬列主義。她在文章中稱：「做事必須腳踏實地。真正的共產主義者必須是一個切實主義者……現在中國的經濟狀況是與歐洲大不相同，解決

現在中國問題，必須是中國現狀的特別方面結合。」半年內，該報刊登宣傳馬列主義重要言論和消息近 50 篇，在社會各界引起強烈反響，為推動中國革命貢獻了自己的力量。

《新青年》的編輯思想對少數民族報刊業務的深遠影響

《新青年》不但在思想上對民眾進行了啟蒙，為當時正在探索中國出路的進步青年指明了方向，同時其編排思想也促進了我國現代報紙的業務水平的提高，少數民族報刊也不例外。

《新青年》提倡白話文，要求文章通俗易懂。以《蒙古農民》為代表的少數民族報刊就非常注重這一點。因為少數民族一般聚居在偏遠地區，文化水平相對落後，如何讓他們看懂報紙，接受革命思想，就成為報紙編輯者需要重視的問題。《蒙古農民》不但使用白話文，讓一般受過教育的人都能讀得懂，看得明白，同時為了加強報刊的可讀性，該刊經常運用少數民族同胞易於接受的形式進行宣傳。如：其中一篇《蒙古曲》寫道：「天光光，地光光，軍閥不倒民遭殃！天光光，地光光，王公不倒民悲傷！天光光，地光光，列強欺壓哭斷腸！」形象而深刻地概括了「軍閥、王公、帝國主義」對人民的剝削、迫害，如果不奮起與其抗爭，就會「天光光，地光光」永遠貧窮不翻身。在另一篇表達蒙漢民族親密關係的詩中寫道：「從前是窮蠻子（指漢族），富韃子（指蒙古族），現在窮成一家子。蒙古蠻子一家人，親親熱熱好兄弟！來！來！來！蒙古蠻子成一氣，共同打倒大軍閥！共同打倒帝國主義！共同打倒王公們！平平安安過日子！」對各民族的共同命運、共同使命作了形象生動的描述，也貼切地宣傳了黨的反帝反封建的革命綱領，少數民族民眾潛移默化，自覺地接受其中的思想，投身於革命事業。

《新青年》注重讀者工作。它創刊時就向讀者宣布：「本志特闢通信一門，以為質析疑難，發抒意見之用。凡青年諸君對於物情學理有所懷疑，或有所闡發，皆可直緘惠示。本志當盡其所知，用以奉答，庶可啟發心思增益神志。」從創刊號到最後終刊，幾乎每號上都闢有《通信欄》或《讀者論壇》。當時的少數民族報刊受其先進編輯思想影響，在自己的報刊上也紛紛設有讀者來信的專欄，把當時少數民族群眾在生活中遇到的問題反映出來，一起討論，最終形成統一的意見，指導少數民族人民的生活以及推動革命潮流。如《蒙古農民》上有一篇反映農奴生活的來信：「我從小就是農奴，我的父親也是農奴，一輩

子為王公家做牛做馬,只是因為不小心摔壞了王公的一個茶杯,立即被王公扇了耳光,踢了出去,而且還讓我家遷出屋子,沒有去處。……」在這封信裏,可以看出當時農奴們淒慘的生活情景,以及被封建勢力殘酷壓迫的悲劇性命運,「我想我們農奴為什麼一直苦幹,但還是吃不飽,穿不暖呢?就是因為王公在作惡,只有推翻他們,我們才能過上自己的好日子。」來信在最後為少數民族群眾提出了問題:為什麼「做牛做馬」卻依然挨餓挨凍,號召群眾行動起來,推翻萬惡的封建勢力,爭取自由生活。

《新青年》在編排上擅長使用集中傳播、組合傳播等方式,充分挖掘傳播的功能,以獲得傳播效果的最大化。如1919年6月《馬克思主義專號》,不但對俄國的十月革命進行熱情的謳歌,介紹馬克思主義的基本觀點,而且還刊登了李大釗自己寫的文章《我的馬克思主義觀》,讓讀者從各個角度來瞭解馬克思主義,加深他們對其思想的理解。在這一點上,不但對以前的少數民族報刊有著積極的影響,即便是對現在的少數民族報刊也具有重要的指導作用。對一些重要的新聞報導,少數民族報刊不但用社論來旗幟鮮明地表明自己的觀點,同時以短小精悍的時評引導輿論,並以紀實性報導、新聞圖片使之圖文並茂、一目了然。以此發揮集中傳播的功能,讓少數民族人民能夠深入瞭解外界變化與黨的政策方針,並能具體指導少數民族群眾的工作、學習與生活,促進各民族的共同繁榮和進步。

從《新青年》創刊至現在90年過去了,但《新青年》提倡的「自由、平等、民主」的精神一直激勵著我們,《新青年》在報刊編排上的先進思想也一直為我們少數民族報刊的業務發展提供寶貴的借鑒。(與蔣衛武合作)

(原載《當代傳播》2006年第3期總第128期)

「五四」時期「四大副刊」
與少數民族報紙副刊

一

　　五四時期新聞改革的重大成果之一就是副刊的革新。這一時期我國報紙副刊突破了它的休閒性質，成為宣傳新文化、新知識、新思想的陣地。最具有代表性的就是「四大副刊」——《晨報副刊》、《京報副刊》、《時事新報‧學燈》以及《民國日報‧覺悟》。

　　1919 年 2 月，李大釗對《晨報副刊》進行了大刀闊斧的改革，一掃此前專載舊式文藝的保守和陳腐風格，把它變成一個全新的思想文化舞臺，以傳播「新修養、新知識、新思想」為辦刊宗旨，從而成為「新文學運動在北方的堡壘」。〔註 1〕

　　改版後的《晨報副刊》，從內容到形式面目一新，語言也主要是白話，設置有「自由論壇」、「演說匯錄」、「科學叢談」等欄目，還設有「馬克思專欄」，發表了馬克思的《雇傭勞動與資本》最早的譯文，大量刊載介紹蘇俄十月革命和列寧的論著，並在 1923 年 11 月出版「俄國革命紀念專號」。與此同時，還大力提倡新文學，首次發表了魯迅的《阿 Q 正傳》，郭沫若的新詩《鳳凰涅槃》，瞿秋白的《赤都心史》和《餓鄉紀程》。李大釗改革《晨報副刊》，是「五四」時代知識分子的精英文化對消閒主義的商業文化的一次乾脆利索的大征伐。〔註2〕

〔註 1〕曹家仁：《文壇五十年》，東方出版中心 1997 年版，第 169 頁。
〔註 2〕張濤甫：《報紙副刊與中國知識分子的現代轉型》，廣西師範大學出版社 2007年版。

在《晨報副鐫》的全盛時期過去之後，《京報副刊》又以嶄新的面貌出現在北京的報壇上。《京報副刊》是《京報》十多種副刊中影響最大的一種，創辦於 1924 年 12 月 5 日，每天一期，屬綜合性文藝副刊，由孫伏園主編。該刊意在辦成一個「自由發表文字的機關」，積極支持群眾愛國運動，倡導進步文化，曾與宣揚封建復古思想的「甲寅派」和宣揚資產階級自由主義思想的「現代評論派」展開論爭，影響廣泛。一大批進步作者為該刊撰稿，魯迅曾在此發表雜文 37 篇、譯文 5 篇。1926 年 4 月 24 日因《京報》主人邵飄萍被害而停刊，共出 477 期。

《學燈》是上海《時事新報》的綜合性學術副刊，1918 年 3 月 4 日創刊於上海。以評論學校教育和青年修養為主。

《學燈》偏重介紹西方學術文化，也譯載了馬克思的《勞動與資本》。魯迅、郭沫若、田漢、成仿吾、沈雁冰、葉聖陶、陳望道、惲代英等都曾在「新文藝」欄發表作品。郭沫若的《女神》、《鳳凰涅槃》、《天狗》、《爐中煤》等詩作均發表於《學燈》。1919 年 4 月俞頌華任主編期間，曾全文轉載毛澤東在《湘江評論》上發表的《民眾的大聯合》。

在五四運動影響下，《民國日報》（由孫中山領導的中華革命黨創辦，1924 年成為國民黨的機關報）於 1919 年 6 月 16 日創辦副刊《覺悟》，每日一期。1919 年 6 月至 1925 年夏，《覺悟》由邵力子主編。《覺悟》從創刊時起就表現了比較徹底的民主主義思想。1920 年陳望道參加編輯工作。《覺悟》在上海共產主義小組和中國共產黨的影響下，具有了初步的社會主義傾向。從 1920 年起，《覺悟》闢「隨感錄」、「詩」、「小說」、「劇本」專欄，發表了大量文藝著譯，成為「五四」時期新文藝的主要陣地之一。

至此，以「四大副刊」為範本的中國報紙副刊的性質、功能及其社會作用都已發生重大變化，成為新文化運動的推助器、知識分子寄託人生理想的場域。

二

少數民族報紙副刊繼承和發展了五四時期「四大副刊」的優良傳統和辦刊精神。

1.「十月革命」一聲炮響，給中國各族人民帶來了馬克思主義。

隨著反對侵略，爭取民族獨立的鬥爭不斷深入，朝鮮文報刊如雨後春筍一

般蓬勃發展起來。這一時期從東北到華北、華東以及華南地區都辦有朝鮮文報刊，約有五六十種，其中最著名的是《獨立新聞》。

《獨立新聞》是朝鮮臨時政府機關報。1918 年 8 月 21 日在上海法租界創刊。最初報頭只有「獨立」二字，朝鮮文與漢文混用，自第 22 期改稱為《獨立新聞》，第 169 期改為純朝鮮文出版。其宗旨可概括為「五大使命」：①宣傳群眾，使國民團結一致，共同奮鬥；②加強國際間的交流，爭取世界人民的同情和支持；③發揮輿論監督的力量，正確引導國民；④號召朝鮮人民以獨立的人格，參與文明生活，學習新學術和新思想；⑤繼承朝鮮民族的優良傳統和高尚的精神，培養和造就新國民。

《獨立新聞》副刊設有文藝欄、詩世界，共刊發了 50 多首詩和《血淚》《李舜臣》2 篇小說（後者未能連載完）。其特點是通過形式多樣的報導和文藝作品，激發韓國國民爭取民族獨立，光復祖國的自豪感和愛國心。屢次刊登「三一」獨立宣言和獨立軍歌；介紹韓國獨立運動的進程和各國獨立運動的經驗；宣傳李舜臣、安重根等傳奇人物。

2. 少數民族新聞工作者把「四大副刊」作為楷模，學習、繼承、發揚、創新其革新精神。

1923 年 8 月 22 日，上海《民國日報》出版副刊《婦女週刊》，該副刊由該報原來的《婦女評論》和《現代婦女》兩個副刊合併而成。當年中共中央婦女工作負責人向警予是前期主編之一和主要作者。這是迄今為止由少數民族女性主持創辦的最早的婦女副刊。《發刊辭》明確指出「應用我們所信仰的主義」，「批評社會上發生的一切與婦女問題有關的事實」。它具有密切配合當時政治鬥爭和貼近實際的特點，是當時能夠反映全中國婦女運動全貌的婦女刊物。

向警予（1895～1928），中國無產階級革命家，中國共產黨早期婦女運動領導人之一，著名婦女報刊活動家。湖南漵浦人，土家族。青年時代經常閱讀《民報》、《新民叢報》等進步報刊。1919 年底，她與蔡暢等 9 人一起赴法勤工儉學。在法留學期間，她不僅讀完法文版的《共產黨宣言》《家庭、私有制和國家的起源》等著作，並為《少年中國》等報刊寫稿，曾計劃組織通訊社「以通全國女界之聲氣」。1922 年初，加入中國共產黨，在中共「二大」上當選為候補中央委員，任婦女部長，為黨中央刊物《前鋒》《嚮導》及《婦女雜誌》《民國日報·覺悟》等報刊撰稿，促進婦女運動的開展，所寫文章密切聯繫實

際，充滿了戰鬥精神。中共「三大」「四大」連續當選中央委員，任中央婦女運動委員會書記，參與國民黨上海執行部工作，主編上海《民國日報》副刊《婦女週報》，面向無產階級婦女群眾，支持婦女運動和女工的罷工鬥爭。1927年參加中共「五大」後，被分配到漢口總工會，大革命失敗後，負責湖北省委工作。秘密主編黨內刊物《長江》和通俗油印小報。1927年11月桂系軍閥瘋狂鎮壓革命，向警予在《長江》上發表散文憤怒聲討反動軍閥的倒行逆施。

三

新中國成立前，中國共產黨的報紙副刊既繼承了五四時期的優良傳統，又拓展了新的歷史功能，除了有副刊的文藝性、新聞性、知識性的一般特點外，群眾性和戰鬥性是其突出的功能。中國共產黨的第一張大型日報《熱血日報》從第二期開闢《呼聲》，雖只發行20多期，但無產階級報紙副刊的功能已有所體現，即服務黨的宣傳宗旨，具有鮮明的黨性、生動活潑的色彩和通俗易懂的大眾化特點。

這一時期最具代表性的報紙副刊是共產黨1938年1月11日創辦於武漢的《新華日報》副刊與1941年5月16日創刊於延安的《解放日報》副刊。前者被譽為「人民大眾的文化論壇」，「進步文化運動的燈塔」〔註3〕。它是進步文化運動的組織者。延安《解放日報》副刊《文藝》《科學園地》曾以大量篇幅系統的介紹馬克思、恩格斯等無產階級革命導師的理論以及高爾基、魯迅的文藝思想，積極為團結最廣大的人民群眾參與抗日救亡運動鼓與呼。《解放日報》改版後第四版整版為《學習》副刊，成為集中討論整風問題的園地。

創刊於20世紀30年代中葉的《新疆日報》，經歷了抗戰8年，3年解放戰爭。由於跟新疆王盛世才採取既聯合又鬥爭的合作關係，《新疆日報》逐漸控制在共產黨人的手中，它以黨的抗日民族統一戰線為中心，宣傳堅持抗日、堅持進步、堅持團結的方針。

《新疆日報》的副刊，為繁榮新疆文化作出了貢獻。由於歷代統治階級實行民族歧視和民族壓迫政策，使得具有悠久歷史的各民族文化受到壓抑。中國共產黨人進疆後，為了改變新疆文化事業落後的歷史面貌，忠實地執行黨的民族統一戰線政策，不斷壯大新文化運動的力量，創造性地宣傳貫徹「以民族為形式，以『六大政策』為內容」發展民族文化教育的方針。《新疆日報》起到

〔註3〕王文彬：《中國報紙的副刊》，中國文史出版社1987年版。

了積極引導和推動作用，在《我們的文藝戰線》一文中開宗明義地提出：「當此全民抗戰期間，文藝界要求目標一致，一切的文藝工作者要為抗戰而集中力量，同時一切的文藝工作者也要為抗戰而服役⋯⋯『文藝戰線』要一致起來為民族作戰，要負起文藝戰線在抗戰中所必要的任務。」〔註4〕指明了文藝工作的方向。

本著發展民族文化的方針，新疆組織了漢、維吾爾、蒙古、哈薩克、回等包括12個民族的文化促進會。對這些文化活動及工作成績的報導便成了《新疆日報》一個重要的宣傳內容。1939年4月8日，以茅盾為委員長，阿布都拉（省建設廳副廳長）、張仲實、李佩珂（漢文總會委員長）為副委員長的新疆文化協會宣告成立。報紙及時予以報導，並在次日的短評《新疆文化協會成立了》一文中強調該協會「在全國文化界前輩諸先生的指導下，無疑地，將大大提高新疆各族民眾的文化水平。」

此外，《西康日報》副刊《毛牛》《百靈鳥》由於中共地下黨員任主編和參與編輯，黨報副刊的功能體現得更為鮮明，「彌補了高原荒蕪的文化空白」，反映了人民大眾的疾苦。

四

新中國成立後，我國的報紙副刊經歷了從一元化副刊到大副刊的演變。

新中國成立以來到上個世紀80年代初，我國報業結構（含民族報業）一直是行政絕對主導的一元化格局，即機關報強調報紙的意識形態功能。在一元化格局下，副刊的情形別無二致，除了1956年前後出現的短暫的繁榮外，在計劃經濟時期，副刊的功能基本局限於配合政治宣傳。

十一屆三中全會後，中國大地上興起的改革大潮使得傳統報紙副刊的內涵和外延發生了很大變化。文化、生活、體育、娛樂等多種類型的副刊專刊，以更專業化和細分化的內容提供來滿足讀者多元化的閱讀需求，來應對日趨多元化的市場結構，學界和業界把這種新型的專刊副刊界定為大副刊。

在新形勢下，民族地區報紙副刊除了具有新聞性、文學性、知識性、趣味性、服務性等一般副刊特徵外，還有三大突出的特性，即政策性、民族性和地域性。這是由於民族地區報紙副刊賴以生存的獨特民族民間文化土壤、地域文化土壤和所肩負的促進民族團結、維護祖國統一的歷史使命所決定的。

〔註4〕新疆維吾爾自治區文化廳史志編輯室：《新疆文化史料》，第二輯，第178頁。

　　民族地區報紙副刊在辦報中，堅持正確的輿論導向，弘揚主流文化，促進民族團結，既植根於民族民間文化、地域文化的土壤，又保持敏銳的時代意識，反映時代精神，努力辦成各民族讀者喜聞樂見的新型副刊。

　　比如，中共湘西土家族苗族自治州州委機關報《團結報》文藝副刊「兄弟河」的命名就源於促進民族團結的初衷。《西藏日報》2008 年 4 月 13 日的文化專版頭條「文化視點」欄目刊發了《藏語文在傳承發展中走向輝煌》一文，並採用網絡形式加以「相關鏈接」《西藏自治區學習、使用和發展藏語文的規定》，同時配發言論《西藏文化毀滅論是欺世謊言》，進行引導和延伸閱讀，擴充了信息量，增加了內涵，拓展了深度，對藏文化進行了一次系統地整理、保護和推介。

　　與新聞相比，副刊對民族文化、地域文化的表現可以更全面、更深入、更有張力。

　　比如，《內蒙古日報》的「文化博覽」版下設了「文化遺產」、「民風民俗」、「讀圖」、「鉤沉」、「知識角」、「草原文化」等欄目，體現了濃鬱的地域文化和民族風情。

　　隨著改革和市場化程度推向縱深，同質媒體的競爭加劇，新興媒體的擠壓，民族地區報紙副刊也經歷著陣痛。

　　在報紙產業化、報業市場化過程中，在副刊文化大眾化、同質化語境下，堅守民族地區報紙副刊自身特點更需要長遠的目光，更需要自信加韌性。難能可貴的是，筆者經調查發現，絕大多數民族地區報紙副刊在報業生態環境變化多端，競爭風起雲湧之際，仍保持了對民族文化冷靜、理性的堅守。2007 年 12 月 28 日，《青海日報》副刊「江河源」舉行了創設 50 週年紀念。該報副總編輯王文瀘表示：「一個普通的省級黨報的文學副刊，歷經整整半個世紀的時代風雲、社會變遷、人事更選和觀念震盪而能生存到今天，使人深感不容易、不簡單。不容易是指它走過的道路不容易；不簡單是說它生命力超常的原因不簡單。」「《江河源》副刊還得益於 50 年來沒有改變純文學副刊的性質。」「試想，假如在報紙紛紛改版的大潮中，《江河源》如果隨波逐流，也改造為生活服務類或娛樂休閒類專頁，它早就進入了與千百種報紙副刊同質化的境地，很可能從讀者視野中淡出。」「儘管純文學副刊已經風光不再，但對《江河源》來說，恰恰就是這個特性延長了它的生命。」「與內地稍有不同，青海作家中有不少人在副刊起步並且成名成家之後，並沒有徹底告別他們的發軔之地，

他們迄今還在時不時地回訪這一塊曾經耕耘過的土壤。這使得《江河源》數十年來一直謀有綿延不斷的人氣資源。」〔註5〕

很多報紙副刊都有一個最能代表這座城市和地域的名稱，如《西藏日報》「雪蓮花」，《寧夏日報》「六盤山」，《巴音郭楞日報》「天鵝湖」等，而且一用就是幾十年。副刊為這個名稱注入鮮活的文化內涵，表現其原生態的民俗風情，描繪其千姿百態的自然景致，表現出其獨有的吸引力、號召力和凝聚力。

民族地區報紙副刊也體現了積極的創新精神和濃鬱的時代氣息。2008 年4 月 16 日的《新疆日報》文化週刊是一個典型的主題專刊，圍繞新疆天山電影製片廠拍攝的奧運新片《買買提的 2008》，以《夢想在相同頻率上波動》為總標題，從「不玩兒娛樂做藝術」、「夢想的可愛，精神的高貴」、「新疆元素最搶眼球」等角度加以深度解讀，配發相關鏈接，吸納網絡新元素，增加延伸閱讀，強化服務功能——全國院線支招、編劇創作感言、京城媒體「論劍」。整版共採用了 16 張圖片，其中 10 張作膠片式處理，造成連拍感，版式語言極富創意，產生了強烈的「抓人」效果。這樣精心策劃出來的副刊版面，在內容上應合了時代旋律（奧運），強化了地域色彩（新疆元素），在版式上著力創新（膠片連拍），拓展了表現張力，堪稱「副刊精品」。

總之，在新形勢下，民族地區報紙副刊更加突出其自身的特性，在促進民族團結、弘揚民族文化和地域文化、共創和諧社會中發揮著重要作用。（與宋莉合作）

（原載《中央民族大學學報》2012 年第 1 期總第 200 期）

〔註 5〕王文滬：《緣於半個世紀的感言》，《青海日報》，2007 年 12 月 28 日。

抗戰時期的少數民族新聞傳播

　　抗日戰爭是近代以來中國人民第一次取得完全勝利的民族解放戰爭，是中華民族由衰敗走向振興的轉折點，也是中國民族解放和民主革命的轉折點。抗日戰爭之所以能取得偉大的勝利，根本原因之一是中國共產黨領導的抗日救亡新聞傳播活動能夠廣泛深入地影響全國民眾，激發全國各民族人民的愛國熱情，同仇敵汽、堅持抗戰，組成了空前廣泛的統一戰線，並取得勝利。在這場宣傳愛國主義、反擊日本法西斯侵略行徑的活動中，少數民族新聞傳播活動起到了不可忽視的積極作用。無論在敵佔區還是根據地，全國有 40 多個少數民族在抗日報刊以及傳播活動的指導下與全國人民一起共赴國難、奮起抗戰，並最終贏得了這場偉大的民族解放戰爭。

一、抗戰時期的少數民族報刊

　　1937 年 7 月，日本帝國主義悍然全面入侵中國，抗日戰爭全面爆發。廣泛地團結中華各族人民，共同抗日，是這個時期中華民族面臨的共同任務。中國共產黨發出了「全民族實行抗日」的偉大號召，提出徹底戰勝日寇的救國綱領。如何宣傳抗日思想並積極引導民眾尤其是生活在邊疆的少數民族群眾加入到抗日戰爭中來，成為當時最為重要的問題。

　　指導少數民族創辦抗日報刊，響應共產黨在抗日救國十大綱領中提出的「動員蒙民回民及其他一切少數民族，在民族自決和民族自治的原則下，共同抗日」的號召立即變得重要起來。少數民族抗日報刊激發了少數民族群眾的愛國熱情，使之深刻體會到少數民族的命運是和整個中華民族的命運緊密聯繫在一起的，只有從徹底抗日鬥爭中，從中華民族的獨立與解放中，少數民族才能求得自身的解放的道理。

　　最早投身於抗日行列的少數民族是居住在東北地區的朝鮮族與滿族等少數民族。「九‧一八」事變後，東北淪陷，東北各族人民不甘當亡國奴，拿起武器，抗擊日寇；1937 年 11 月，朝鮮民族革命黨、朝鮮民族解放同盟和朝鮮革命者聯盟聯合成立「朝鮮民族戰線聯盟」，並創辦機關刊物《朝鮮民族戰線》，於 1938 年 4 月 10 日在漢口發行。《朝鮮民族戰線》在創刊詞中明確規定了辦報宗旨：「朝鮮革命是從日本帝國主義的政治壓迫與經濟剝削這雙重痛苦中解放出來的革命。因而，朝鮮的革命陣營，需要超越階級與黨派的全民族的團結。它具有與中國的抗日民族統一戰線相同的性質，在其理論體系上也具有一種共性。故而，中華民族與朝鮮民族的並肩作戰，是歷史賦予我們的使命。但未察其實際情形，我們的聯合戰線尚不夠鞏固。所以，我們必須為實現更為牢固的聯合而努力，並最終組成兩個民族的聯合戰線。這就是發行本刊的旨意所在。」

　　《朝鮮民族戰線》主要報導全國人民團結抗戰、為抗擊日寇浴血奮戰的英勇事蹟；分析中國的抗日形勢；號召各民族聯合起來共同抗日，求得解放。其中韓一來的《我們該如何參加中國抗戰》以及李建宇的《關於中朝民族抗日聯合戰線問題》向朝鮮族群眾指出千百萬名不願做殖民地奴隸的同胞們應該團結一起，參加中國共產黨領導的抗日戰爭，聯合一切受法西斯軍閥欺壓的民眾，以打倒作為我們真正敵人的日本軍閥，從而實現民族獨立與解放。《朝鮮民族戰線》的革命思想在朝鮮族群眾中影響深遠，使朝鮮族同胞紛紛投身於抗日救亡的洪流之中。由中國共產黨領導和推動的東北抗日聯軍中第一軍和第七軍，朝鮮族戰士達半數之多，他們與全國各民族同胞緊密團結，並肩戰鬥，在極其艱苦的條件下轉戰於白山黑水之間，並且湧現了許多抗日英雄人物。

二、革命歌謠、戲曲、演講等多樣式的少數民族抗日傳播活動

　　因為我國少數民族一般聚居在邊遠地區，文化水平相對落後，大部分少數民族群眾不具備讀報的條件，但他們能歌善舞、人際間傳播發達。中國共產黨充分運用我國少數民族文化特點，採用教唱抗日歌謠、排演抗日戲曲以及發動群眾參加抗日演講等多樣化傳播活動，用少數民族群眾喜聞樂見的方式來撒播抗日火種、激發抗日熱情。

　　我國廣大的回族同胞在抗日救亡活動中，就經常運用演講這種普通但最具影響力的傳播活動，它能面對面地激發回族同胞的愛國熱情，對日本帝國主

義侵略行徑的仇恨，感受到在決定祖國存亡的關鍵時刻，全國人民應當奮起抗擊，並肩作戰。1938 年 9 月，陝西召開了有數萬人參加的西北回民「獻旗」大會並組織成立抗敵救國宣傳團。大會除了向政府獻旗和共同聲討日寇，還電慰前方英勇抗戰將士，發布《告西北回民書》，呼籲全世界穆斯林兄弟起來共同「抵制日貨」、「擴大援華運動」。對於這次西北回民的盛會，《新華日報》作了詳細報導，指出：「中國回民救國協會，回教抗敵救國宣傳團等組織的成立，以及其他少數民族救亡團體的成立及請纓殺敵，都說明了有成千上萬的少數民族群眾，已參加到抗日民族統一戰線上來。他們不僅在國內參加抗戰的偉業，還有中國回教近東訪問團組織，到海外的回民中，進行國際宣傳，使近東和全世界的回民，都同情地援助中國的抗戰。」

該協會積極開展抗日救國宣傳活動，不但出版發行抗戰性週刊《出路》，還經常會在圖書館組織抗日演講。參加演講的回族老人海震山回憶：「一到下午、晚上，很多人都趕到圖書館去了，看書啊，聽演講啊，熱烈得很！每天晚上都有進步人士向回民群眾宣傳全國的抗戰形勢，在回民中引起了很大反響，激起了廣大回民群眾的抗戰熱情。演講的內容多得很。」一位外國記者曾這樣記述他所親眼目睹的抗戰演說會：「一個生平第一次登臺的農民，他的演說並沒有什麼技巧，但當他舉起緊握的拳頭，義憤填膺地說『侵略者已經來到這裡，搶奪我們的土地，燒毀我們的家庭了！』他怒吼著『誰說我們不能打日本倭奴和他們的走狗？打倒日本帝國主義！打倒一切漢奸！』的時候，汗從他的頭髮叢中滴出來，臺下那些群眾便高聲喊著口號。」中國回民救國協會很好地運用了演講這種生動、形象並且能深入人心的傳播方式，點燃回族同胞的愛國熱情，讓他們與全國人民一起浴血奮戰、抗擊日本帝國主義。《新華日報》曾發表短評稱讚「由回民抗戰，令人想起遍布我國的西北華北一帶的五百萬體魄強健富有團結力的回族同胞，他們是中華民族優秀兒女，是抗戰中一支潛伏著的偉大的力量」；1940 年，毛澤東親筆題寫了「百戰百勝的回民支隊」。

抗日歌謠是又一種少數民族群眾喜愛的革命傳播方式。黨和毛澤東對抗日歌謠非常重視和提倡，毛澤東早在廣東主持農民講習所的時候，就曾要每個省代表抄錄民間歌謠。「紅色歌謠萬萬千，一人唱過萬人傳」。在少數民族地區，人民喜歡用歌聲來表達自己的思想情感、表達對中國共產黨領導的抗日戰爭的擁護以及對日本帝國主義的仇恨。在中國共產黨的指導下，少數民族群眾根據自己民族文化的特點結合抗日戰爭的開展形勢，利用群眾熟悉的傳統曲

調填上新詞，來熱情謳歌參加抗日的英勇戰士。在苗族一曲《陽雀一叫百花開》中酣暢、歡快地歌唱了中國共產黨領導的抗日戰爭，表達了對抗戰勝利的堅定信心：「陽雀一叫百花開／紅軍一到幸福來／千年鳳凰展雙翅／萬載金龍把頭抬……」

　　民歌的根本特點是以簡單的言語、韻律，產生巨大的感染力量，戲曲是少數民族群眾喜歡的另一種傳播形式，自演、自導、自己編排，積極發揮了少數民族群眾的創作能力。少數民族自己創作的抗日歌謠、戲曲在群眾中廣泛深入地宣傳了愛國主義、團結各民族群眾在中國共產黨的領導下進行抗日救亡戰爭。

三、國民黨創辦的少數民族抗日報刊

　　胡錦濤在紀念抗戰勝利 60 週年大會上的講話指出，「中國人民抗日戰爭的偉大勝利，是中華民族全體同胞團結奮鬥的結果」，「中國國民黨和中國共產黨領導的抗日軍隊，分別擔負著抗日戰爭中正面戰場和敵後戰場的作戰任務，形成了共同抗擊日本侵略者的戰略態勢。」充分肯定了國民黨軍隊在抗日戰爭中的作用。國民黨在少數民族抗日宣傳與抗日報導上同樣也做了積極的工作，推進抗日戰爭的勝利進程。

　　1935 年，國民黨政府在西藏開播藏語廣播，對藏族同胞進行政治宣傳，同時報導抗日局勢，激發藏族人民的愛國熱情，同全國各族人民同仇敵愾，維護祖國穩定，抵抗外來侵略。1937 年抗日戰爭全面爆發以後，國內形勢驟轉，華東、華北大片國土相繼淪陷，西南地區成為抗日戰爭中極為重要的大後方。如何開發西南地區少數民族群眾支持抗戰，防止帝國主義利用成為當時社會政治生活中的頭等大事。為了促進西南地區少數民族對全國抗戰形勢的瞭解，使民族兄弟一起奮身抵禦日本帝國主義的侵略，國民黨在西康（今四川省西部的雅安地區、甘玫藏族自治州、阿壩藏族羌族自治州和涼山彝族自治州）創辦了《國民日報》。

　　《國民日報》係國民黨西康省黨部的機關報。1939 年 10 月 10 日創刊，初名《西康國民日報》，一年後，更名為《國民日報》。初為對開 2 版，豎排，後改為對開 4 版，1941 年奉命出版藏文版，由國民黨中央宣部直接撥款。週刊，4 開 4 版，各版內容譯自漢文版。1944 年，該報同時出版漢藏文報，前三版為漢文，四版為藏文版。

該報的宗旨，在其一週年社論中明確指出：「本報是站在民眾前面領導革命的黨報，責任是開發邊疆文化，領導社會，指導輿論。」在版面安排上，出4版時，一、二版報導國內外新聞，多是戰況（一版一度用半版刊載廣告），三、四版刊地方新聞副刊及廣告。出兩個版時，一版刊國內國際要聞、廣告，二版刊地方新聞及副刊。

該報副刊和專刊有《婦女月刊》、《兒童》、《晨光》、《戰潮》（後改為《防線》）、《戰役》、《中學生》、《西康兵役》（後改為《兵役週刊》）、《康區青年》、《節約與儲蓄》、《週刊》等，文藝副刊有《文藝》、《晨光》、《塞光》，都是以刊登文藝作品為主的綜合性副刊。地方版還辦有一些副刊和專欄，主要集納康定的零星消息，公布康定糧油、肉、布匹、呢絨等價格和批評社會上一些不良現象。這一時期的《國民日報》比較集中地報導了國內、本地區的民眾抗日活動，國際上反法西斯鬥爭。

該報藏文版主編，初為班禪駐康辦事處主任計宇結。主要由省政府翻譯室議員馬志成負責編譯工作。編譯室編譯人員還有尼泊爾人汪德‧汪茨仁。後改由格桑悅西任總編輯，他是巴塘人，蒙藏委員會委員，國民政府立法委員。編委有曲批、白智等4人。

該報主要在省內發行。日銷量1500份。由於西藏官方和喇嘛高僧對國內外形勢極表關注，因此該報也由昌都傳往拉薩。藏文版期發量約2000份，發行至雲南、青海、甘肅、西藏等省。客觀上，《國民日報》為促進民族團結、一致抗日發揮了一定的積極作用。

抗日戰爭是一場人民戰爭，人民戰爭必須喚起民眾才能進行堅持到底的浴血奮戰；贏得民眾的支持，需要我們廣泛宣傳革命思想、激發我國各民族群眾的愛國熱情。少數民族從來就是我國重要的組成部分，在中華民族生死存亡的關鍵時刻，少數民族抗日報刊和多樣化的抗日宣傳積極地發揮了自身的作用，對少數民族群眾進行革命鼓動與宣傳，使之自覺地投身於抗日救亡中來，為偉大的抗日勝利、為我國的民族解放與獨立做出了重要的貢獻。（與蔣衛武合作，收入本書時略有增刪。）

（原載《新聞春秋》第五輯，首都師範大學出版社2006年8月版）

壯文報紙的產生與發展

一、壯民族的歷史淵源

壯族人口 90%以上分佈在廣西壯族自治區，其餘分佈在雲南、貴州、廣東、湖南等省，壯族是嶺南的土著民族，是由古代百越族的一支發展而來，商代初年，商湯剛取得天下，令壯族先民甌、桂國、損子、百濮等部向其貢獻奇珍異寶。春秋戰國時代，壯族先民被稱為西甌、駱越；漢代相繼出現烏滸、俚等名稱；三國稱僚；宋稱撞；明稱俍；新中國成立後，初稱為僮，因有歧義，後根據周恩來總理提議，並經國務院批准，改「僮」為「壯」，賦予健康強壯的意思；從 1965 年起，壯族作為正式的族名確定下來。

壯族文字萌芽於商周時代。公元前 219 年秦始皇派兵進入現今的壯族地區，並於公元前 214 年統一嶺南，漢文化大量傳入嶺南。後來，壯族中有學識之士仿漢字改造原刻畫文字，創造了古壯字（又叫方塊壯字、土俗字）。從唐宋到元明清是古壯字大量使用時期，產生了大量古壯字文獻。

古壯字文獻的傳播方式主要是傳唱、傳抄和傳授。歌手、歌師、歌王在歌圩、歌臺、節慶或宗教儀式上唱頌相應的歌本，這是壯族古壯字文獻最主要也是最廣泛傳播方式，「傳抄包括寫在石板上、木板上、紙扇上的各種長詩、經詩以及民歌」[註1]

二、壯文報紙的誕生與發展

2000 年第五次全國人口普查數據表明，全國壯族人口共為 1617.9 萬人。

〔註 1〕本節內容參考張公理主編，（民族古文獻概覽），民族出版社 1997 年版。

但是在中華人民共和國成立以前，因為種種原因古壯字並沒有得到很好的流傳。為了民族地區文化和經濟的發展，1952 年和 1954 年，國務院委託中國科學院、中央民族學院的專家、學者組成語言工作隊，共同調查壯族聚居的廣西地區的壯語使用情況，並經過充分討論和科學鑒別，制定出以拉丁字母為基礎的《壯文方案（草案）》。1957 年 11 月 29 日國務院批准了此方案，1958 年在廣西壯族自治區頒布推廣。〔註 2〕

1957 年 7 月 1 日，廣西《壯文報》創刊，1966 年底停刊。1982 年 8 月 1 日復刊，四開四版，旬刊，1983 年改為週刊。1986 年 7 月更名為《廣西民族報》，週二刊該報以壯文宣傳黨的路線、方針、政策和黨的民族團結政策，主要任務是介紹推廣壯文工作的情況和經驗，輔導幹部和群眾學習壯文，提高壯文水平，為推行壯文和建設服務，同時還宣傳各民族文學藝術和風土人情，具有濃鬱的民族特色，也刊登漢文文章及壯漢對譯作品。如今，報紙除了標題用壯漢兩種文字對照外，文章內容都是壯文。1992 年 7 月 8 日，《廣西民族報》的漢文版在南寧創刊。

三、報紙質量有待提高

《廣西民族報》（壯文版）的誕生對宣傳壯文和壯語地區人民的生活、工作、學習、勞動起到了積極作用。但是，辦報質量還有待提高。以 2004 年 9 月 22 日的報紙為例：

一版（要聞）刊有 4 篇報導：《羅城下大力氣發展工業拉動農業》、《農民種植黑色農作物發了財》、《龍州大力發展特色產業》、《天峨農民生活方式大變樣》。版面呆板，缺乏藝術美感；二版（副刊）刊登一篇故事《愛管閒事的村長》，一篇小品文《誠信實驗》，另外兩篇文章分別為《殘疾人幫扶健康人》、《買彩票的「訣竅」》。文章選題單一，知識面窄，缺乏副刊講求的娛樂性和趣味性；三版為健康專版，登有關於秋季如何進補、飲食、防病、自我保健等 6 篇文摘性稿件；四版是教育專版，包括《如何做好理科作業》、《升入初中應注意什麼》、《閱讀訓練》、《從失學少年到大數學家》四部分內容。

首先，這天的報紙單從報紙最根本、最簡單的要求「時新性」上來說，整張報紙基本沒有新聞，沒有「本報訊」，沒有「昨日」甚至「前日」新聞。

〔註 2〕1982 年進行了修訂，改換了原方案中的 6 個非拉丁字母和 5 個聲調符號，全部採用拉丁字母形式。

如果僅從標題上判斷，它的要聞版刊登的基本是工作簡報，缺乏新聞這根「脊柱」的支撐。

其次，無論哪個版，刊登的文章都是「大塊頭」，整張報紙加起來也不過十來篇，信息量太少，「報導新聞」的社會功能不能得到很好的發揮。

第三，沒有必要的圖片新聞，缺乏靈活生動性。如 2004 年 9 月 29 日的頭版，宣傳慶祝中華人民共和國成立 55 週年紀念活動，居然沒有一幅新聞圖片。

與之相比，漢文版的《廣西民族報》內容豐富了許多，基本保持每期 16 個版，且各個版都有較為明確的內容定位和區分。

但與壯文版一樣，內容基本是轉載國內其他報紙的社會新聞，追求的是通俗性、趣味性，缺乏新聞性。同時，兩份報紙基本沒有廣告（漢文版即使有廣告，也是一些醫療小廣告）。

四、民族報業發展的出路

20 多年來，我國少數民族報業取得了長足發展。截至 2002 年，全國少數民族文字報紙有 89 種。其中擁有民族文字報紙種數較多的省、區有內蒙古 13 種、新疆 41 種、雲南 6 種、吉林 7 種、西藏 8 種。少數民族地區順應社會的發展和當地少數民族的需要，還創辦了一些專業性和對象性報紙。概括起來，少數民族文字報業有如下特點：

1. 報紙的品種呈現多樣化。除了專業性和對象性報紙外，還有晚報，如1984 年元旦創刊的中國第一家少數民族文字晚報《烏魯木齊晚報》（維吾爾、漢文版），1985 年 7 月創刊的西藏第一家少數民族文字的晚報《拉薩晚報》（藏文版）；還有商業報，1988 年 7 月誕生第一家少數民族文字的商業報《新疆商業報》（維吾爾文版），以及軍報等等。

2. 少數民族報紙在改革的浪潮中也在不斷完善、改進自己，信息量越來越大，時效性大大增強。西藏、內蒙古、新疆等報業比較發達的少數民族地區還形成了以首府為核心、輻射全地區的多層次民族報刊網絡。

3. 報業向規模化發展。雖然目前還沒有一家少數民族報業集團產生，但也有像延邊日報社這樣擁有多家子報的少數民族報刊社。西藏日報社還創辦了第一家全面市場化的子報《西藏商報》（日刊，16 版）。2003 年 6 月，新疆日報報業集團籌備委員會正式宣告成立，標誌著《新疆日報》在組建報業集團

的工作中邁出了第一步。

廣西民族報業應當廣泛吸取全國其他民族地區報業的成功經驗，提高辦報質量，突出民族特色，以獨家新聞吸引讀者。

報紙首先是新聞紙。《廣西民族報》的最大弱點就是缺乏新聞性，應該縮短出版週期，增強時效性，突出民族特色，搶抓獨家新聞，才能使報紙在激烈的競爭中站穩腳跟。

張儒先生曾在《論民族新聞改革》一文中指出：民族新聞報導應當突破報喜不報憂的難點，報導中努力做到既講進步又講落後；講進步，能使人知道還有落後，講落後，能讓人看到希望；突破批評報導的禁區，對待少數民族的風俗習慣，我們要尊重，但是對於那些阻礙民族進步、繁榮的落後習俗，我們不能盲目欣賞；突破宗教報導的禁區，要以現代科學的觀點報導少數民族的宗教。〔註3〕他指出了民族新聞報導中非常特殊的一面。對於民族報業來說，在新聞報導中突出民族特色就是「獨家」。換句話說，這是內地發達地區報業難以抓到的為廣大少數民族所喜聞樂見的新聞報導。

廣西民族報業需要花大力氣去練好「內功」，這包括以下幾個方面：

1. 從「三貼近」要求上選材，用鮮活的民族語言，以群眾喜聞樂見的方式，報導群眾的生活、工作、學習，報導民族地區日新月異的變化，而不是像「工作簡報」那樣的空洞宣傳。

2001 年 8 月，中宣部、國家廣電總局、新聞出版總署的關於深化新聞出版廣播影視業改革的若干意見中，尤其強調要「進一步扶持西部和少數民族地區新聞出版廣播影視業的改革發展」。這對廣西壯族自治區的報業發展來說，無疑是一個很好的契機。不少國家重點工程建在壯族聚居地，如大鋁礦在平果縣，大油田在田東縣，錫都在南丹縣等。這些大型工程的建設，展示了壯鄉經濟發展的燦爛前程，如果新聞報導能敏銳、準確反映出各族人民在改革開放和經濟建設的大潮中艱難而輝煌的崛起，便能使民族新聞報導更具生動性、時代感，更具壯鄉特色。

2. 注重民族地區漢文報與民族文字報紙之間的互動。《廣西民族報》漢文版與壯文版應當在發展中互動，這不僅可以是新聞資源上的共享，還可以是辦報經驗和辦報人才上的共享。以漢帶壯，以壯促漢，壯、漢並舉，是廣西民族報業勃興的一條出路。

〔註 3〕張儒：《論民族新聞改革》，載《新聞戰線》1988 年第 11 期。

廣西壯族自治區地處我國南疆的西南部。桂林、灕江是世界著名的山水風景名勝區，自古人稱桂林山水甲天下。廣西文物古蹟眾多，桂林市是歷史文化名城，柳州市也是一座歷史古城，更為引人目的是具有民族風情的三江縣侗族風雨橋、馬胖侗族鼓樓、靖西縣紫壁山歌圩臺等，這些得天獨厚的旅遊資源，可為廣西民族報業的發展開闢新的天地。如，與各大旅行社及內地報社、電視臺合作，開辦特色欄目，介紹廣西壯族或其他少數民族風土人情，吸引人們的注意力，擴大自身影響力；與當地旅遊部門合作，讓其投資或提供信息，在報紙上介紹自治區內的旅遊產品、特色旅遊項目等，也可以建立旅遊產品分類廣告，擴大經營渠道，甚至與旅行社建立長期合作關係，由其購買或向其他旅行團遊客贈閱報紙，擴大有效發行量。

3. 良好的經濟基礎是報紙取得長足發展的後盾。對於壯文版《廣西民族報》來說，經費的嚴重不足、專業新聞人才的極度缺乏，是制約其發展的根本原因。當地政府應當注重經濟發展與文化發展之間相互制約、相互促進的互為依託關係。經濟搞好了可以為文化事業發展提供必要的物質條件，經濟行為本身也是新聞報導的主要對象；文化事業搞得風風火火，不僅能提高少數民族同胞的文化素質，增強他們融入現代社會的能力，同時也為經濟更快更高地發展提供良好的科學文化基礎。文化水平提高擴大了讀者群，收入增加可改善辦報條件，提高職工的物質待遇，穩定採編隊伍，並最終促成民族報業的發展。

國務院新聞辦公室 2005 年 2 月 28 日首次發表了《中國的民族區域自治》白皮書，白皮書向全世界宣示，中國民族區域自治制度實施 50 多年來取得了輝煌成就，少數民族教育水平顯著提高。為加大對少數民族高層次骨幹人才的培養力度，中國政府決定從 2005 年起在少數民族地區試點招收碩士、博士研究生 2500 人，力爭在 2007 年達到年招生 5000 人、在校生總數 15 萬人的規模。在國家的大力支持下，包括廣西在內的民族地區的經濟文化已得到很大的發展，並將持續加快發展，對於身處民族地區的少數民族報業的發展，提供了良好的條件。（與植鳳寅合作）

（原載《當代傳播》2006 年第 2 期總第 127 期）

中國回族報刊研究芻議

　　十九世紀末二十世紀初，中國處於社會變革的歷史時期，內有封建勢力和民主革命勢力的衝撞，外有列強入侵，在內憂外患的頻頻困擾之下，先進的中國知識分子利用報刊宣揚民主、科學，反對封建統治和殖民統治，呼籲中華民族覺醒，號召中華民族自強以「立足於世界民族之林」，繼而掀起了兩次「辦報高潮」。受這一思潮的影響，作為中華民族的重要一員的回族民眾，也積極投身到這場文化運動中來，先進的回族知識分子和開明的回族宗教領袖，懷著「真理救國」、「教育救國」的熱誠，通過辦報刊，大力宣揚「宗教改革」、「教育改革」，在喚起回族民眾愛國、愛教的熱情，團結各地回族民眾維護回族和中華民族的利益方面做出了極大的貢獻，也使得回族的新聞事業在這一時期蓬勃發展起來。

一、回族報刊的界定

　　目前，學界對回族報刊尚未系統全面的研究，因此，我們嘗試從回答「回族報刊不是什麼？」的過程中，梳理出對回族報刊的界定。

　　第一，回族報刊不等同於伊斯蘭教報刊。回族形成和發展的過程，是伊斯蘭文化與中國傳統文化接觸、交流以及融會的過程。回族與伊斯蘭教之間有著密切的聯繫，雖然回族信仰伊斯蘭教人口多、規模大，「作為一種社會意識和生活方式，伊斯蘭教已成為回回民族文化的一種表現形式」。〔註1〕但是，回族並不是唯一的信仰伊斯蘭教的民族，自伊斯蘭教傳入中國，回、維吾爾、哈薩克、烏茲別克、柯爾克孜、塔吉克、塔塔爾、東鄉、撒拉、保安等少數民族都信奉伊斯蘭教。伊斯蘭教報刊的受眾可以是其中的某個民族，也可以是整個

〔註1〕馬啟成著：《回族歷史與文化暨民族學研究》，中央民族大學出版社2006年版。

穆斯林群體。例如：1944 年 1 月 15 日在重慶創刊的漢文版《阿爾泰》（維吾爾文版在漢文版出版之前早已問世，並已出版 5 期），雖含有對伊斯蘭教及近東地區伊斯蘭教民族研究的內容，但其主要面對的是新疆維吾爾族的伊斯蘭教民眾，內容也主要是介紹新疆地區的歷史、地理知識。因此，《阿爾泰》只能稱作「伊斯蘭教報刊」，而不能稱為「回族報刊」。

　　第二，回族報刊不單是由回族人主辦的。這一論點又包含了兩個含義：一，回族人創辦或主持的不都是回族報刊；二，回族報刊的創辦者或主持者不都是回族人。這樣的敘述有些拗口，我們逐一解釋。

　　首先，在白潤生主編的《中國少數民族新聞傳播通史》提到「我們這裡所說的清末民初的回族報刊，包括兩個類型，一是由回族人創辦或主持的綜合性報刊，一是回族人創辦或主持的專門性報刊。前者面向社會大眾……後者則不同，它是專門針對回族及其宗教文化進行報導與研究的……」通過這段敘述，筆者認為，綜合性報刊雖然因為創辦者或主持者是回族人，其內容上會有較多對回族社會的報導，但它對回族的宣傳報導性質與對漢族或其他民族的宣傳報導是一致的，並不能簡單地把它稱作「回族報刊」。如：丁寶臣創辦的《正宗愛國報》及回族女報人劉清揚主持的《婦女日報》等。

　　其次，由於所處歷史時期的特殊性，中國歷史上也曾有過非回族人創辦或主持的回族報刊。如，1938 年 4 月創刊的《回教》（後改名《西北鐘聲》），實際上是日偽假託伊斯蘭教名義出版的。又如，1924 年 10 月 1 日創刊的《回光》的編輯左東山是一位日本人，原名佐久間貞。

　　經過逆向的分析，可以初步界定「回族報刊」是指專門針對回族及其宗教文化進行報導與研究的中國回族穆斯林報刊。這類報刊內容多以闡發伊斯蘭教義，宣傳回族歷史、文化及宗教信仰，倡導民族教育及文化交流，宣傳愛國愛教思想，團結各地回族民眾，傳達各地回族消息為主。

二、中國近現代回族報刊的發展階段

　　目前已出版的新聞史著作大體上都沿用以革命歷史階段劃分為主線，以階級分壘為輔線的分期方法，在時間段上分為辛亥革命時期、北洋軍閥統治時期、國民政府時期、抗日戰爭時期、國內革命戰爭時期、新中國成立初期、社會主義改造時期、文化大革命時期、改革開放新時期等幾個大時間段；在階級上分為民族資產階級、無產階級等幾大部分；在思想言論上以革命性和進步性

為重點。這種新聞傳播史的闡述範式，使得新聞史著作如同黨史著作，失去了自身的規律，也無法使讀者真正認識到新聞傳播事業的發展狀況。

雖然有一些新聞傳播史學著作嘗試跳出傳統的歷史劃分方式，但又或以時間為框架、或以地域為框架、或以人物實踐為框架，無法從整體上對新聞產生的政治、經濟、文化等背景給以總的印象。

白潤生教授在其新著《中國少數民族新聞傳播通史》中，提出了一種全新的分期標準——用聯繫和發展的觀點探討中國少數民族新聞傳播發展的內在規律，充分考慮社會諸種因素的作用，以新聞為本位，按照中國少數民族新聞活動發生、發展的進程所呈現出來的獨特階段性特徵劃分歷史時期。遵照這一原則，將歷史階段具體分為：蹣跚學步（遠古～20世紀20年代）；崢嶸歲月（20世紀20年代～40年代末）；火紅年代（20世紀40年代末～70年代中葉）；滿園春色（20世紀70年代中葉～20世紀末）。

這一分期方法具有其科學性、合理性，它較為準確的再現了中國少數民族新聞傳播活動演變的各個歷史時期，基本還原了其本來面目。因此，筆者在研究回族報刊的發展階段時，同樣遵循了這樣的分期方法。

第一、蹣跚學步（19世紀末～20世紀20年代）

十九世紀末二十世紀初，中國反帝反封建的鬥爭逐漸高漲，尋求民族復興、國家獨立，成為中華民族共同面臨的歷史任務。這種民族憂患意識和民族責任感，同樣喚醒了回族民眾的愛國熱忱。

戊戌變法時期，中國近代報刊史上出現了第一個辦報高潮，資產階級改良派的辦報活動衝破了封建統治者的言禁，報刊成為思想啟蒙和救亡圖存的武器。1898年戊戌變法失敗後，資產階級民族革命的輿論與日俱增，並在辛亥革命時期掀起了中國近代報刊史上的第二次辦報高潮。

在第一次辦報高潮的影響下，第二次辦報高潮出現初期，大批回族愛國團體相繼成立，同時，各種回族進步刊物也相繼出版發行。

其中《竹園白話報》是創辦最早的回族白話文報，1907年由回族報人丁子良創辦於天津，以「注重啟迪回民」為宗旨，用敏銳的觀察和鋒利的筆鋒剖析時政，宣揚民主革命思想。〔註2〕

創辦最早的期刊是《醒回篇》，1908年由留學日本的回族學生以「留東清

〔註2〕房全忠主編：《中國回族概覽》，寧夏人民出版社2008年版。

真教育會」名義在日本創辦。「留東清真教育會」創立於 1907 年 6 月，是在清政府駐日公使楊星垣的支持下，由集會於東京的來自全國 14 個省的 36 名回族留日學生創立。其宗旨為「聯絡同教情誼，提倡教育普及，宗教改良」。〔註3〕《醒回篇》可稱為回族歷史上第一份近代具有進步思想的刊物，雖只出了一期，但對國內回族的影響很大，不僅喚醒了回族同胞，傳播了新思想，而且在回族報刊史上，起到了拋磚引玉的作用，成為日後回族先進知識分子和宗教開明領袖創立回族社團和報刊的一種可借鑒模式。

此外還有：1913 年 1 月由蒙藏事務局創辦的《回文白話報》，至 1914 年 5 月停刊，共出版 16 期；1916 年由北平清真學會創辦的《清真學理譯著》，僅出版一期就停刊；1917 年元月，由雲南清真報社主辦，馬鑫培、保廷梁等創辦的《清真彙刊》，僅出版一期就停刊。

這一時期，回族報刊在受到國內各種政治派別報刊的影響，以及社會經濟、交通運輸、電報及印刷技術得到較快發展的基礎之上開始萌芽，但其創辦仍處於摸索階段，或由於缺乏辦報經驗，或由於短缺辦報資金，或由於缺少穩定的採編人員，又或由於受到社會政治因素的限制，創辦歷史都很短暫，這是我國少數民族報刊蹣跚學步時期的主要特徵。但不可否認的是，它們都是因中國社會歷史大環境和回族社會歷史小環境兩方面的時代需求而產生的，是中國回族報刊產生的標誌，為推動回族及穆斯林文化的進步、推動各民族團結發揮了積極作用，為以後回族報刊的發展奠定了堅實的基礎。

第二、崢嶸歲月（20 世紀 20 年代～40 年代末）

20 世紀上半期，中國社會的動盪加劇，戰爭不斷。回族先進知識分子和開明宗教領袖，為號召民族團結、愛國救國，開始活躍在中國的歷史舞臺上，眾多回族宗教愛國團體、社團相繼成立，隨之而來的是，回族報刊的崛起和蓬勃發展。據粗略統計，在 1920 年至 1949 年 30 年間，全國各地創辦的回族報刊大約有 130 多種。〔註4〕

這一時期，具有代表性的回族報刊主要有：

1.《回光》

1924 年 10 月 1 日在上海創刊，丁沛霖、李慶雲、左東山等人出任主編，

〔註3〕《留東清真教育會章程》，《醒回篇》，蘭州大學出版社 1987 年版，第 70 頁。
〔註4〕據雷曉靜：《中國近現代回族、伊斯蘭教報刊的崛起》一文的附表《中國近現代回族、伊斯蘭教報刊附表》統計，《回族研究》1997 年第 1 期。

1925 年停刊。《回光》創刊初期以漢、日、英三種文字刊載稿件，辦報宗旨是「研究回學、增進回智、革新回教、傳播回教、團結回民。」〔註5〕實質上，《回光》的創辦，為的是挑撥回漢之間的關係，挑唆回族獨立以期達到日本分裂中國的目的。雖然具有反動性，但不得不承認，在早期的回族報刊中，《回光》的影響還是比較大的，它的發行量超過 5000 冊，行銷國內 22 個省市及國外，〔註6〕給後人研究這一時期回族、伊斯蘭教文化及回族報刊的發展情況留下了寶貴的資料。

2.《震宗報月刊》

1927 年在北平創刊，初名《震宗報》，1931 年 1 月更名為《震宗報月刊》，唐易塵主編。辦報宗旨「宣傳回教真諦，鞏固回教基礎，俾以導人類於樂園的伊斯蘭在世昌明永存。」〔註7〕《震宗報月刊》辦報時間較長、內容豐富，在京津及華北地區影響較大。

3.《伊光》

1927 年 9 月在天津創刊，王靜齋出任總經理及主編，社址先後轉輾至天津、武漢、河南、重慶、甘肅、寧夏等地區。辦報宗旨是「尊經求實、弘揚伊斯蘭文化。」〔註8〕

《伊光》發行量為 1000～2000 份，全國發行。〔註9〕這是一份洋溢著愛國熱情的進步刊物，「在伊斯蘭教報刊史上獨樹一幟」。〔註10〕

該刊在 1927 年 9 月出版的第一期即「招登廣告」，就目前筆者所掌握資料來看，這是最早刊載廣告的回族報刊。《伊光》的內容包含了我國近代報刊的四種基本成分——新聞、言論、文藝（副刊）、廣告，已經具備了我國近代報刊的模式，可以說是第一份真正意義上的中國近代回族報刊，它標誌著中國回族報刊的發展進入了新的歷史時期，這比創刊於 1872 年 4 月 30 日的《申報》晚了半個多世紀。

4.《雲南清真鐸寶》《清真鐸報》

1929 年 2 月，中國回教俱進會滇支會主辦，《雲南清真鐸報》在昆明創

〔註 5〕 《回光》，1924 年第一卷第一號發刊詞。
〔註 6〕 雷曉靜主編：《回族近現代報刊目錄提要》（上冊），寧夏人民出版社 2006 年版。
〔註 7〕 雷曉靜主編：《回族近現代報刊目錄提要》（上冊），寧夏人民出版社 2006 年版。
〔註 8〕 雷曉靜主編：《回族近現代報刊目錄提要》（上冊），寧夏人民出版社 2006 年版。
〔註 9〕 雷曉靜主編：《回族近現代報刊目錄提要》（上冊），寧夏人民出版社 2006 年版。
〔註 10〕 雷曉靜主編：《回族近現代報刊目錄提要》（上冊），寧夏人民出版社 2006 年版。

刊，曾幾度停刊，1940 年復刊時更名為《清真鐸報》，馬慕青、白壽彝、納鍾明等人先後出任主編。辦報宗旨是「闡揚伊斯蘭教義，灌輸伊斯蘭思潮，討論伊斯蘭教育問題，加強教胞團結，爭取民族自立」。〔註 11〕該刊發行時間長、發行面廣，具有很大的社會影響力，在中國回族報刊史上具有較高的地位。

5.《月華》

1929 年 11 月 5 日由馬雲平、唐柯三等人在北平創刊，成達師範學校主辦，趙振武、白壽彝等人先後出任主編。辦報宗旨是「發揮回教適合現代潮流之精義；介紹世界各地回民之消息；增進中國回民之知識與地位；解釋回教新舊派別之誤會；發達中國回民之國家觀念；提倡中國回民之教育及生計」。〔註 12〕《月華》是中國回族報刊史上辦刊時間最長、發行量最大、影響範圍最廣的報刊之一。

6.《中國回教救國協會會刊》

「中國回教救國協會」1938 年 5 月在武漢成立，白崇禧為理事長，時子周、唐何三為副理事長。白崇禧、時子周、唐柯三、孫繩武、艾沙、馬漢三等 9 人為常務理事，達浦生等 8 人為監事。它是在全國人民抗日救亡愛國運動的推動下成立的。

《中國回教救國協會會刊》1939 年 10 月 15 日在重慶創刊。其主要辦報宗旨是喚起回民抗戰。該刊大量反映了「中國回教救國協會」及各地方分會的活動情況，所刊載內容較為權威。

此外，這一時期較為著名的回族報刊還有：在華東地區影響較大的 1934 年 5 月在南京創刊的《突倔》、唯一一份在上海公共租界內堅持出版的回族報刊《綠旗》等。

誕生於硝煙彌漫、多元政治勢力相互抗衡的社會背景之中，肩負沉重的政治宣傳功能，這是崢嶸歲月時期回族報刊的重要特色。作為中華民族的重要組成部分，回族受到廣泛重視，因此各政治團體的紛紛借由創辦回族報刊來宣傳自己的政治主張，不僅有代表國內各政治派別的，而且一些外國勢力也將其爪牙伸到了報紙這一信息傳播領域。回族報紙在這一時期，成為各種政治力量的宣傳陣地。

〔註 11〕雷曉靜主編：《回族近現代報刊目錄提要》（上冊），寧夏人民出版社 2006 年版。
〔註 12〕雷曉靜主編：《回族近現代報刊目錄提要》（上冊），寧夏人民出版社 2006 年版。

第三、火紅年代（20世紀40年代末～70年代中葉）

隨著抗日戰爭的勝利和中華人民共和國的成立，回族報刊迎來了新的發展歷程。這一時期，創刊已久的回族報刊大都已停刊，新的以黨報為核心的回族報刊開始出現並發展起來。

中華人民共和國成立後創刊的第一份回族報刊是 1949 年 11 月 15 日在北京創辦的《回民大眾》，宗旨是「發揚回民大眾利益；為回民大眾服務；愛國愛教；和國內各民族人民團結互助，共同反對帝國主義、封建主義和資本主義，為中國的獨立、統一富強而奮鬥」。〔註13〕

此外，蘭州的《開拓》等內部刊物，也是這一時期較為著名的回族報刊。

但是，較於蒙、藏、壯、維吾爾等其他主要少數民族報刊蓬勃發展的態勢，回族報刊顯得相對滯後，這是火紅年代這一時期，回族報刊有別於我國其他主要少數民族報刊的地方。

第四、滿園春色（20世紀70年代中葉～20世紀末）

1976 年後，中國進入了新的社會主義改革和建設時期。這一時期，在多方努力下，中國的新聞事業有了突飛猛進的發展，呈現出百花齊放、滿園春色的蓬勃之景。之後的 20 年裏，中國報業經歷了天翻地覆的變化，報紙的數種、發行量都獲得巨大增長，辦報水平、辦報模式都得到提高。回族報刊沐浴這一縷春風，汲取各民族辦報的成功經驗，在這一時期的中後期出現了新的生機。

1.《回族研究》

1991 年由寧夏社會科學院在寧夏回族自治區首府銀川市創刊，季刊，屬學術性刊物，主要刊載伊斯蘭教教義、回族文化、回族歷史與當今回族社會等方面的研究論文。這是「第一份全方位專門研究回族的雜誌」，「並迅速成為國內回族伊斯蘭教研究的主要陣地」。〔註14〕

2.《穆斯林通訊》

1999 年 1 月，由蘭州穆斯林文化教育促進會（原名蘭州穆斯林福利事業交流中心）在蘭州創辦。這是一份月報，是回族穆斯林民間團體自發創辦的民族內部刊物。主要刊載介紹伊斯蘭教經文、伊斯蘭教歷史和基礎知識、先知和先輩事蹟等內容。

〔註13〕雷曉靜主編：《回族近現代報刊目錄提要》（下冊），寧夏人民出版社 2006 年版，第 177 頁。
〔註14〕劉偉主編：《寧夏回族歷史與文化》，寧夏人民出版社 2004 年版，第 177 頁。

回族報刊在 20 世紀的最後 20 年裏蓬勃發展起來，據蘭州大學的楊文炯博士統計，到 20 世紀末全國的回族報刊共計 66 種。〔註 15〕依託於回族民族的精神支持，回族民間團體組織、學校以及回族宗教領袖等作為回族報刊的創辦者，經費主要來自於回族讀者的自發捐贈，採編人員不計酬勞，報刊免費贈閱等是回族報刊在滿園春色時期迅速發展的原因，也是最大的特點。

三、中國近現代回族報刊研究的學術價值及現實意義

中國是一個統一的多民族國家，回族是中華民族大家庭中重要的一員。據 2000 年第五次全國人口普查，回族人口近 1000 萬，是全國第四大民族，遍布在全國 2000 多個縣、市，是我國分布最為廣泛的少數民族。

文字是記載歷史的最好工具，中國近現代回族報刊以這種方式記錄了中國社會大變革時期，回族人民的政治、經濟、宗教、社會狀況，不僅是珍貴的歷史資料，而且具有研究價值。

第一，在中國新聞史的研究方面。作為中國新聞史的組成部分，中國近現代回族報刊從一個側面反映了中國新聞史的發展歷程。它產生的特殊歷史背景；初創時即具備言論、文藝（副刊）等近代報刊成分的特殊性；創辦者的特殊宗教背景等，放在中國新聞發展的大潮中，都值得研究者深思。

第二，在研究回民教育方面。自《竹園白話報》、《醒回篇》起，中國近現代回族報刊就始終將「回民教育」列為辦報宗旨中的一項，用大量的篇幅刊載回民辦學的消息以及對回民教育研究的文章，如：《中國回教學會月刊》1926 年出版的第一卷第八期刊載來稿《新疆教育談》；《震宗報月刊》1932 年出版的第二卷第三至五期合刊瑣聞欄目裏發表《靈武兩區紳董墊款興辦清真學校》、1937 年出版的第三卷第九期發表論評《中央怎樣補助回民教育及怎樣才算回民教育？》等等，這些文獻資料是當前如何辦好回民教育的重要借鑒。

第三，在處理民族關係、宗教問題方面。中國近現代回族報刊一直關注回漢關係問題、新舊教義的誤會問題等一系列與民族關係、宗教事務有關的問題。1917 年元月創刊、僅出版一期的《清真彙刊》刊載選論《說明漢族與回族名義》；《中國回教學會月刊》、《雲南清真鐸報》等，刊載了大量關於古蘭經的譯注及解釋。這些事實報導，是讓各民族相互瞭解的橋樑，是使有誤會的雙方

〔註 15〕楊文炯：《文化自覺與精神渴望：都市族群研究：〈開拓〉，一種文化現象》，《回族研究》2004 年第 1 期。

相互溝通的紐帶，對於今天如何更好地處理民族之間、宗教之間的問題，有重要的參考價值。

第四，在回族經濟、社會發展方面。歷史是一面鏡子，它折射出人類社會各個階段的發展歷程。中國近現代回族報刊中的大量事實報導和時事評論，記錄了回族經濟、社會發展的方方面面，記載了回族人民在國難當頭時的團結一致，在危機重重時的聰慧勇敢，對今天的回族人民來說，是驕傲、更是激勵和鞭策。

第五，在回族文化、伊斯蘭宗教文化的傳承方面。中國近現代回族報刊作為一種傳媒形態，憑藉其跨越時間和空間的傳播特性，無形之中對記錄回族文化、伊斯蘭教文化起到了重要作用。對於研究回族民族風情、文化特性、生活習俗，研究伊斯蘭教教義教理的發展變化，校譯伊斯蘭經文、經典等，都具有極高的學術價值。（與荊談清合作）

（原載《當代傳播》2009 年第 4 期總 147 期）

少數民族地區新聞史研究探微

一

在少數民族地區，少數民族新聞史是地區新聞史的主體。而兩者又都是中華民族新聞史的重要組成部分。

自古以來我國就是一個統一的多民族國家。除漢族以外，還有 55 個少數民族，據最新統計數字，少數民族人口為 12333 萬人，占總人口的 9.44%。〔註 1〕少數民族大部分居住在我國東北、西北、西南的山區、牧區和邊疆地區。根據我國民族區域自治法的規定，在我國少數民族居住的地區，可視具體情況，分別建立自治區、自治州和自治縣。截至目前，全國共有 5 個自治區，30 個自治州、120 個自治縣（旗）。在民族自治區域裏，大多都建立了使用本民族語言文字的報刊、廣播、電視、網絡和出版事業。資料表明，到 2005 年底，有 99 種民族文字報紙，用 13 種民族文字出版；有 223 種民族文字雜誌，用 10 種民族文字出版。〔註 2〕截至 2005 年，我國民族自治地方使用民族語言的廣播機構已有 78 個；使用民族語言的電視機構有 76 個；民族地區廣播覆蓋率達到 86.1%，電視覆蓋率達到 90.49%。〔註 3〕全國有廣播電視臺（指既可對外廣播又可播放電視的機構）389 個（省級 12 個，地級 118 個，縣級 259 個），

〔註 1〕參見《2005 年全國人口抽樣調查主要數據公報》，國家統計局 http://www.stats.gov.cn。

〔註 2〕劉寶明：《語言平等觀：中國的實踐與經驗》，《中國民族報》，2006 年 9 月 8 日。

〔註 3〕閏偉軒：《少數民族文化事業發展呈現新氣象》，《中國民族報》，2007 年 9 月 25 日。

廣播電臺 41 個，電視中心臺 50 個，〔註 4〕每天用 21 種民族語言進行播音；我國少數民族地區新聞媒體的發展呈現出繁榮的景象。

二

少數民族地區新聞史的研究，20 世紀 70 年代以前幾乎很少涉獵，20 世紀 80 年代以後開始有人進行這方面的探討。直到 20 世紀 90 年代筆者才看到了馬樹勳編著的《中國少數民族文字報紙概略》一書，這應該是我國最早的一部少數民族地區新聞史的專著。該書介紹了我國當代 13 個省（區）的 68 家少數民族文字報紙，也有少量內部出版的，甚至是油印小報。它是「一本別開生面的書」，「在我國新聞出版史上可以說是破天荒第一遭兒」。〔註 5〕

20 世紀 90 年代以來，隨著我國改革開放不斷深入和新聞學研究的不斷繁榮，少數民族地區新聞史的研究也迎來了一個春天，出版了幾部高質量、高水平的少數民族地區新聞史的專著。

1998 年 4 月，《內蒙古日報五十年》由內蒙古人民出版社出版。這部書論述了我國最早的少數民族文字省級黨報《內蒙古日報》半個世紀的發展歷程，總結了辦報的經驗教訓。這部著作的編寫、修改工作持續了 10 多年，前後有 50 多人參與這項工作，是集體勞動的結晶。對於這部書的編寫、修改，歷屆報社領導都十分重視和關心，聽取彙報，及時解決問題，保證這部記錄和總結內蒙古日報 50 年辦報經驗的史書順利完成。《內蒙古日報五十年》雖然不是內蒙古地區新聞傳播史，但《內蒙古日報》是內蒙古地區最重要的一張報紙。總結它的成長過程和實踐經驗對於研究內蒙古地區報業發展具有顯著意義。

2002 年，蘭州大學出版了中國傳媒大學教授益西拉姆（藏族）著的《中國西北地區少數民族大眾傳播與民族文化》（以下簡稱《傳播與文化》），建構起一個新的研究課題，拓寬了少數民族新聞傳播學的研究領域。

《傳播與文化》介紹了西北地區少數民族大眾傳播的歷史淵源、發展進程、傳播特點、社會功能及目前存在的問題和解決方法與途徑；西北地區少數民族文化的基本形態、文化特點與民族文化的變遷轉型；大眾傳播與民族文化的關係及發展。該書並沒有單一地從歷史的角度審視西北地區少數民族新聞

〔註 4〕國家民委經濟發展司、國家統計局國民經濟綜合統計司編：《中國民族統計年鑒·2005》，民族出版社 2006 年版，第 621 頁。
〔註 5〕楊子才：《〈中國少數民族文字報紙概略〉序》，《中國少數民族文字報紙概略），內蒙古大學出版社 1990 年版。

事業的發展，而是將大眾傳播媒介與民族文化這兩方面一併加入了議題的設置，大大拓寬了視野，呈現出多學科交叉融合的態勢。這裡既包含了新聞學、傳播學的內容，同時也涉及社會學、民俗學的範疇。多學科的視角，呈現一定的創新精神和顯著的學術價值；表現了作者紮實的知識積累，駕取龐大體系的能力。

這部著作，成功地運用問卷調查和實地考察的方法，以及生動的個案分析，使其結論更科學，更可靠。其中關於民族文化變遷和轉型的論述給讀者印象最為深刻，在全球化的浪潮和信息傳播的更方便快捷的情況下，任何一種文化形態都會面臨其他文化的撞擊和共鳴，甚至是侵蝕和霸佔。西北地區的民族文化正是面臨著漢文化的衝擊，而且已經在經歷著文化的嬗變，尤其在標誌文化上，作者以「水乳交融的共生形態」來概括這種變遷與轉型，其觀點比較新穎和獨到。

這部書使讀者對西北地區大眾傳播，尤其是少數民族文種、語種傳媒的傳播特點有了更為清晰的認識，而且作者將大眾傳播與民族文化相互關聯的範疇結合在一處，尋求兩者之間相互促進的規律，這種分析方法對讀者的啟發頗深。正如作者所說，通過這些理論的探索和創新，使具有信息優勢和技術優勢的大眾傳播能夠成為西北地區民族文化發展的有效手段，在促進西北地區物質文明和精神文明建設的歷史過程中發揮積極作用。

2005 年，中央民族大學出版社也推出了一部少數民族地區新聞史《西藏新聞傳播史》，作者為西藏民族學院新聞傳播學院教授周德倉。著名新聞史研究專家丁淦林教授評價該書，「它是我國第一部全面地系統地評述西藏新聞傳播史的著作。」〔註6〕其「理論架構是新設計的，有不少材料是新發現的，甚至有的概念也是首次提出來的。」〔註7〕這部書的特點有四：「定位準確，是這部書的首要特點。其次，關於西藏傳播形態、傳播形式及其特點的概括與分析是這部書又一重要內容。」西藏遠離祖國腹地，改革開放以後，才建立起當代傳媒體系。其廣播、電視和報刊三大新聞傳媒一直堅持「藏語為主，藏漢並舉」的原則，形成了獨特的傳播方式。西藏地區的新聞傳播特點是悠久的歷史傳統與開放的當代大眾傳播相互影響、相互推動的結果，這一特點的形成是與西藏

〔註 6〕丁淦林：《西藏地區新聞傳播歷史的挖掘與探索——西藏新聞傳播史序》，《西藏新聞傳播史》，中央民族大學出版社 2005 年版。
〔註 7〕丁淦林：《西藏地區新聞傳播歷史的挖掘與探索——西藏新聞傳播史序》，《西藏新聞傳播史》，中央民族大學出版社 2005 年版。

文化的特點完全吻合的，它也是西藏文化在當代社會鮮明的民族文化色彩的展現。「第三，歷史分期的創新與突破。」作者突破了以政治歷史劃分章節的傳統，是以西藏地區新聞傳播活動發展和客觀規律確定古代、近代和現代與當代各個歷史時期的。這樣的劃分方式建立在作者對西藏新聞傳播活動、新聞傳播事業實地考察和深入研究的基礎上，有堅實的史料作為依據。「第四，史論結合，論從史出。」既有縱向敘述，即「史」的梳理，廓清西藏新聞傳播發展的歷史軌跡，又有橫向的論述，即專設幾個專題，對西藏新聞對外傳播、西藏新聞教育、西藏藏文傳播形態、西藏的電影和新聞援藏等領域作為「類編」，進行歷史敘述和歷史分析，與縱向歷史敘述相為映照，使這一地區的新聞傳播特點更為突出。

益西拉姆的《西北少數民族大眾傳播與民族文化》和周德倉的《西藏新聞傳播史》都屬於區域性少數民族新聞傳播學研究範疇。他們的研究成果豐富和充實了少數民族新聞傳播學的內容，顯示了我國少數民族新聞傳播學的研究初步發展階段的新特點，為推進我國少數民族新聞傳播學的研究作出了新貢獻。

三

改革開放以來，我國進入了信息化的時代。隨著黨的民族團結和區域自治政策的深入貫徹落實，人們更加強調文化的多樣性。少數民族語言文字的使用與推廣，推動了我國少數民族文化事業的發展。少數民族地區為了促進新聞事業的研究，許多報社紛紛成立研究機構，加強對本地區新聞學的研究。內蒙古自治區新聞研究所在少數民族省（區）中是成立最早的研究機構之一。1981 年6 月 19 日，中共內蒙古自治區黨委辦公廳批准成立內蒙古日報社新聞研究所，由內蒙古日報社和內蒙古社會科學院雙重領導。研究所的工作任務是：1.認真總結自治區宣傳報導黨的方針政策的基本經驗；2.編寫內蒙古的新聞史，總結歷史的經驗教訓；3.協助有關部門進行業務教育，提高新聞工作者的理論水平和業務素質。成立初期，這個研究所撰寫了《內蒙古日報史略》初稿，內部出版了《內蒙古新聞資料選編》（第一輯）及新聞學的論文，並獲得本地區的優秀科研成果獎。1988 年該所開始編撰《內蒙古報業志》，在查閱檔案、搜集資料的基礎上，寫出《內蒙古報業志編目》，1991 年 10 月完成《內蒙古報業志》初稿，1998 年定稿付梓。

內蒙古新聞研究所還與內蒙古新聞工作者協會和新聞學聯合會創辦了綜合性業務刊物《新聞論壇》。漢文版（雙月刊）1986 年出版，1988 年出版蒙古文版（季刊）。創刊號上發表的《總結工作經驗，探索新聞規律——代發刊詞》指出：「我們的這個刊物，就是為我區新聞界的同志們活躍思想、交流情況、總結經驗、學習和研究新聞學，提供了一個大家共同耕耘的園地。」「我們這個刊物堅持四項基本原則，堅持黨性原則，堅持百花齊放、百家爭鳴的方針，注意發揮黨所倡導的優良學風」，「堅持理論聯繫實際的精神，從自治區的新聞事業出發，堅持實事求是的科學態度，使它能夠為探討新聞工作的規律，為辦好我區的新聞事業，提高宣傳報導質量服務，為不同層次的新聞工作者和新聞愛好者服務。」蒙古文版的宗旨與漢文版相同，絕大部分文章是作者用蒙古文寫作的。這是全國第一家用少數民族文字出版的新聞專業刊物。

此後，在民族地區的自治區（省）、州（盟、地）級報社陸續建立了一些新聞研究機構，成為少數民族地區新聞史志研究的一支重要力量。

少數民族新聞教育的發展，誕生了又一支新聞學和傳播學研究的隊伍。據不完全統計，全國近 20 所民族地區高校和民族院校已完成、即將完成國家科研項目 4 項、省部級課題 10 餘項。

四

最後，筆者呼籲研究撰寫地區新聞史的專家學者不要忽略對少數民族新聞事業的挖掘與展示。1989 年著名的社會學家、人類學家費孝通教授應香港中文大學邀請，作了一次學術報告，報告的題目是《中華民族多元一體格局》，主要論點是「中華民族是包括中國境內 56 個民族的民族實體，並不是把 56 個民族加在一起的總稱，因為這些加在一起的 56 個民族已結合成相互依存的、統一而不能分割的整體，在這個民族實體裏所有歸屬的成分都已具有高一層次的民族認同意識，即共休戚、共存亡、共榮辱、共命運的感情和道義。」〔註8〕「多元一體的格局有個從分散的多元結合成一體的過程」，「漢族就是多元基層中的一元，由於它發揮凝聚作用把多元結合成一體，」這是一個多語言、多文化的整體，即中華民族，也是「一個既一體又多元的複合體，其間存在著相對立的內部矛盾，是差異的一致，通過消長變化以適應於多變不息的內外條

〔註 8〕費孝通主編：《中華民族多元一體格局》（修訂本），中央民族大學出版社 1999
　　　年版，第 13、14 頁。

件，而獲得這共同體的生存和發展。」按照費老的論述：「中華民族是 56 個民族的多元形成的一體，是高一層次的認同的民族實體。」〔註9〕那麼，中國通史應該就是一部多元一體的中華民族形成發展的歷史，也就是中華民族通史。不言而喻，中國新聞史和中國少數民族地區新聞史就是中華民族通史中的一部分。

如前所述，我國少數民族大多居住在東北、西北、西南的邊遠省區，但由於歷史上的遷徙流動，我國民族分布呈現「大雜居、小聚居」的特點。這一特點，也決定了我國少數民族新聞事業興起與發展並不僅僅局限在民族地區，在內地也有不少少數民族新聞媒體，比如在上海這座經濟文化發達的大城市，早在 20 世紀二、三十年代就辦有朝鮮文報刊，不僅數量多而且品種齊全。1918年創辦的《獨立新聞》就是一張著名的朝鮮文報紙。另外，著名的回族報人伍特公、沙善餘都在《申報》擔任過編輯，伍特公還擔任了代理總編輯，他們為上海報業的發展所做的貢獻都是不可磨滅的。

天津是我國北方重要的城市，報刊種類眾多。電臺、通訊社等新聞媒體在相當長的時期內處於領先地位，同時雲集了許多報刊活動家。馬藝主編的《天津新聞傳播史綱要》對著名的少數民族報刊和報人雖然有所研究，但是也遺漏了諸如《伊光月報》這樣的回族報刊，不能不說是一大缺憾。

鑒於此，筆者願意再次呼吁，從事地區新聞史志研究的專家、學者，請不要遺忘對本地區少數民族報刊報人的挖掘與研究，因為他們所從事的工作也是地區新聞史的一個重要內容，當地少數民族新聞工作者因為其所在地區乃至全國的新聞事業做出過貢獻，他們的勞績永遠值得人們記取！

（原載《當代傳播》2008 年第 6 期總第 143 期）

〔註9〕費孝通主編：《中華民族多元一體格局》（修訂本），中央民族大學出版社1999年版，第 13、14 頁。

蓬勃發展的民族期刊

新中國——新形勢下蓄勢待發

　　中華人民共和國的成立，揭開了我國歷史的新篇章，同時也為我國社會主義新聞事業在全國的確立與發展提供了社會基礎，開闢了我國新聞事業的新紀元。少數民族期刊，在新形勢下有了更大的發展。

　　首先，中共延邊朝鮮族自治州委主辦的《支部生活》（朝鮮文版）於 1954 年 4 月 15 日正式出版。該刊以工廠、礦山、企業、農村、地區的朝鮮族黨員和團員為主要讀者對象，突出黨的思想建設。1956 年該刊將其主要讀者確定為延邊和其他地區的朝鮮族黨組織、黨員以及黨的積極分子。主要任務是教育基層黨員，指導基層黨組織。根據形勢發展和讀者需求，同年 7 月，該刊分別出版農村版和財經版的《支部生活》，均為半月刊。農村版面向農村黨員、積極分子、農村工作人員和廣大農民；財經版面向工廠、礦山、鐵路、林業、商業部門的黨員、積極分子及廣大勞動群眾。在五六十年代這個複雜的歷史時期中，《支部生活》為延邊黨建工作和經濟建設，時事政治宣傳作出了積極貢獻。

　　與此同時，我國少數民族期刊也出現突破性發展。主要標誌有三點：一是全國性的大型畫報《民族畫報》的創刊，文字和圖片的結合尤其是圖片的大量運用，使民族期刊充滿了更多的民族特色。二是時事政治性期刊《民族團結》創刊，它是中國唯一反映少數民族的中央級綜合新聞月刊，發行量最大，最具有權威性。三是少數民族文字的婦女報刊新發展，《內蒙古婦女》雜誌的創辦。這些突破性發展使少數民族文字期刊事業上了一個新的臺階。

　　在這個時期中，少數民族文字的報與刊有明顯的區分。報與刊不僅從形式

上已有了嚴格的區別，而且從創辦之時起，主管部門和創辦人就已自覺地把報與刊區別開來，這是民族報刊事業的一大進步。

新時期——一朵盛開的鮮花

十一屆三中全會後，我國進入了改革發展的新時期。而少數民族期刊事業，在這繁花似錦的春天裏，也是一朵盛開的鮮花。在此，我們僅就全國享有盛名的特色期刊做一簡單記述。

《民族團結》

新時期的第一個十年，是《民族團結》走出「文革」陰影初步發展的十年。上世紀 90 年代後，《民族團結》在 20 世紀 80 年代已初步表現出的現代化趨勢進一步加深，這主要表現在報導內容的深化和外觀的講究。首先，經濟報導數量快速增長，深入關注少數民族地區的生存狀態。而西部大開發戰略的出臺，使民族地區的經濟發展更成為報導的重點。如 1993 年開闢的「中國沿邊開放城市系列報導」，專題報導了少數民族沿邊城市的經濟發展現狀。第二，形式上，力求精美，具備了現代期刊的美感。

此外，該刊也在尋找新的發展契機，擴大刊物影響。如 2000 年 10 月《民族團結》開始主辦中國民族網，英文域名 56china.com.cn 成為我國民族類第一個專業網站，而其信息來源主要是《民族團結》（《中國民族》）。網站建立 3 年，日趨成熟，界面美觀，內容豐富，是民族類網站中較為突出的。

《民族畫報》

十一屆三中全會後，《民族畫報》進入一個新的發展階段，1985 年，由一個編輯部變為民族畫報社。1998 年畫報改版後，報導質量進一步提高，2000 年被評為「全國百種重點社科期刊」。在宣傳內容上，表現出新的特徵：報導重點轉向少數民族地區經濟建設，注意挖掘少數民族商品意識的復蘇，反映市場經濟下，少數民族地區的新動向、新思維；突出民族特色，宣傳各民族歷史文化、風土人情和名勝古蹟。在傳達黨的民族政策同時，滿足讀者知識性、趣味性；充分發揮畫報的特色和優勢，對重大題材進行連載報導。

新華社主辦的《半月談》（漢、維、藏文版）

《半月談》是中共中央宣傳部委託新華通訊社主辦的時事政治性期刊，漢

文版創刊於 1980 年 5 月，32 開，64 頁。到 1985 年發行量達 500 萬份，被譽為「中華第一刊」。1995 年 1 月，《半月談》藏文版創刊。該刊主要是對漢文版的《半月談》進行選擇性翻譯，並增加有關西藏的時事內容，突出重點，把握大局，指導西藏，傳播信息。之後又創刊了《半月談》維吾爾文版，兩個民族文字版的出現，使《半月談》成為多文種、多版本的系列刊物，輻射全國各地，社會各界都給予較高的評價。

新世紀——百花叢中爭奇鬥妍

從 1905 年我國第一份民族文字的期刊《嬰報》創刊至今民族期刊已經走過了百年的歷程了，在這整整一百年裏，既有奮鬥的艱辛，更有輝煌成就。而 2003 年，《中國民族》雜誌英文版創刊，則使我國少數民族期刊大踏步走向世界，足跡遠涉全球 180 多個國家和地區：據不完全統計，2003 年全國共出版民族文字期刊 205 種，分布全國 9 個省區，五個自治區共有期刊 587 種，其中民族文字期刊 164 種。

民族文字媒體是民族地區群眾最有貼近性的媒介。1955 年 10 月，毛主席就《西藏日報》的籌辦一事中就指出：「在少數民族地區辦報，首先應辦少數民族文字的報紙」。為方便各地各族讀者，取得最佳宣傳效果，目前民族文字期刊也多為幾種民族文字版。如《中國民族》用漢、蒙古、藏、維吾爾、哈薩克文版 5 種文字出版，《民族畫報》用漢、蒙古、藏、維吾爾、哈薩克、朝鮮 6 種文字出版，而《半月談》也用漢、維吾爾、藏 3 種文字出版，這使其在及時、準確的向民族群眾傳遞黨和國家的方針政策尤其是民族政策等方面既具有先天的權威性和極好的接近性。

在民族期刊工作者的辛勤努力下，民族期刊也取得了驕人的成績和民族群眾的好評。「中國期刊方陣」是中國期刊的濃縮，網絡全國港澳臺之外的 31 個省（區）、直轄市的優秀期刊。5 個自治區期刊方陣的入選率大多高出全國其他省份。而「雙高」（高知名度、高學術水平）層面的期刊被認為是期刊方陣中最優秀的群落。《中國民族》、《民族畫報》、《中國西藏》、《今日民族》、《西藏研究》等 7 種少數民族期刊被列為國家社科期刊方陣中的「雙高」、「雙效」、「雙百」期刊。

在我國的革命和建設中，民族新聞事業曾經發揮過巨大的作用，有力地推動了民族地區經濟、社會和文化等方面的發展。新世紀，在西部大開發、全面

建設小康社會、構建和諧社會的征途中，少數民族期刊也必將繼續發揚其優良傳統，並在與時俱進的創新中不斷為我國的民族地區的民族受眾帶來更多、更優質的精神食糧，為民族地區經濟和社會的發展作出更積極的貢獻。（與邱曉琴合作）

（原載《中國新聞出版報》2006 年 6 月 27 日
第 7 版「期刊視點」，總 3857 期）

少數民族體育新聞報導淺析

一、少數民族體育新聞的概念

　　少數民族傳統體育是相對於西方體育而言的一個概念。中華民族傳統體育是一種古文化的遺存和積澱，是相對起源於希臘，發展成熟於西方社會文化氛圍中，並在國際體壇較為流行的現代體育而言的。關於我國少數民族傳統體育的概念和定義，1986 年在新疆烏魯木齊市舉行的第三屆全國少數民族傳統體育運動會期間，由國家民委和國家体委聯合組織舉辦首屆少數民族傳統體育學術研討會，會上對「少數民族傳統體育」的定義指出幾種不同的觀點，最後得出少數民族傳統體育的概念是：少數民族傳統體育是長期流傳於各少數民族中的具有濃鬱民族性、地域性特徵的以強身健體和娛樂為主要目的的民族體育活動。〔註1〕

　　馬德信在《體育新聞學 ABC》中認為，體育新聞的開端應該從體育發展史的探索開始。原始部落不可能出現體育新聞的報導和傳播。第一次作為體育運動會記錄在冊的，可能是古希臘人從公元前 776 年開始舉辦的奧林匹克運動會，散佈著一屆屆運動會優勝者的記錄。〔註2〕目前，學界給體育新聞下的定義就是媒體對新近發生或正在發生的體育範疇內事實的報導。相比之下對於少數民族體育新聞報導的研究尚不完善，學界對其理論體系的構建還不完備。媒體對少數民族體育的報導多集中在四年一度的全國少數民族傳統體育運動會和少數民族節日慶典上的各類表演。對於少數民族體育新聞的定義也

〔註 1〕饒遠、陳斌等：《體育人類學》，雲南大學出版社 2006 年版，第 162～163 頁。
〔註 2〕馬信德著：《體育新聞學 ABC》，中國新聞出版社 1985 年版，第 14～15 頁。

還沒有一個確切的提法。筆者認為少數民族體育新聞包含廣義和狹義兩個方面，廣義的少數民族體育新聞：即媒體對新近發生或正在發生的融入民族元素的體育事實的報導。也就是說，其報導中包含少數民族參與者、參賽者；報導的體育事實發生在少數民族地區；報導的內容是民族體育活動，只要滿足這三者之一便可稱其為少數民族體育新聞。狹義的少數民族體育新聞則是指對新近發生或正在發生的少數民族體育賽事的報導。鑒於對體育新聞的研究方法，對於少數民族體育新聞的研究也應從少數民族體育發展史的探索開始。第一次把少數民族體育活動作為體育運動會記錄在冊的，應該是 1953 年在天津舉行的第一屆全國少數民族體育運動會。

二、少數民族體育新聞報導的特徵

（一）少數民族體育新聞具有濃鬱的民族特色

從報導內容上看，競技體育成為現代體育新聞報導的主要內容。縱覽當今的各類體育報紙、電視、電臺、網絡等新聞傳媒，凡體育新聞報導，無不以競技體育報導為主。報紙媒介為滿足越來越多的受眾對競技體育信息的需求，競相把競技體育報導作為自己報導的重點。少數民族體育的報導則體現出了不同地域、不同語言、不同經濟生活方式民族的傳統體育文化的差異性。不同民族的體育文化蘊含著本民族本地區長期積澱形成的思想觀念、價值取向、審美情趣和民風民俗。少數民族體育這種濃鬱的民族性和地域性有利於各地區體育文化、體育健身運動的普及。其報導中的民族特色更是吸引受眾的亮點。如西藏民族體育中的賽犛牛、斗牛就體現了西藏地區民族體育的特色。少數民族體育新聞中所報導的「飛繡球、跳花盆、賽跳跑、叼羊、達瓦孜、姑娘追」等比賽或表演項目都充分展現了各民族的特色。

（二）少數民族體育新聞具有豐富的文化內涵

少數民族傳統體育是具有數千年歷史的文化遺存，有深厚的人類文化積澱，具有獨特鮮明的文化個性特徵。從中國體育史上貫穿始終的以武術為主體的武藝和以調節呼吸方法為主體的氣功、引導養生術，到以遊戲形式滿足人們娛樂需要為主體的民間體育，乃至作為「活的社會化石」的少數民族傳統體育都蘊含著少數民族傳統文化的深厚意義，記載著人類社會歷史發展的軌跡。當前，在以西方體育為主體的奧林匹克已經成為人類體育的主流文化，但它畢竟

不是人類體育文化的全部。在奧林匹克運動之外還有一個更為宏大的體育文化體系——具有豐富內涵的少數民族傳統體育文化。

現代體育新聞報導的重點是競技體育的賽事結果。相比之下，少數民族體育新聞的報導中蘊含了豐富的傳統文化。以第八屆全國少數民族運動會南方日報所刊發的一篇名為：《領略「東方橄欖球」的動人神韻——「搶花炮」》的文章為例，報導首先介紹了「搶花炮」的比賽規則，然後就對此項運動的文化背景作了深入的報導，使受眾對這項運動有了更全面的瞭解。此外，關於端午節的龍舟比賽，大多數人所瞭解到的可能僅僅是為了紀念屈原。其實，除了這個原因，端午前後正值夏季來臨，蚊蟲滋生，疾病容易流行。在古代缺乏醫療設施的情況下，很忌諱這個時令，稱其為「惡月」。人們吃粽子、懸掛菖蒲、喝雄黃酒、賽龍舟等節日儀式，都是為了法祛病、防五毒、保持身體健康。端午節的內涵還不止於此，據說中國的端午節是「龍的節日」。今天在中國南方各地流行的端午節賽龍舟的習俗，可能是這種原始古老的崇龍觀念的遺留。這些豐富的文化都為少數民族體育新聞的報導提供了素材。

（三）少數民族體育新聞具有多元娛樂性

體育從它產生的時候起就與社會其他各種活動都有密切的聯繫，反映在人們的生活中最明顯的就是它與休閒娛樂的關係。少數民族體育以其豐富的內容、新穎的形式、優美的畫面和語言吸引受眾，從而使人們獲得更多美的享受和情感的體驗，滿足人們娛樂、休閒的精神生活需要，成為人們緊張工作之餘的「精神調劑品」。

我國民族傳統體育從其目的性來看具有突出的娛樂性，它著重於人的身心需要和情感願望的滿足，多以自娛自樂的、消遣的和遊戲的活動方式出現。在這些活動中人們可以直接得到情感的抒發和宣洩。由於民族傳統體育的目的大多是為了娛樂，所以它具有極大的吸引力。一些娛樂項目的舉行往往成為一個民族集聚的盛會。如西雙版納的基諾族，每逢喜慶節日，不論男女老幼，齊聚一堂，進行打雞毛球、扔石頭、頂竹竿、跳大鼓等活動，大家歡天喜地，沉浸在無比的愉悅之中。即使是在嚴肅的宗教祭犯活動中也有娛人、娛神的目的。電視、電影、廣播、報紙等傳統傳播工具，可以充分利用少數民族體育的這一特徵，抓住吸引受眾的報導元素，對少數民族傳統體育進行介紹、宣傳和推廣。如電影《冰山上的來客》就把哈薩克族傳統體育項目叼羊比賽搬上了銀幕，受到人們關注。湖北省恩施土家族苗族自治州政府就推出民族傳統體育項

目「鬧灘」，舉辦每年一度的特色節日「清江鬧灘節」，具有很大的影響。以易為大眾所喜愛的民族傳統體育的娛樂項目為切入點，充分運用網絡信息技術，介紹、宣傳、推廣民族傳統體育。隨著信息高速公路和網絡技術的飛速發展以及經濟全球化趨勢的加速，為各民族文化之間的傳播帶來了前所未有的暢通渠道和交流機會。我國民族傳統體育深厚的文化底蘊、鮮明的娛樂表演特徵、多姿多彩的視覺效果應該是信息網絡中的一顆耀眼明珠。

三、少數民族體育新聞報導的意義

（一）少數民族體育新聞報導有利於《全民健身計劃》的普及

國務院 1996 年 8 月《全民健身計劃綱要》頒布以前，新聞媒體特別是一般的日報，晚報對群眾體育的報導少而又少，有的幾乎沒有；而為數不多的體育類報刊對群眾體育的報導也是數量有限，根本不能形成氣勢和規模。〔註3〕普通百姓對自己為什麼要參與體育活動，以及如何參與體育活動知之甚少。對群眾體育宣傳缺乏力度，一定程度上影響了群眾參與體育活動的積極性。群眾體育的發展，對重視和加強群眾體育的宣傳報導，不斷滿足人民群眾對體育健身活動宣傳報導的需要提出了新的更高要求。加強對群眾體育的宣傳報導，真正讓這種報導吸引普通百姓。不斷提高體育宣傳效果，對深化社會體育意識，促進群眾體育的發展至關重要。少數民族傳統體育項目是中華民族優秀傳統文化的重要組成部分，他們的健身作用越來越受到重視。

從古到今，少數民族體育項目一直被人們當成修身養性、強身健體的手段。他們的健身等功能不僅在繼承中不斷得到充實和發展，而且對促進人們的全面發展，特別對提高人體生理和心理功能有明顯作用。《全民健身計劃綱要》是「以青少年和兒童為重點，以增強國民體育為主要目的」的，它是社會的需要，是社會發展到一定階段的必然產物〔註4〕。在我國現階段實施《全民健身計劃綱要》，絕大部分人尚無能力參與諸如高爾夫球、射擊、保齡球等高消費的運動項目，只能開展一些不花錢或少花錢的運動項目，而大多數少數民族傳統體育項目具備這一條件。我國的少數民族傳統體育是從自給自足的自然經濟土壤裏產生和發展起來的，這決定了它的功能與經濟的相對游離，沒有更多

〔註3〕何慧嫻主編，中國體育新聞工作者協會編：《體育記者談體育新聞》，人民體育出版社 2006 年版。

〔註4〕姚重軍編著：《少數民族傳統體育文化研究》，民族出版社 2004 年版。

的依附性。它對運動場地設施的要求不高，這能夠使我們在經費不足的情況下相對很好地去發展少數民族傳統體育，並借助傳統體育項目的推廣來推動全民健身計劃的實施，尤其是經濟相對不發達的山區或體育貧困落後地區，普遍開展現代體育的條件還不成熟。因地制宜地利用少數民族傳統體育項目的優勢能更好地普及和開展全民健身體育活動。少數民族傳統體育在我國具有廣泛的群眾基礎，便於普及推廣。因此，加強對少數民族體育的報導有利於推進我國全民健身計劃的普及。

（二）少數民族體育新聞報導有利於民族文化的傳承

胡錦濤總書記在十七大報告中提出，當今時代，文化越來越成為民族凝聚力和創造力的重要源泉、越來越成為綜合國力競爭的重要因素，豐富精神文化生活越來越成為我國人民的熱切願望。目前，在西方競技體育的強烈衝擊下，我們的民族體育項目的發展速度和規模正在不斷地減慢和萎縮。面對西方競技體育的強大壓迫，原本有著悠久歷史和廣泛社會基礎的民族體育正在漸漸地被遺忘。究其原因，無非是現實「金牌」需要使然。在《奧運爭光計劃》的驅使下，少數民族體育一項項退出國家主導的正式比賽，轉而歸入中國人自己的「少數民族運動會」。有著悠久歷史的民族體育項目在不斷地異化過程中逐漸喪失民族文化原味而被「競技模式」所規範。面對這一嚴峻的現實，作為輿論先導的大眾傳媒，更應充分利用其強大的輿論引導功能，為少數民族傳統體育文化的傳承與發展搖旗吶喊，推波助瀾，為推進民族體育現代化的進程做出自己應有的貢獻。

（三）少數民族體育新聞報導有利於和諧民族關係的構建

體育新聞向讀者所展示的應該是體育的和諧之美，力量、速度、美、情感的和諧共存，受眾通過新聞報導感受到體育的獨特魅力，為體育與社會的發展營造和諧的輿論環境。〔註5〕少數民族傳統體育作為一種具有豐富理性內涵的文化，交織著各民族的生活習俗、生存環境、文化模式和民族心理，體現了民族文化中的民族性與地域性的特徵。民族傳統體育具有強身健體、文化傳承之效，以及促進民族團結和促進各民族間交流的作用。加大對少數民族體育的報導，不僅有利於廣泛開展大眾健身活動，而且有利於中華民族文化的豐富和發展，有利於社會主義和諧社會建設。

〔註 5〕張鋼華：《體育新聞報導如何體現和諧之美》，《新聞採編》，2007 年第 2 期。

居於歷史、社會和自然等原因，我國少數民族地區經濟、文化、體育等事業落後於內地和漢族地區。加之各民族之間居住分散，交通不便，導致空間隔離，各民族之間經濟往來、政治活動、相互瞭解受到了不同程度的限制。在大眾傳播的信息時代，我們應該借助大眾傳媒的獨特功能和巨大的社會作用來推動少數民族體育的發展：通過便利的媒介資源加大對我國少數民族體育的宣傳及其歷史背景的推廣介紹；通過定期舉行少數民族體育運動會來增進各民族之間的交流。隨著報刊、廣播、電視等傳播媒介在少數民族地區的普及，大眾傳媒為少數民族體育文化的傳播創造了良好的環境，也為各民族之間搭建了一個交流的平臺。同時，少數民族傳統體育新聞蘊含著鮮明的地域色彩、濃鬱的民族特徵、豐富的文化底蘊。少數民族體育的趣味性、娛樂性、可參與性將會吸引更多受眾的眼球。能夠讓更多的人認識和瞭解少數民族體育，使少數民族體育運動從民族地區走出來。少數民族體育是增強民族凝聚力、構建和諧人際關係的重要精神紐帶，也是建設社會主義先進文化的寶貴資源之一。面對構建社會主義和諧社會的戰略任務，面對少數民族人民群眾日益增長的精神文化需求，作為輿論先導的大眾傳媒，更應充分利用其強大的輿論引導功能，為少數民族傳統體育文化的傳承與發展推波助瀾。通過對少數民族傳統體育項目的宣傳和報導，大力弘揚民族傳統體育文化的優良傳統，推動民族團結，推動形成平等友愛、團結合作、溫警和諧的民族關係。（與寧良紅合作）

（原載《新聞春秋》第十輯，中國廣播電視出版社 2009 年版）

少數民族女報人與婦女報刊的興起

我國最早的少數民族女報人葆淑舫、愛新覺羅・淑仲

　　1905 年在北京創辦的《北京女報》，是我國第一份婦女日報。該報以「開女智」，「開民風」為宗旨，激勵婦女愛國，提倡男女平權，推動移風易俗。該報主要特點，並結合婦女特點設置論說、女界新聞、時事要聞、京外新聞、西學入門、家政學、小說等欄目，文字通俗易懂，以白話寫作。這張報紙連慈禧太后都看。該報名譽主筆葆淑舫郡主乃「肅親王府之郡主」，滿族，曾任淑範女學堂教員，創辦過淑慎女學堂，在當時的婦女界是位知名人士。她為《北京女報》寫過文章，擔任過主筆，是我國最早的少數民族女報人之一。

　　愛新覺羅・淑仲，是《大公報》的創始人英斂之的夫人，因是皇族，經常往來於宮廷之間，早期《大公報》上關於宮廷的新聞報導大多出自淑仲之手。

　　眾所周知，我國最早從事報紙工作的女性是裘毓芳（近有宋素紅博士提出我國第一位女報人應為康同薇）。同期還有一些婦女界知名人士也相繼擔任過報紙主筆，或者從事報業活動（如康同薇、李惠仙以及後來的革命黨人秋瑾等等）。她們宣傳變法維新，倡導女學，主張婚姻自由，男女平等，為婦女解放和革命啟蒙思想教育吹響號角。而葆淑舫、淑仲等人正是在此間也加入到我國最早的一批女報人的行列之中，與之一道從事爭取女權的鬥爭，可以說，我國少數民族女性從事新聞工作的時間與漢族婦女應當是同步的。

由少數民族女性主辦的第一個婦女週刊

　　1923 年 8 月 22 日，上海《民國日報》出版副刊《婦女週刊》。係由該報《婦女評論》和《現代婦女》兩個副刊合併改組而成，中共中央婦女工作負

責人向警予（土家族）是前期的主編之一和主要作者。作為由少數民族女性主持創辦最早的婦女副刊，其《發刊辭》明確指出「應用我們所信仰的主義」，「批評社會上發生的一切與婦女問題有關的事實」。這個副刊在前期密切配合當時政治鬥爭，力求反映全國婦女運動全貌；只是後期因《民國日報》被國民黨右派把持，不能貫徹中國共產黨的婦女運動的路線與政策，向警予才退出了該刊。

向警予是中共早期婦女運動領導人之一，湖南漵浦人，土家族。她出身於商人家庭，在湖南省立第一女子師範學校、周南女校讀書期間，即經常帶領同學們外出演講，鼓勵民眾自強不息以促進國家的強盛。今天湖南漵浦縣的「警予小學」（當年名曰「漵浦小學」），就是她於 1916 年親手創辦的。

1919 年底向警予與蔡暢等人一起赴法，並同周恩來、蔡和森等發起成立旅歐共產主義小組。在法留學期間，向警予開始用馬克思主義觀察婦女問題，並曾計劃組織通訊社「以通全國女界之聲氣」。1922 年初，她加入中國共產黨。回國後，時任中共中央婦女部部長的她頻頻為黨中央刊物《前鋒》、《嚮導》及《婦女雜誌》、《民國日報·覺悟》等報刊撰稿，她的文章充滿了戰鬥精神。

大革命失敗後，全國處於白色恐怖之中，向警予負責湖北省委工作，並秘密主編黨內刊物《長江》和通俗油印小報。1927 年 11 月，1928 年 3 月她不幸被捕，同年 5 月 1 日英勇就義。

劉清揚與我國現代第一張婦女日報

由少數民族婦女創辦、以婦女為讀者對象的《婦女日報》，是 1924 年元旦在天津創辦的，總編輯是回族人劉清揚。這張報紙是由中共黨員和共青團員為主要領導人的 4 開小報，闢有言論、中外要聞、世界電訊、婦女世界、民眾運動、各地瑣聞、讀者之聲、兒童園地等欄目。該報在當時是專門討論婦女問題的唯一報紙，向警予曾著文讚頌這張報紙的出版「是中國沉沉女界報曉的第一聲，希望《婦女日報》成為全國婦女思想改造的養成所」，是「中國婦女宣傳運動的新紀元」。

劉清揚是中國婦女運動的先驅，中國少數民族報刊活動家。辛亥革命爆發時，17 歲的劉清揚加入了同盟會。從女師畢業後，在其兄劉孟揚的資助下創辦了「大同女校」。1919 年五四運動時期，她組織「天津女界愛國同志會」，

積極參與愛國運動，爭取婦女平等權利，成為婦女運動的代表人物。1920 年 11 月，為尋求救國救民的道路，她赴法勤工儉學，中國共產黨成立後，她參加了中國共產黨海外支部。

1924 年 4 月中旬以後，劉清揚在上海、廣州、北平組織愛國婦女團體，並在自己主持的《婦女日報》上撰寫稿件宣傳馬列主義。

列寧去世的第二天，《婦女日報》發表了《世界無產階級革命導師列寧逝世》的消息，並刊登了一系列悼念性和紀念性的文章。該報還報導了天津 14 個團體發起召開追悼會的情況。劉清揚在會上發表了《列寧的精神》的講演，熱情讚揚列寧和列寧主義。

半年之內，該報刊登宣傳馬列主義的重要言論和消息近 50 篇，在社會各界引起強烈反響。不僅如此，劉清揚在七、八十年前已倡導優生優育。在《我主張限制生育的一個理由》中她這樣寫道：「救治中國根本的方法，當然不外從老民族裏造出一個新民族。換言之，就是須改良人種。今日科學，雖然幼稚得很，但如一好而能的政府，改良人種，並非不可能的事。今日的中國，自說不上這個，我以為也是可以從目前小處做了去的。不能潔流，莫如清源。因此，我主張限制生育是應與整個家庭並行的事。與其所生而不能養，不能教，不如生得少、養得好。能如此，體格知識兩方面都可以有長進。」可惜的是，1924 年 9 月（一說 10 月 1 日），《婦女日報》被軍閥查封。

郭隆真和她主持的婦女刊物

繼劉清揚的《婦女日報》之後，在北京又出版了《婦女之友》。該刊創辦於 1926 年 9 月 15 日，名義上是國民黨北平黨部婦女部主辦，實為中國共產黨北方區委負責主辦。據劉清揚回憶：「《婦女之友》是國民黨北京市黨部婦女委員會負責編輯的。該婦女委員會由 11 人組成，其中共產黨員 6 人，國民黨員 5 人。實際上，《婦女之友》的主要領導人是劉清揚和郭隆真。」

郭隆真，回族，北京最早的婦女革命活動家和新聞工作者之一。她出生於直隸省（今河北省）元城縣（今大名縣）金灘鎮一個開明的知識分子家庭。1909 年她在父親的幫助下，辦起了本縣第一所女子小學堂，進行義務教育。1919 年五四運動爆發後，她參與發起成立天津女界愛國同志會，被推選為評議委員兼演講隊長。1920 年 11 月（一說 1921 年初），郭隆真與周恩來等赴法勤工儉學，並於 1923 年加入中國共產黨。

　　回國後，郭隆真於 1926 年 9 月在北平創辦了以婦女為讀者對象的《婦女之友》。因環境險惡，在北平找不到印刷廠印刷，她便把每月編好的稿子送往天津，印好後用大網籃裝起，偽裝成行李，帶回北平發行。

　　《婦女之友》公開宣稱：「欲自救，必先尋得光明的道路。」《婦女之友》「能為你們分憂；為你們造福；為你們抵抗敵人的壓迫；為你們創造新的生命」，「使將來全國全世界的婦女們，都由這位『良友』的介紹而一一握手。然後用我們最大的努力，來創造花一般的錦繡乾坤；把醜的惡的勢力，一起拋到地球以外去；這才是婦女運動的成功，亦是本刊最終的目的。」

　　《婦女之友》的影響不斷擴大，引起了反動勢力的警覺。他們以該刊對北京治安妨害甚大為由，查封了《婦女之友》〔註 1〕

　　　　　　　　（原載《中國民族報》2007 年 3 月 8 日第 7 版「時空」欄）

〔註 1〕此文最早發表在《縱橫》2004 年第 1 期，後 2004 年 3 月 18 日《中國新聞出版報》、2007 年 3 月 9 日《中國民族報》轉載。每次轉載皆有文字改動，收入「文集」時，以《中國民族報》為版本。

第七輯

我國少數民族語言廣播的
歷史沿革、地位與作用

少數民族廣播的歷史沿革

　　少數民族廣播，是指以少數民族語言為傳播載體或雖以漢語為載體傳播，但以特定的地區為傳播對象的廣播。少數民族廣播事業是我國少數民族新聞事業重要組成部分。在我國，少數民族廣播的興起與發展是多民族國家基本國情的需要，也是貫徹民族區域自治政策的需要。在我國這樣一個多民族國家裏，誰也離不開誰，漢族離不開少數民族，少數民族離不開漢族，少數民族也離不開少數民族，「共同團結奮鬥，共同繁榮發展」，是我國各族人民的理想和願望。

　　中國的少數民族廣播事業在艱辛與努力中，從無到有，從小到大，在黨的關懷與扶持下逐步茁壯成長起來。它的興起，發展，繁榮，歷經少數民族新聞傳播史的崢嶸歲月（20 世紀 20 年代～40 年代末）、火紅年代（20 世紀 40 年代末～70 年代中葉）、滿園春色（20 世紀 70 年代末～20 世紀末）、和諧發展（21 世紀～）等幾個歷史時期。當前，已形成了多語種、多層次、多渠道、較為系統的傳播體系。如今，蒙古、藏、維吾爾、哈薩克、朝鮮五種民族語言廣播覆蓋近一半國土面積，一些使用人口相對較少的少數民族語言，也開辦了自己的民族語言廣播，例如壯語、彝語、傣語、康巴語。

（一）少數民族語言廣播興起於崢嶸歲月後期

　　少數民族語言廣播最早始於 1932 年。這個時候國民黨中央廣播電臺先後增加蒙古語和藏語廣播。1934 年，由國民黨中央廣播事業管理處和交通部共

同在北平籌建河北廣播電臺，並於同年 10 月下旬試播，12 月 1 日正式開播。
這座電臺一開始就辦有蒙古語和藏語節目。1937 年 11 月 20 日，南京國民政
府遷都重慶，國民黨中央廣播電臺奉命隨遷。在重慶期間，中央廣播電臺先後
用多種語言廣播，其中有蒙古語和藏語。國民政府和邊疆省份軍政當局辦廣播
的目的是為了宣傳中國國民黨的主張，加強對少數民族的統治。少數民族廣播
的出現，開闢了少數民族新聞傳播史的新紀元，對少數民族地區人們的生活和
社會發展產生了巨大影響。朝鮮語的廣播在關內主要集中在上海、武漢等地的
廣播電臺。1939 年 9 月下旬，上海廣播電臺增設朝鮮語廣播。上海、南京失
守後，武漢成為中國抗戰中心，許多朝鮮人抗日團體和抗日勇士也聚集在武
漢。朝鮮民族戰線聯盟向中國國民外交協會國際宣傳部派遣了朴哲愛和鄭文
珠，他們通過漢口廣播電臺用朝鮮語和日本語廣播。

　　具有現代進步意義的人民的少數民族語言的廣播，始於吉林延吉新華廣
播電臺和牡丹江廣播電臺。它們是最早由中國共產黨創建的少數民族語言的
廣播電臺。吉林延吉新華廣播電臺於 1946 年 7 月 1 日正式播音，是中國第一
個使用朝鮮語廣播的電臺，也是中國人民廣播史上第一個使用少數民族語言
播音的電臺。1949 年 5 月改稱延吉人民廣播電臺。牡丹江廣播電臺創建於
1947 年 8 月 15 日，一年後改名為牡丹江新華廣播電臺。一開始就以朝鮮語廣
播。據記載，張家口新華廣播電臺為落實黨的民族政策和宗教政策，舉辦《回
民講座》《蒙古節目》等。在《回民講座》中播講過《回回民族的來源》《回回
民族的名稱》《什麼是伊斯蘭教》等內容。1946 年 8 月 28 日是回族「大爾代」
節，電臺特邀請邊區回民聯合會主任馬玉槐講話，向廣大回族同跑祝賀節日。
為蒙古族聽眾開播的蒙古語節目，播出過《中國共產黨與蒙古民族解放》《受
了七百多年壓迫的卓門今天已經完全變了樣子》等內容。1949 年 1 月 20 日中
共中央西北局《關於西北新華廣播電臺的指示》中指出「各地委、工委與分區
政治部，對西北新華廣播電臺，應負供給稿件與即時反映情況的責任」，並特
別強調「甘肅工委、陝東地委、榆林工委、伊東工委等，應同時注意供給對回、
蒙、藏等少數民族廣播的稿件」〔註1〕並要求所有稿件應報導各地區的情況和
針對其特點進行宣傳。

〔註 1〕引文見《中共中央西北局關於西北新華廣播電臺的指示（摘要）》（1949 年 1 月
　　　　20 日），載中央人民廣播電臺研究室北京廣播學院新聞系編：《解放區廣播歷
　　　　史資料選編》，中國廣播電視出版社 1985 年版，第 323 頁。轉引自彭芳群：
　　　　《政治傳播視角下的解放區廣播研究》（博士論文）。

（二）少數民族語言廣播發展於火紅年代時期

周恩來總理曾經指出，我們「這個社會主義國家，不是哪一個民族專有，而是我們五十多個民族所共有，是中華人民共和國全體人民所共有。」〔註2〕在我國，中央和地方的廣播電臺，均由國家經營。當前，國家級的廣播電臺有兩座，中央人民廣播電臺和國際廣播電臺。他們都設有少數民族語言節目。

中央人民廣播電臺（簡稱中央電臺）創建於 1949 年 12 月 5 日，其前身是北平新華廣播電臺。新中國成立後，成為全國各族人民共有的國家廣播電臺。黨和政府關心各族人民的團結、發展與進步。1950 年 3 月，中央人民政府新聞總署召開的新聞工作會議，決定開辦蒙古、藏、朝鮮語節目。隨後，1950 年 8 月蒙古語廣播開播，1956 年 7 月朝鮮語廣播開播，1956 年 12 月維吾爾語廣播開播，1971 年 5 月哈薩克語廣播開播。

1950 年，中央人民廣播電臺的國際廣播編輯部成立。同年開辦對外廣播，呼號「北京廣播電臺」，標誌著中華人民共和國國際臺的創立。這種情況一直持續到 1978 年 5 月 1 日「中華人民共和國國際廣播電臺」臺名的正式啟用。

中國國際廣播電臺（簡稱國際電臺）是中國唯一的國家級對外廣播電臺，「中國少數民族」欄目是其常年開設的重要欄目，從成立到 1956 年，以《共同綱領》、西藏和平解放、民族政策實施情況，以及其他國內要聞為宣傳報導重點，從 1956 年到 1976 年底，隨著全國各省、自治區和直轄市記者站的建立，開始有計劃地編發民族地區的稿件，有關民族問題的報導明顯增多。

新中國成立後，邊遠民族地區的少數民族語言廣播得到了迅速發展。嚴格地說，少數民族語言的廣播是由民族地區最先辦起來的，然後形成從中央到地方全國的少數民族語言廣播網絡。民族自治地方的少數民族語言的廣播（電臺）歷史悠久，節目內容從實際出發，因地制宜、針對性強，豐富多彩，具有濃鬱的地方特色和民族特色。

1950 年 11 月 1 日內蒙古烏蘭浩特人民廣播電臺建立並正式播音。它是新中國成立後創建的第一個省級少數民族語言的廣播電臺。1954 年 3 月 6 日改名為內蒙古人民廣播電臺。1979 年 6 月 25 日組建蒙古語新聞部，全區以內蒙古電臺為中心，形成了包括自治區臺和市臺、旗縣臺（站）共同組建的廣播網。內蒙古廣播事業跨入了現代化的新里程。

〔註 2〕見《關於我國民族政策的幾個問題》，載《周恩來統一戰線文選》，人民出版社
　　　1984 年版，第 363 頁。

新疆廣播事業創建於 1949 年 12 月 21 日，1951 年始用新疆人民廣播電臺
（簡稱新疆電臺）呼號，開始以漢語和維吾爾語播音。1955 年增辦哈薩克語
廣播。新疆維吾爾自治區成立後，改名為新疆維吾爾自治區人民廣播電臺。
1958 年增辦蒙古語廣播。新疆是多民族聚居地，維吾爾族是主體民族。新疆
電臺自開播之日起就重視辦好維吾爾語廣播。增加維吾爾族編採譯等業務人
員，維吾爾語和漢語節目和時間等量播出。1953 年維漢語分頻道播出，增辦
新節目和增加播出時間。20 世紀 60 年代中期以後，維吾爾語廣播以新聞為主
體的自辦節目初步形成。

廣西於 1949 年 12 月底在南寧籌建廣西人民廣播電臺（簡稱廣西電臺），
1950 年 5 月 1 日開播。根據廣西是個壯族聚居的多民族地區和地方方言流行
地域的實際，在以普通話播音為主的前提下，用壯話、白話（粵語）、柳州話、
桂林話播出或重播部分節目，還用俄語、英語、日語播出教學節目。壯語節目
於 1958 年 3 月 3 日廣西壯族自治區成立時正式播出。

西藏廣播事業的創立在 1956 年自治區籌委會成立之前，中共西藏工委宣
傳部就開始籌建拉薩有線廣播站，大約在 1957 年或 1958 年，該站遷往原中共
西藏工委統戰部（現自治區監察廳）院內，拉薩有線廣播站正式以藏語播音，
標誌著西藏人民廣播事業的發端。1958 年，廣播站啟用無線廣播。1959 年元
旦始用「拉薩人民廣播電臺」呼號，以藏漢兩種語言進行播音。從 1959 年到
1966 年，西藏共建成基層廣播機構 37 個，其中地市級的 30 個，縣級 7 個。
1959 年 3 月，在平叛和民主改革中使用「西藏人民廣播電臺」並確立了「以
藏為主，漢藏並舉」的方針。

在多民族聚居的省份及下屬自治地方，如自治州、自治縣等廣播電臺也辦
有少數民族語言節目。

1951 年 4 月，吉林省延吉人民廣播電臺更名延邊人民廣播電臺，標誌著
黨領導下的中國地方民族廣播事業的開始。

1951 年 4 月 1 日，原西寧人民廣播電臺改名為青海人民廣播電臺（簡稱
青海電臺），並於 1952 年 7 月 22 日正式播出藏語節目，成為全國第一家地方
臺創辦的藏語節目。

雲南人民廣播電臺（簡稱雲南電臺）從 1955 年 6 月起先後舉辦德宏傣語
廣播和西雙版納傣語廣播。1957 年 10 月 25 日，增辦傈僳語廣播。20 世紀 70
年代，先後增辦景頗語、拉祜語廣播。至此，雲南電臺共辦有 4 個民族、5 個

語種的少數民族語言節目。

四川人民廣播電臺（簡稱四川電臺）於 1952 年 10 月 1 日正式播音。1954年和 1955 年分別接納西南、西康人民廣播電臺，全臺使用漢、彝、藏 3 種語言播音，該臺藏語廣播開辦於 1955 年。1980 年開辦康巴方言節目，彝語廣播開辦於 1979 年 10 月 1 日，使用以聖扎方言為基礎、喜德語言為標準的彝語播音。1978 年後，四川電臺的藏語廣播增辦了安多方言廣播。

黑龍江人民廣播電臺朝鮮語廣播於 1963 年 2 月 20 日正式播音，是全國唯一的省級電臺的朝鮮語節目。該臺朝鮮語廣播醞釀於 1956 年，1957 年起草報告，1963 年 2 月 1 日向省委遞交報告講明方針、任務與對象。正式播出後，在全省朝鮮族群眾中引起強烈反響，紛紛來電來信，說「內容很合適，形式也好，既生動又吸引人。」1976 年 12 月，該臺朝鮮語言廣播提升為朝鮮語言廣播編輯部。

這一時期創建少數民族節目的省地縣級少數民族語言的廣播電臺有：

1957 年貴州人民廣播電臺開辦了用苗語和布衣語播音的節目，次年停播。1959 年 10 月 30 日，甘肅省甘南人民廣播電臺試播，1960 年元旦以藏、漢兩種語言正式播音。

（三）少數民族語言廣播繁榮在「滿園春色」時期

「滿園春色」時期是指 20 世紀 70 年代中葉到 20 世紀末這一歷史時期。把這一時期確定為繁榮時期是因為：

第一，1978 年後，全國各條戰線「撥亂反正」，隨著經濟體制改革深入和政治體制改革的興起，民族政策的再教育在全國展開，作為這一歷史的記錄者、參與者、實踐者和親歷者的中央與地方少數民族語言廣播也迎來了自己新的發展時期。民族政策再教育的一大成果就是中央電臺《民族大家庭》節目的誕生（1981 年 6 月 1 日《民族專題》漢語節目，1983 年 1 月 1 日正式推出《民族大家庭》節目）。民族語言部從 1984 年開始調整民族節目方針，民族語言廣播節目的語種從 5 種增加到 8 種，即增加壯語、彝語、傣語 3 種語言，漢語《民族大家庭》節目也相應地有所加強，1998 年中央電臺黨組批准民族部升格為民族廣播中心。

第二，20 世紀 80 年代實施「四級辦廣播、四級辦電視、四級混合覆蓋」舉措，使我國少數民族語言廣播事業逐步發展繁榮起來的。「據不完全統計，目前全國共有近 200 個廣播電臺、站辦有蒙古、藏、維吾爾、苗、彝、壯、布

衣、朝鮮、侗、瑤、白、哈尼、哈薩克、傣、傈僳、佤、拉祜、水、納西族、景頗、柯爾克孜、羌、土、錫伯、鄂倫春等 25 種少數民族語言廣播，在當今世界首屈一指。」〔註3〕

內蒙古人民廣播電臺，經過 50 多年的努力奮鬥已經發展成為全國發射功率大、覆蓋面廣的省級廣播電臺之一，並通過「亞洲二號」衛星傳送節目，信號源可覆蓋全國及周邊 53 個國家和地區。至 2008 年，全區共有廣播電臺 62 座，其中自治區級 2 座、盟市級 12 座、旗縣級 48 座；全區廣播節目總計 67 套，其中自治區級 4 套、盟市級 5 套、旗縣級 48 套；全區共有中、短波發射臺 56 座，發射功率 1476 千瓦。調頻發射臺 92 座，發射功率 86.16 千瓦。廣播電視節目人口綜合覆蓋率分別達到 92.98%和 91.44%。又據自治區廣播電視局 2009 年 3 月 18 日發布的統計數據，2008 年全區廣播電視綜合人口覆蓋率分別達到 94.05%和 92.72%。〔註4〕

內蒙古自治區內設有蒙古語節目的廣播電臺有，呼和浩特人民廣播電臺（1987 年 8 月 1 日開辦蒙古語節目），赤峰人民廣播電臺（1972 年恢復蒙漢語自辦節目），呼倫貝爾人民廣播電臺（1958 年 5 月 1 日，蒙、漢語節目用各自的頻道廣播），興安人民廣播電臺（1982 年 6 月 1 日正式播音，蒙、漢兩種語言播出），哲里木人民廣播電臺（1959 年元旦創建，蒙、漢語播音；現更名為通遼市人民廣播電臺），錫林郭勒人民廣播電臺（1981 年 10 月 1 日恢復蒙古語自辦節目），烏蘭察布人民廣播電臺（1980 年第三次恢復蒙、漢語自辦節目），鄂爾多斯人民廣播電臺（1984 年 9 月 1 日蒙漢兩種語言同時播音），巴彥淖爾人民廣播電臺（創辦之始自辦蒙、漢語兩套地方性節目），阿拉善人民廣播電臺（1987 年蒙古語節目開播）等。〔註5〕

粉碎「四人幫」之後，新疆電臺的新聞改革逐步深入。繼維吾爾、漢、哈薩克、蒙古語之後又增辦柯爾克孜語廣播，新聞、教育、文藝、服務 4 大類節目經過調整，播音時間、次數、欄目設置和內容更加合理，步入全面發展的新時期。如今，維、漢、哈、蒙、柯 5 種語言用 20 多個頻率廣播，每天播音達

〔註 3〕引自張小平，〈民族宣傳散論〉，北京，中國藏學出版社 2005 年版，第 71～72 頁。

〔註 4〕參見白潤生主編：《當代中國少數民族新聞事業調查報告》，北京，中央民族大學出版社 2010 年版，第 6～7 頁。

〔註 5〕參見林青〈中國少數民族廣播電視發展史〉和〈內蒙古自治區志·廣播電視志〉相關內容。

80 多小時，辦有新聞、專題、文藝、廣告信息等各類節目。1994 年 12 月 28 日，該臺實現 5 種語言衛星傳輸，可有效覆蓋全疆、全國及亞太地區，其覆蓋面之廣，質量之高，傳播方式之先進，在全國省級廣播電臺中居第一。1995 年 8 月，由國家投資 350 萬元，更新改造了 5 種語言的播控設備，實現了數字化播出。當前，新疆電臺已形成了擁有衛星、短波、中波、調頻四位一體的交叉覆蓋網，和世界上 20 多個國家和地區保持著聽眾聯繫，是全國開辦語種最多、覆蓋面最廣的省級廣播電臺。

新疆地區自治州、縣級的少數民族語言廣播電臺至少有 11 座，1989 年，全區建立調頻廣播臺的縣達到 55 個。播音的語種在全國各省（區）中也是最多的。

廣西電臺的壯語節目於 1971 年 10 月 1 日恢復播音，用壯語北部和南部兩種方言口頭翻譯播音。1982 年，自治區黨委批准廣西電臺成立壯語部。1983 年 10 月 1 日，正式用壯文稿標準音播出。並用壯語文自採自編。1985 年壯語節目進行改革，變綜合性壯語節目為「壯語新聞」「壯鄉新風」「壯語專題」「壯語文廣播講座」等專題節目。1989 年，壯語部改為民族部，借慶祝「百色起義、龍州起義」60 週年之際，報導革命老區的巨大變化，謳歌鄧小平領導百色起義、龍州起義的豐功偉績。1994 年 10 月 1 日，進行機構改革撤銷民族部，在新聞綜合臺設置的「鄉村風采」「民族之光」等板塊節目中各開設 5 分鐘「壯語新聞」，直至 1995 年。2001 年底，教育生活廣播每天兩次，每週 7 次，每次 30 分鐘用壯語廣播，其中壯語文知識、科技知識各 15 分鐘。

廣西的縣級廣播電臺中也有用少數民族語言播音的。1989 年 12 月 1 日，武宣人民廣播電臺用武宣壯語播音。1990 年 10 月 23 日，三江侗族自治縣成立廣播電臺，用侗語播音。廣西對外廣播電臺 1984 年 12 月使用越南語播音。

其他多民族聚居省屬下的自治州縣辦有少數民族語言電臺（節目）的：

1976 年後，青海電臺的藏語節目重獲生機，在調研的基礎上，根據群眾意見藏語廣播部對節目設置和內容進行了調整。1980 年 5 月開始舉辦《藏語文教學節目》，1984 年又和省教育廳合辦《藏文文法講座》為廣大牧民教育的普及和在牧區工作的漢族幹部提高藏語水平搭建一個平臺。從 1985 年 12 月實行編、採、譯合一，1986 年 12 月用藏文直接發稿，提高時效。1987 年 1 月 14 日成立記者組，這是該臺藏語廣播誕生 30 多年來第一次有了自己的記者。「八五」期間，電臺的藏語節目在編排上增強了民族性、信息性、服務性、參與性和知識性。

青海省內辦有少數民族語言的市（州）縣臺有海西人民廣播電臺（用漢、蒙古、藏語播音），玉樹人民廣播電臺〔1985 年使用漢、藏（康巴方言）正式播音〕，黃南藏族自治州廣播轉播臺（漢、藏語播音）等。

1979 年雲南電臺成立的民族部，下設西雙版納傣語組、德宏傣語組、傈僳語組、景頗語組、拉祜語組和漢語編輯組，以後又增設民族文藝組。1987 年，4 個民族，5 種民族語言廣播分別在該臺二套節目中用 4 頻率分兩組播出。1988 年 4 月設置了民族語言臺。固定頻率播出 5 個民族語言節目。1989 年雲南衛星廣播電視地面站建成，通過衛星傳送節目，供邊疆各地衛星地面站接收轉播，擴大了民族語言廣播的覆蓋面，提高了傳播質量。

雲南省、州、縣廣播電臺辦有民族語言廣播節目的有，西雙版納人民廣播電臺（1978 年 4 月 14 日正式播音，使用傣語、哈尼語和漢語普通話三種語言播音，少數民族語言廣播時間約占 50%），文山人民廣播電臺（1979 年 6 月 20 日播音，使用漢語和苗語播音；1980 年 6 月增加壯語和搖語廣播，少數民族語言節目約占 58%），德宏人民廣播電臺（1982 年 10 月 1 日正式播音，自辦節目使用傣語、景頗語、載佤語和漢語播音，少數民族語言播音時間占 60%左右），紅河人民廣播電臺（1983 年 7 月 1 日建成開播，使用哈尼語、彝語和漢語播音，民族語播音時間占 11.1%，1990 年少數民族語言播音時間占 24.5%），楚雄彝族自治州廣播電臺（1989 年 2 月 6 日正式播音，用漢語播出，有（彝族新聞）節目）「2000 年雲南省廣播事業建設全面推進，以『村村通』為重點，到年底，廣播覆蓋率達到 86%，比上年增長了 1.4 個百分點。」〔註6〕

四川民族廣播，1994 年 10 月 1 日試播，呼號為，四川電臺「金橋之聲臺」，使用四川電臺原第二套節目頻率。節目語言包括藏語（康巴和安多兩種方言）、彝語和漢語 3 種。其建立標誌著四川電臺民族廣播進入了一個新的發展階段，其節目具有強烈的時代感和濃鬱的地方民族特色。1995 年 10 月 1 日「金橋之聲臺」試播一年後正式開播，並增加轉播中央電臺的（新聞和報紙摘要節目）。1995 年 11 月 16 日「金橋之聲臺」與四川電臺一套節目一併通過「中新五號」衛星傳輸，以適應四川幅員遼闊，地形複雜的狀況。1996 年 7 月，該臺中波廣播發射功率增加到 10 千瓦，明顯改善了對川西人口密集地區和中心城市的傳播效果和中心城市的覆蓋效果。省內辦有少數民族語言節目的地

〔註 6〕引自白潤生主編：《當代中國少數民族新聞事業調查報告》，北京：中央民族大學出版社 2010 年版，第 133 頁。

州級廣播電臺有阿壩人民廣播電臺（1993 年創辦，使用藏語、漢語播音），涼山人民廣播電臺（1992 年創辦，使用漢語、彝語播音）。

此外，這個時期省、自治州、自治縣一級少數民族語言廣播電臺還有，1987 年貴州全省開展「民族團結月」活動，貴州電臺與省民委聯合開辦《民族之聲》節目，用苗語播音。這是該臺 30 年來，首次採用民族語言廣播，共播出專稿 50 多篇，錄製《民族團結活動月》盒帶 59 盒；1995 年 1 月，遼寧省阜新蒙古語廣播電臺正式播音，完全用蒙古語廣播，第一任臺長為馬文學；1988 年，浙江省景寧畬族自治縣人民廣播電臺成立，用畬語廣播。用畬語廣播是這一時期廣播事業的一大成就。

（四）和諧發展時期

進入新世紀，國家實施「西新工程」「村村通工程」，為少數民族廣播提供了新的發展契機。「西新工程」即西藏、新疆等邊遠省區廣播電視覆蓋工程。它是國家廣電總局根據江澤民同志 2000 年「9·16 指示」制定實施的。

西藏電臺乘「西新工程」的東風，硬件得到進一步完善。2002 年 5 月 1 日，隨著「西新工程」設備的正式啟用，西藏電臺基本實現數字化播出。2000 年 10 月 1 日，「西新工程」之一的拉薩調頻發射覆蓋工程正式運行。這不僅標誌著拉薩調頻發射覆蓋的長足發展，而且在對外鬥爭中取得了空中覆蓋的絕對優勢，徹底改變了空中廣播外強我弱的態勢。先進的節目譯製製作設備啟用，使譯製節目到 2003 年達到 5400 小時，是 1999 年的 3 倍。

據李謝莉在《20 世紀 90 年代四川少數民族廣播電視事業發展狀況調查報告》中講，實施「西新工程」後，「四川省藏區廣播電視覆蓋率顯著提高：其中，甘玫州的廣播覆蓋由原來的 77.26%提高到 79.11%，上升了 1.85 個百分點；阿壩州廣播覆蓋率由原來的 62.77%提高到 67.81%，上升了 5.04 個百分點。中波臺的建成和播出，不僅提高了中央和省臺廣播電視節目在藏區的覆蓋率，而且增強了廣播節目的接收質量。四川藏區農牧民群眾不僅能夠及時聽到中央和省臺的廣播節目，而且藏區空中陣地『敵強我弱』局面也得到了明顯改變。」〔註7〕

在新媒體環境下，2010 年 12 月，中央人民廣播電臺民族廣播網開通，融蒙、藏、維、哈、朝、漢六種文字於一網。包括蒙古語廣播網、藏語廣播網、

〔註 7〕引自白潤生主編：《當代中國少數民族新聞事業調查報告》，中央民族大學出版
　　　社 2010 年版，第 193 頁。

維吾爾語廣播網、哈薩克語廣播網、朝鮮語廣播網和民族廣播網（漢語網）。民族廣播網以「傳播中央聲音，傳承民族文化，擴大中央人民廣播電臺民族廣播宣傳影響力」為使命，以「為網友提供豐富的民族信息，展示我國多彩的民族世界」為服務宗旨，自覺地服務於黨和國家工作大局，服務於全國各族人民，充分報導民族地區各行各業取得的巨大成就，反映民族地區的發展、進步，積極宣傳我國的民族政策、民族知識、民族法規，弘揚優秀的中華民族文化，為促進各民族間的團結、友誼和相互瞭解，維護民族地區和諧發展做出重要貢獻。其中，藏語廣播網首次實現衛藏、康巴、安多三種方言同頻播出，每天 18 個小時將安多方言藏語節目傳播到西藏、青海、四川、甘肅、雲南的所有藏區……我們欣喜地看到，民族廣播正朝著以廣播為主、多媒體聯動發展的方向穩健前行。

少數民族廣播的地位及作用

「我國 55 個少數民族中，除回、滿已通用漢語外，其他 53 個少數民族都有自己的語言，大體上分屬漢藏、阿爾泰、南亞、南島和印歐 5 個譜系。因此，少數民族廣播電視的發展在我國有著特殊的重要地位和歷史作用。」〔註 8〕

提起廣播的作用，我們很自然聯想到我國四川汶川大地震。2008 年 5 月 12 日 14 時 48 分，地震發生後，中央電臺立即播發抗震救災消息。由於地震造成交通、電力、通訊一時中斷，廣播成為災區群眾獲取外界信息的唯一通道，中央電臺充分發揮自身優勢，在地震發生當日晚 7 時起，運用《中國之聲》《中華之聲》《華夏之聲》等 9 套節目並機播出 24 小時不間斷特別節目《汶川緊急救援》，在第一時間搭起了災區與外界的信息橋樑。由於廣播在抗震救災過程中的特殊作用和突出表現，胡錦濤總書記專門批示，為抗震救災前線 17 萬部隊官兵每人配發一臺收音機。抗震救災報導結束後，在中共中央辦公廳、國務院辦公廳《關於突發公共事件新聞報導應急辦法》中首次提出「應急廣播體系」，將應急廣播體系建設納入國家應急體系建設的總規劃當中。這一事例充分說明廣播的重要地位和在突發事件中的重要作用。〔註 9〕

其一，在突發災難面前，少數民族語言廣播發揮了特殊作用。作為中國廣播事業重要組成部分的少數民族語言廣播，其傳播廣、易收聽、與新聞發生同

〔註 8〕哈豔秋龐亮：《舉集體之力成奠基之功——評〈中國少數民族廣播電視發展史〉》，載《現代傳播》，2001 年第 4 期。

〔註 9〕參見黃迎玉：《社會主義市場經濟與廣播電視節目改革研究》（博士學位論文）。

步的獨特優勢表現得更加明顯。玉樹地震發生後，在玉樹首先聽到的是康巴方言的廣播，它及時準確地報導了抗震救災新聞報導和切實有效的信息服務，傳達了黨中央、國務院和全國各族同胞對地震災區關懷和援助。2010 年年初，新疆、內蒙古等邊疆民族地區遭受了一場 60 年不遇的強降雪災害。少數民族廣播對災情進行常規報導的同時，在蒙古、維吾爾、哈薩克三種語言節目中還推出特別報導，向災區群眾提供有關信息和知識服務，為他們克服困難、進行自救、增強信心、恢復生產生活等方面進行及時正確的引導。

其二，少數民族語言廣播是黨、政府及時傳播各項路線、方針、政策和信息的重要渠道，是黨和政府聯繫少數民族同胞的紐帶和橋樑。同時也是少數民族群眾獲取信息和瞭解外界的重要窗口，具有特殊而重要的地位和作用。我國少數民族地區地域遼闊，交通不便，信息缺失，嚴重制約了民族地區經濟、政治、文化、社會生活的發展。現代化的傳播手段，打破時空界限把黨和政府及當地黨委、政府的聲音準確及時地傳送給少數民族群眾。全國各地科學發展，持續發展的新思路，脫貧致富的好辦法以及新知識、新觀念的廣泛傳播，極大地鼓舞了少數民族地區少數民族同胞建設社會主義強國的熱情，全國各族人民「共同團結奮鬥，共同繁榮發展」。因而，少數民族廣播在發揮引導輿論、弘揚正氣、凝聚民心重要作用的同時還賦予了政治、經濟、文化的三重職能，在經濟社會發展中起著無可替代的作用。

其三，少數民族語言廣播在保留歷史文化及語言文字，非物質文化遺產保護，文化傳承，以及在維繫民族感情，保護民族基本特徵上，有其不可小覷的重要作用。新中國成立前，由 21 個少數民族使用著 24 種文字（包括同用漢文的回、滿、畬等三個民族；有的民族如蒙古族、傣族、苗族、傈傈族、佤族等使用兩種以上的文字），新中國成立後，黨和政府不但尊重少數民族文字，而且幫助他們使用和發展本民族的語言文字。到目前為止，全國有 27 個少數民族使用著 39 種文字。〔註 10〕如前所述，目前，全國約有近 200 個廣播電臺（站），使用蒙古、藏、維吾爾、苗、彝、壯、布衣、朝鮮、侗、瑤等 25 種少數民族語言播音，幾乎包括了有本民族語言的所有民族。少數民族廣播以少數民族語文每日每時傳承著悠久的中華民族文化。中國少數民族是一個龐大的、

〔註10〕據國家民委民族問題五種叢書編輯委員會《中國少數民族》編寫組《中國少數民族》和關東升主編：《中國民族文字與書法寶典》統計的數字。2005 年 3 月 1 日《人民日報》刊載的《中國的民族區域自治》內稱：「到 2003 年年底，中國有 22 個少數民族使用 28 種本民族文字。

豐富的文化寶庫。「世界上持續了近一個世紀的『西藏學』、『敦煌學』、『吐魯番學』的研究熱潮，說明我國少數民族歷史和文化具有很高的價值。對西藏、新疆、內蒙古的民族地區的宣傳以及對這些地區情況介紹本身就充滿了這些學科的豐富內涵。」〔註11〕加之，廣播媒介受文化水平制約較小，廣大少數民族同胞可以明白無誤地聽懂，在傳承歷史文化、非物質文化遺產，維繫民族感情等方面，更具優勢。

其四，少數民族語言廣播作為在少數民族地區構建社會主義和諧社會和推進小康社會建設中承擔著重要使命的主流媒體，在穩定邊疆、保持社會安定、民族團結和社會進步等方面將發揮不可替代的重要作用。少數民族大多聚集在邊遠的山區、牧區，荒漠草原，以及人煙稀少的貧困地區和邊疆地區，大雜居小聚居是其特點。另外，還有不少民族是跨國而居。新疆、西藏、雲南、廣西等省或自治區與十多個國家接壤，約有 12747 萬公里的陸地邊境線。把民族地區建設好，激發各民族的愛國主義熱情，全面落實黨的民族政策和民族區域自治政策，形成一條銅牆鐵壁保衛祖先留下來的疆域不受外來勢力的侵犯和蠶食。當前，國外敵對勢力妄圖從挑撥民族關係入手，煽動「藏獨」「疆獨」，實現其「西化」「分化」中國的目的。少數民族語言廣播，在這種大背景大環境下，只有不斷增強民族團結、經濟發展和社會穩定的傳播力、公信力，才能在構建社會主義和諧和推進小康社會建設中再立新功！

參考文獻：

1. 林青主編：《中國少數民族廣播電視發展史》，北京廣播學院出版社 2000年版。

2. 白潤生主編：《中國少數民族新聞傳播通史》（上下冊），中央民族大學出版社 2008 年版。

3. 白潤生主編：《當代中國少數民族新聞事業調查報告》，中央民族大學出版社 2010 年版。

4. 張小平著：《民族宣傳散論》，中國藏學出版社 2005 年版。

（原載《新聞愛好者》，2012 年 9 月上半月，總第 413 期）

〔註11〕引自張小平：《民族宣傳散論》，北京：中國藏學出版社 2005 年版，第 26 頁。

少數民族電視：異彩紛呈

　　2005 年是少數民族電視史上輝煌的一年是值得紀念的一年。少數民族電視事業對少數民族地區的經濟政治又化等方面的建設具有極其重要的影響，對國家的民族團結政治穩定有極其重要的意義。少數民族電視事業的繁榮，不僅包括少數民族地區電視機構製作的電視節目異彩紛呈和工作人員的活躍，也包括內地電視機構製作或翻譯的，以少數民族為題材的或以少數民族同胞為主要受眾的電視節目數量眾多質量上乘。所以盤點 2005 年少數民族電視當然要包括這兩方面的內容。

一、中央電視臺對少數民族的報導

　　從去年 3 月起我國繼 1975 年之後再次組織珠峰高程測量，並對珠峰地區開展大規模的科考。中央電視臺的 13 名新聞工作者攀登珠峰對此次測程進行了全方位的報導。5 月 22 日其新聞頻道推出 4 個半小時的《2005 重測珠峰》現場直播，第一時間展現中國珠峰測量隊登頂測高的偉大壯舉。同時中央電視臺借助這一萬眾矚目的新聞事件向世界展示了西藏珠峰地區的人文景觀和民族風情，讓世界驚歎於生活在寒冷的被稱為世界第三極的西藏人民雖然艱苦但豐富多彩的高原生活。

　　4 月 17 日起，中央電視臺在黃金時段的《新聞聯播》等節目中推出落實科學發展觀西部大開發主題系列宣傳報導，充分展示了西部各省市落實科學發展觀，努力構建社會主義和諧社會的生動實踐和喜人成就。2005 年是西部大開發工程啟動第五年，五年來西部少數民族地區發生了翻天覆地的變化，人民生活水平日益提高，基礎設施建設逐步到位，在西部民族地區也產生了許多

在經濟建設中值得我們學習的經驗。「西部大開發」的主題系列宣傳以西部地區的經濟建設為主要內容，展示了五年來西部的巨變和經濟建設中的先鋒人物，讓全國看到個不斷現代化的西部。

2005 年是西藏自治區成立 40 週年和新疆維吾爾自治區成立 50 週年，中央電視臺十分重視自治區週年慶典的報導和宣傳並借慶典活動對兩個自治區幾十年來的滄桑巨變進行了全方位的展現。

針對西藏自治區成立 40 週年的報導，中央電視臺從 8 月 10 日起在《新聞 30 分》《今天》和《新聞聯播》欄目相繼推出《走進西藏》、《西藏故事》、《人民西藏四十年》系列報導。在慶典當天即 9 月 1 日，中央電視臺與西藏電視臺合作完成了三個半小時的《西藏自治區成立 40 週年慶祝大會直播》。布達拉宮修繕一新，宮牆紅白相間，宮頂金碧輝煌，歡慶的彩旗迎風飄揚，新西藏的風采和活力實時傳向全世界。

新疆維吾爾自治區成立於 1955 年 10 月 1 日，走過了半個世紀的新疆維吾爾自治區見證了我國民族區域自治制度的建立和日益完善。從 8 月 25 日開始中央電視臺國際頻道在中午的《中國新聞》和晚上的《簡明新聞》播出自治區成立五十週年特別節目《直播新疆》系列報導，以現場直播的方式展示了五十年來在中央和自治區黨委和政府的正確領導下，全區政治穩定，經濟繁榮，民族團結以及各項事業蓬勃發展的輝煌成就，向世界電視觀眾展示了一個美麗而日趨現代化的新疆。

二、少數民族題材電視在央視黃金時段熱播

近年來，觀看電視劇成為少數民族同胞活躍生活，休閒娛樂的重要手段，觀看電視劇，不僅使他們在工作學習之餘可以欣賞適合自己的口味、貼近自己生產生活的電視節目，同時也是他們瞭解國家和世界，感受社會主義現代化新生活的一個重要方式。因此，少數民族地區電視劇的創作和播出有著重要社會意義。

去年中央電視臺推出兩部優秀少數民族題材的電視連續劇在全國各地熱播。電視連續劇《茶馬古道》是紀念抗日戰爭勝利 60 週年的重點劇目。故事圍繞茶馬古道譜寫了藏族、漢族、納西族、白族、普米族、回族、彝族等民族人民共同抗日的歷史篇章。它不僅對各民族團結奮鬥，共同繁榮發展，構建和諧社會產生積極影響而且為其他少數民族題材的電視劇製作提供了

新鮮經驗。〔註1〕

電視連續劇《格達活佛》是為慶祝西藏自治區成立40週年而拍攝的中國首部全面描寫少數民族宗教領袖人物的電視劇。藏傳佛教在中國分布範圍較廣，對藏族地區的政治、經濟、文化等領域的影響巨大。《格達活佛》為我們塑造了一個愛國愛教的活佛形象，展示了西藏和平解放的歷史篇章。

三、地方少數民族電視百花齊放

去年是少數民族電視向縱深發展的一年，新疆、青海、雲南、貴州等衛視節目先後在內地大城市和香港澳門特區落地，貴州圍棋付費頻道落戶北京，雲南電視臺少兒頻道建成，各少數民族電視臺對於重大題材的報導和日常節目的改善，讓我們看到了民族文化和民族新聞的富礦，可以說地方少數民族電視已經進入百花齊放的發展時期。

在第十五屆（即2004年度）中國新聞獎評選中，新疆電視臺的《維吾爾鄉村有所漢語小學》獲得中國新聞獎電視專題一等獎，內蒙古電視臺的《黨員領導幹部的楷模——牛玉儒》獲得中國新聞獎電視系列獎一等獎。

2005中國（廣州）國際紀錄片大會的評獎中，廣西電視臺送評的紀錄片《大家庭》被評為「最佳紀錄片」，這是中國紀錄片在這次國際評獎中獲得的最高榮譽。雲南電視臺的《記憶的傷痕》和四川電視臺的《朗金和她的姐妹們》被評為「大會優秀製作紀錄片」。少數民族在電視方面取得的成績無疑是進一步前進的壓力和動力。

風雨20年的西藏電視臺

2005年是西藏電視臺創辦二十週年。雖然在西藏從事電視事業的條件是艱苦的，但西藏電視人卻在高原廣闊的天地譜寫著西藏的歷史，記憶著迷人西藏日新月異的發展。

年初，西藏衛視全新改版，實現數字化播出。為了配合自治區成立40週年大慶，西藏電視臺精心策劃了系列優秀節目，於9月前後同時在藏漢兩個衛星頻道和有線頻道播出，大型西藏史詩電視歌舞晚會《向著太陽》和大型報導《西藏40年》是西藏電視臺為四十年慶典推出的大型獻禮節目。

《西藏40年》通過典型事例和人物故事反映了西藏在共產黨的領導下從

〔註1〕見《〈茶馬古道〉借熱播求熱銷》載《中國新聞出版報》，2005年8月2日要聞版。

黑暗走向光明，特別是在中央第三、四次西藏工作座談會以來的發展，展示西藏 40 年來在經濟發展社會進步等方面取得的偉大成就和巨大變化。

女性特色綜合頻道的廣西衛視

去年的廣西衛視成了少數民族電視關注的焦點，它於 2004 年初將自己定位為女性特色的綜合頻道並取得了成功。全天收視從全國前 8 位提升到 2005 年前 7 個月在全國前 6 名。名牌欄目《時尚中國》《尋找金花》《唱山歌》收視率一直都很好，取得了巨大的社會效益，廣西衛視的廣告比上年超過 30%。廣西衛視的成功實踐，是民族衛視尋找民族文化資源與現代電視傳播整合的全新嘗試。這無疑給我們的民族電視以很大的啟示。〔註 2〕廣西電視臺成為來自中國邊睡的強勢媒體。〔註 3〕

載歌載舞的新疆衛視

新疆電視臺利用新疆歌舞文化的特點把歌舞融入頻道建設，使頻道充滿歌聲與舞蹈的律動，成為又一個特色頻道的典型。去年新疆電視臺衛視一套實行 24 小時播出並且在原有落地基礎上，又實現在瀋陽香港和澳門的落地。10 月，新疆電視臺和自治區旅遊局聯合攝制的 12 集大型系列旅遊文化藝術片《魁力新疆》以「絲綢之路」為主線展現了新疆豐富多彩的自然和人文資源。新疆衛視的魁力目前已經超越國界輻射到一些中亞國家。

展示蒙古族風情的內蒙古衛視

5 月，內蒙古衛視新聞綜合頻道進行了全新改版，改版的重點是加大本土新聞報導力度，推出每逢半點播放一次新聞節目的新聞報導理念，此外《午間新聞》也全新亮相。內蒙古衛視的新聞節目已經成為當地人民生活的重要內容。

雲南電視臺

去年是鄭和下西洋 600 週年，鄭和是回族，雲南是鄭和的故鄉，為此云南省舉行「雲南暨昆明市鄭和下西洋 600 週年紀念大會」。由雲南電視臺組織拍攝的大型電視文獻紀實片《話說鄭和》在紀念期間播出。《話說鄭和》再現鄭和出生成長和七下西洋的歷史，弘揚了鄭和精神，展示中國以及雲南與東南亞南

〔註 2〕見朱茅量的《突圍與堅守──廣西衛視女性特色頻道研討會綜述》，載《中國廣播電視學刊》2005 年第 10 期，第 60 頁。
〔註 3〕見《2005 中國年度傳媒人物獲選者》，載廣西電視臺網站。

亞西亞等國源遠流長的友誼。還值得一提的是雲南衛視於 11 月進入越南河內廣播電視臺有線網，成為國內首家進入東盟國家有線電視網的省級電視臺。中國駐越南大使齊建國指出，雲南衛視節目進入河內有線電視網很有意義，它不僅將增強中越兩國人民的瞭解，而且將推動兩國傳統的友誼關係進一步發展同時有助於雲南走向東盟，進一步服務於中國東盟自由貿易區的建設。〔註4〕

青海衛視

青海電視臺加大宣傳青海的力度凸顯青海的個性。10 月 28 日，青海電視臺藏語衛視綜合頻道試播成功，標誌著青海省及周邊地區約 260 萬使用藏語安多方言的廣大藏族群眾有了他們能夠聽懂的母語電視節目上星播出。

四、建設中的少數民族電視事業

在經歷了艱難的模仿與摸索之後，少數民族電視已經進入了獨立創新與自主發展的歷史時期。在對重大事件的報導中少數民族電視人日益成熟隊伍壯大，少數民族電視人已取得了不小的成績。在 2005 年第六個記者節時中華全國新聞工作者協會對做出突出成績的 172 名新聞工作者進行了表彰，並授予全國優秀新聞工作者榮譽稱號〔註5〕。其中就有不少獲此殊榮的少數民族電視工作者和為少數民族地區工作的電視人。

2005 年「西新工程」第二階段任務取得重大進展西藏和新疆的電視人口覆蓋率分別達到 81.1%和 92.5%〔註6〕。「村村通廣播電視工程」進入繼續擴大和提高質量階段。「電視進萬家活動」將 5 萬臺彩色電視機送到新疆西藏內蒙古等邊疆少數民族的一些貧困地區。此外國家廣電總局把 2005 年確定為「對農村服務年」，這些政策和活動無疑給少數民族電視事業的發展提供了巨大推動力。

長期以來，寧夏多數農村人口只能通過無線方式接收電視，節目套數有限，信號質量不穩定。現在寧夏已基本建成能覆蓋全區 80%農戶的 MMIDS 電視網，免費向農戶傳送 8 套電視節目，同時傳送 18 套數字電視節目。〔註7〕寧夏試點的成功有利於電視覆蓋工程在全國的進步推廣。

〔註 4〕見《雲南衛視進入越南有線電視網》，載雲南電視臺網站。
〔註 5〕見《全國優秀新聞工作者名單》，載《中華新聞報》2005 年 11 月 9 日 A4 版。
〔註 6〕見《少數民族語言電視「擴容」》載《人民日報》2005 年 12 月 2 日第 11 版。
〔註 7〕見《寧夏 80%農戶可免費收看 8 套電視節目》，載《中國新聞出版報》2005 年
　　　6 月 14 日第 2 版。

　　中國是個多民族國家，少數民族電視事業是中國電視事業不可分割的重要組成部分，它不僅給我們帶來了豐富多元的文化，更重要的是它凝聚了全國各族中華兒女的力量。希望少數民族電視工作者在新的一年裏勇於創新，與時俱進，再創少數民族電視事業的新的輝煌。（與邱曉琴合作）

　　　　　　　　（原載《中國廣播電視學刊》2006 年第 2 期總第 179 期）

我國早期少數民族時尚傳播

一

　　二十世紀二三十年代的上海，是一座充滿誘惑，充滿活力的城市，是令人心馳神往的地方，也是當時遠東最為耀眼的一顆明珠。在這個標誌中國時尚生活誕生的大都市，被譽為「中國第一本彩色大型畫報」的《良友》畫報應運而生，並以其高品位的內涵、圖文並茂的形式，在民國時期承擔起了向中國普通民眾傳播時尚文化信息的重任。

　　《良友》畫報於 1926 年 2 月 15 日在上海創刊。在信息錯綜複雜、傳播手段落後的上個世紀二三十年代，《良友》的創刊無疑給追求新思想、新文化的讀者們帶來了劃時代的震撼。從創辦之初，《良友》就顯示出了其別具一格、不落俗套的時尚形象，引領了同時代最具前衛的新思潮，它率先使用了銅版紙印刷，九開大本，主要以圖片為主，配以精美文字，封面照片多為端莊美麗、高雅健康的時尚女性。從創刊號封面上紅極一時的影星胡蝶開始，不同時代能代表時尚文化的名人都登上了《良友》的封面，向讀者展現了開風氣之先的辦報理念。

　　《良友》畫報在內容選題上也處處體現著引領社會潮流，倡導健康生活的新文化理念。《良友》的內容幾乎囊括了普通民眾關注的所有門類：時政、電影、戲劇、藝術、娛樂、時尚、文物等，這種兼容並蓄的傳播形式，一直流傳至今，在今天看來仍然具有可行性。身處時尚信息已經泛濫的現代人再度翻開初創時期的《良友》，仍然不得不歎服其超前的傳播理念。

　　《良友》畫報作為中國二十世紀二三十年代傳播時尚文化的重要媒體，雖然印在紙上是平面的，但其突顯的時尚精神卻是多面的、立體的、豐富的。

二

在民國初年，諸如《良友》這樣的引領時尚潮流的先鋒刊物，不僅開啟了像上海這樣大都市的普通民眾的時尚感覺，同時也進一步激發了我國少數民族同胞追求時尚潮流，渴望新生活的興趣與熱情，推動了我國少數民族社會時尚風氣的形成與繁榮。

早在 1926 年《良友》畫報創辦以前，在少數民族早期的信息傳播中，已經涉及了時尚生活理念的元素，當然，這種時尚的信息是微妙的。無論是早期的《點石齋畫報》中提到的晚清滿族服飾的時尚裝束，還是 1910 年出版的《伊犁白話報》發布的照相館告白。這些記載都表明在大都市中漸漸流行開來的時尚生活的潮流與風氣，已經潛移默化、不知不覺地影響並深入到我國的少數民族同胞的生活中，少數民族群眾對於時尚元素的追求與渴望也逐漸突顯出來。而民族地區時尚文化的興起也更加拓寬了報刊這一媒介進行信息傳播的渠道，使得內地與民族地區的時尚交流更加密切與及時。

最能鮮明體現都市時尚的，就是物質生活形態，包括服飾、飲食、居住等。少數民族同胞對這些體現時尚的物質生活的追求，在早期的報刊中均有體現，其中少數民族的服飾就是時尚文化的廣泛話題之一。民國時期是中國服飾、頭飾東西交融、古今交替的分水嶺，旗袍作為滿族婦女的傳統服飾，在當時經歷了較大的革新。許多的刊物中都提到了晚清滿族的袍服。創辦於 1884 年的《點石齋畫報》就在其刊物中提到，晚清衣飾由於受外來文化及商品經濟的影響而進行改良，呈現出了更具時尚的新樣式。1911 年創辦的《婦女時報》在傳播時尚方面，刻意追求最新式的裝束，捕捉到了滿族婦女追求時尚服飾的身影，刊登了「奉天滿洲女子時裝」的插圖。1925 年創刊的《紫羅蘭》曾經專門刊登過「旗袍特刊」，全面介紹了時下正在流行的時毫女裝——旗袍的歷史、演變過程和將來的趨勢。最讓人驚歎的是由良友出版公司於 1928 年創辦的民國時期第一份完全意義上的時尚雜誌——《今代婦女》中，完全超越了《良友》對少數民族裝飾所體現的寫實性與新聞性，以一種全新的更注重美感、更能體現時尚的傳播理念，刊登少數民族的服飾與頭飾裝束。例如在第五期上刊登的「蒙古婦女頭上之裝束」和在第十期上的「漢蒙韓三民族的女性美」，這些鮮活、生動的圖片，向內地民眾傳播了少數民族最前沿的時裝款式和流行信息，將少數民族同胞也推上了引領潮流的時尚舞臺。

少數民族同胞除了在服飾文化方面體現出追求時尚潮流的願望之外，在

風俗和飲食方面，也積極與內地民眾交流，通過報刊向內地民眾展示其獨特的魅力。1912 年在上海創刊的《真相畫報》，開創了我國新聞攝影畫報的先河，在其第 14 期上刊登了介紹西藏地區藏民風俗習慣和宗教信仰的攝影圖片』讓生活在城市中的居民瞭解了少數民族地區同胞的生活狀態。

三

除了上述的內地刊物對少數民族早期的時尚元素進行傳播和介紹之外，在少數民族自己創辦的刊物中，有關於倡導新式文化理念和時尚生活的信息也常常見諸報端。

1907 年創辦於拉薩的《西藏白話報》，是西藏歷史上最早的報紙。其創刊的動機就是「愛國尚武、開通民智」，將西方及內地的新風氣新生活傳進西藏，以改良西藏的文化和社會環境，促進社會進步。在其刊登的新聞中就有關於開闢商埠，中國手工業品參加南洋博覽會等消息。繼《西藏白話報》之後，我國新疆地區出現了辛亥革命時期唯一的少數民族文字報紙《伊犁白話報》。該報特別重視廣告刊登與宣傳，在新疆地區與內地進行信息交流的過程中發揮了積極的作用。該報在 1910 年 4 月 14 日第 21 號一版顯要位置刊出了惠遠城北街會芳園內新開奇珍照相館告白。這可能是伊犁地區有史以來的第一家照相館，廣告中詳細列出所照相片大小和加洗多少的價目表，從「電光放大」的字樣中，可以看出惠遠城已有發電設備。而照相在當時上海這樣的繁華大都市中也稱得上是追求時尚、追趕潮流的新鮮事了。在《伊犁白話報》21 號報紙的中縫刊有一則《惠遠北街新開會芳園告白》，告白寫道：

> 本園不惜資本聘請上等名師包辦滿漢豬羊燒烤全席，各樣點心，
> 什錦蒸食，內有雅座，潔淨寬闊，隨意應時小賣，代售南京板鴨、
> 金華貢腿、南糟鰣魚、雞、鴨、魚、肉鬆、蜜餞、蓮子、香腸、烤鴨
> 一應俱全，貴客光顧，庶不致誤。

這則告白中提到的食品來自全國各地，可以看出當時少數民族地區與內地飲食文化交流的盛況，以及惠遠古城與全國各大城市信息的溝通與相互往來的情況。可見當時內地的時尚信息已逐漸傳遞到邊疆少數民族地區，少數民族同胞追求時尚的腳步與內地民眾幾乎是同步的。

20 世紀二三十年代的中國，政治形勢錯綜複雜，變幻莫測，新舊觀念頻頻交鋒，激烈碰撞。然而，無論社會環境如何變換，普通民眾追求美、追趕時

尚潮流的腳步卻是無法阻擋的。當大都市居民津津樂道於已普及大街小巷的都市時尚文化時，地處偏遠地區的少數民族及其創辦的刊物也及時捕捉到了時尚的氣息，並用寬廣的視角向讀者展示本地的風土人情，不遺餘力地向本地居民介紹從國外及內地舶來的新事物。這種傳播極大地加快了少數民族同胞開啟民智，告別蒙昧的步伐，促進了他們與都市時尚文明的接觸與融合，其積極作用是不可估量的。（與陳春麗合作）

（原載《青年記者》2011 年 6 月下，總第 350 期）

多維視角看少數民族形象

　　中國是一個多民族國家，各民族歷來彼此唇齒相依，共生共榮。作為信息承載主體的大眾傳媒對少數民族地區的經濟建設發揮著重要的作用，對國家的民族團結、社會穩定、和諧統一有著極其重要的意義。少數民族相關報導，是少數民族傳播信息、吸收借鑒經驗、不斷交流發展的重要手段，也是少數民族對外展露形象的重要方式。

　　據統計，截至 2006 年年底全國現有 30 多家民族文字圖書的出版社，約占全國出版社總數的 6%，用 20 多種民族文字出版；99 種民族文字報紙，用 13 種民族文字出版，約占全國報紙總數的 5%；223 種民族文字期刊，用 10 種民族文字出版，約占全國期刊總數的 2.5%。

　　中央電視臺、中央人民廣播電臺和西藏、新疆等九省區廣播電視少數民族語頻道、頻率建設也取得顯著成效。西藏、新疆、內蒙古、青海、延邊等地均已實現當地主要少數民族語言電視上星播出。另外，少數民族廣播的頻率數量和節目播出時長也迅速增加。中央電臺民族之聲原來用蒙、藏、維、哈、朝 5 種少數民族語言全天播音 20 多小時，2010 年 3 月 1 日，又新增設了藏語頻率，全天播音達 18 小時。西藏電臺藏語節目播出時間由 2000 年的每天 14 小時增加到每天 16 小時。播出能力明顯提高。少數民族廣播影視人才培養工作也取得了顯著成效。僅中央電視臺少數民族播音員、主持人就達 31 人，占到全臺播音員、主持人總數的 10%。2000 年到 2010 年的十年間，中央臺少數民族語言廣播由每天播音 10 小時增加到 38 小時。五種民族語言廣播覆蓋近一半的國土面積，已經形成了以廣播為主、多媒體聯動的傳播格局。

　　根據中國互聯網絡信息中心（CNNIC）2010 年 7 月 15 日在北京發布的

《第 26 次中國互聯網絡發展狀況統計報告》，截至 2010 年 6 月，我國互聯網普及率攀升至 31.8%。同時，我國網民數達到 4.2 億，寬帶網民數達到 3.6 億，手機網民數達到 2.77 億。早在 CNNIC2009 年報告的統計數據顯示，在我國的各個省份中，西部地區網民數增長最快。其中增長率在 60%以上的 8 個省份中，6 個在西部，包括青海、雲南，貴州等 3 個增長最快的省份，顯示出我國互聯網正邁向全面協調的發展態勢。

以下分別從傳統的報刊媒體、廣播電視媒體以及新媒體這三個主要傳播視角入手，淺談不同傳播媒介對我國少數民族形象的表現和塑造。

平面媒體——全面綜合展風采

60 多年來，我國已經建立了具有一定規模的、多層次、多類別、覆蓋面比較廣的民族文字圖書和報刊體系，不斷滿足著少數民族群眾的閱讀需要。

各級民族報刊在加強民族團結、促進民族繁榮的政策下積極傳播少數民族地區的發展成果和經驗，詳實地報導民族新聞事件，同時樹立了不斷穩定發展的民族形象。以全國性的少數民族報刊《中國民族報》為例，該報在 2010 年，專門策劃了 13 期「興邊富農行動」的專題報導，每期用一個版展示記者走訪的少數民族地區，如 2010 年 12 月 7 日的專版《特色優勢產業助新疆邊境加快發展》，以霍城的特色林果、奇臺的畜牧業、皮山的民族手工藝以及木壘的鷹嘴豆為例向全國受眾詳盡地展現了邊疆少數民族的經濟發展現狀，並輔以相關圖片，圖文並茂的展現了我國少數民族地區在黨的興邊富農政策下取得的成績和生活現狀，以切實生動的案例表現了少數民族同胞安定幸福的生活面貌，無疑有助於進一步改變大部分受眾「少數民族貧困地區」的刻板印象，認識到少數民族發展進步的新形象。

另外，地方性的民族文字黨報、都市報、專業報也都根據自身的不同特色積極傳遞少數民族政治、經濟、文化的發展狀況，展現著少數民族同胞勤勞奮進的精神狀態，同時也助力了各民族的發展穩定。

廣電傳播——聲像直觀展特色

近年來，全國廣電系統不斷加大宣傳、創作、播出和覆蓋力度，廣播影視內容不斷豐富，形式日益創新，覆蓋面穩步擴大，影響力顯著增強，少數民族廣播影視事業取得長足發展。不論是地方少數民族衛星電視的民族語頻道，

還是央視的民族專題欄目，甚至歷年的春晚盛宴、國家形象宣傳片，都積極融入少數民族的鮮亮形象。

中央和地方各級廣電媒體也充分發揮新聞、專題、文藝等各類節目優勢，大力傳播少數民族文化。在新聞報導中強化少數民族特色文化、特色活動的宣傳。重點專題報導先後播出了《美麗的傳說——中國各民族文化經典故事巡禮》、《海外西藏文化展》、《走進西部》、《寨子》、《穿越呼倫貝爾》等系列節目、專題片；加強了對全國性少數民族運動會、內蒙古那達慕運動會、雲南「三月街」民族節等體育活動的直播和報導力度，擴大其知名度和影響力；推出了一批反映少數民族文化的品牌欄目，如中央電臺《民族大家庭》，中央電視臺《中華民族》、《民歌·中國》，國際廣播電臺《今日西藏》、《穆斯林在中國》，西藏電視臺《西藏旅遊》、新疆電臺《博格達之聲》等；並舉辦了豐富多彩的大型主題活動，如：中央電視臺「民族器樂大賽」、中央電臺「走進內蒙古鄂爾多斯」、「和諧新疆行」、國際電臺「美在西藏」網絡知識競賽等，深受廣大少數民族群眾的歡迎和喜愛，同時也通過這些活動，形象生動地展現了少數民族同胞多才多藝的鮮活形象。

新媒體——迅速及時吐心聲

當前的傳播生態下，互聯網及手機等新媒體的崛起，改變了以往大眾傳媒報刊、廣播、電視三分天下的傳統格局，極大地挑戰了傳統報刊、廣播、電視的傳播中心地位。對於少數民族新媒體來說，儘管其發展步伐比之內地相對有限，但不少民族網站如中國民族宗教網、中國西藏新聞網等均已具備了一定的製作水平，發揮了重要的信息傳播和輿論引導作用。

新媒體的草根性特質讓受眾擁有了更多的傳播主導權力，讓普通受眾能夠最大化參與信息傳播，實現信息傳播的雙向互動。尤其在突發事件發生後，新媒體能夠讓親歷突發事件的普通民眾成為事件的報導者，他們可以在網絡平臺上，以當事人的角色、口吻，通過視頻、圖片、文字等多種方式報導突發事件發生瞬間所帶來的傷害與恐慌。這種第一時間的報導因為來自現場的親歷者，來自草根民眾，更具真實性與震撼力，一旦在互聯網平臺上經過網友間的傳遞，便能夠迅速產生較大的影響力，引發網民的熱議。

新媒體還可以巧妙借用突發事件的民間輿論，幫助網友將新聞的感性認識轉向理性認識，採用合理的方法放大這些言論的建設性，消除其破壞性。

例如，2008 年 5 月 12 日 14：35，汶川地震發生僅 7 分鐘，一個災區網友便把描述地震情況的帖子發到了「百度貼吧」的地震吧上。眾多網民在博客、論壇、QQ 中大量轉發反映震區災情的圖片與文字，還通過轉帖接力成功解決了援救隊伍的飛機無法找到合適著陸點的問題。

2009 年新疆 7‧5 事件發生後，網友發帖揭露西方媒體的虛假報導，澄清少數民族突發事件的真相，也成為借助新媒體發聲，發揮輿論引導作用的範例。可以說，新媒體已經成為普通受眾自主發聲，吐露真實的一個信息平臺，也是少數民族受眾主動傳播自身形象、自由表達自我的便利通道。（與丁豔麗合作）

（原載《對外傳播》2011 年第 4 期總第 175 期）

關於少數民族新聞教育的若干思考

一

　　少數民族新聞教育就是民族地區、民族院校的新聞教育，主要培養少數民族新聞工作者。它是中國教育不可缺少的重要組成部分，最早始於 20 世紀 30 年代，由在新疆、西藏等地區興辦新聞訓練班開始；1953 年內蒙古蒙文專科學校成立伊始即開始培養從事蒙古文翻譯、編輯、記者工作的實用性人才。這是少數民族新聞專科教育的開端。比較正規的民族新聞教育始於 1961 年中央民族學院（現中央民族大學）的新聞研究班和 1975 年內蒙古大學蒙古語言文學系的新聞班。之後便是 1984 年經國家教委批准，在中央民族學院（現中央民族大學）創辦 4 年制的新聞專業。20 世紀 80 年代陸續在民族地區和民族院校設立新聞學專業、傳播學專業和廣告學專業，迎來了少數民族新聞教育發展的高潮。

　　改革開放以來，我國少數民族新聞傳播事業空前繁榮，形成了較為系統的、多語（文）種、多層次、多渠道的特色鮮明的新聞傳播體系。在現代化建設和民族復興的偉大事業中，尤其在西部大開發中，民族新聞傳播發揮了無法替代的作用。少數民族新聞人才需求量日益增多，為西部地區、為民族地區培養合格的新聞人才迫在眉睫。據瞭解，在少數民族新聞媒體中真正學過少數民族新聞學的人才奇缺。

　　根據 2002 年教育部新聞學學科專業名單，全國普通高校共有新聞學專業（包括新聞學、傳播學、廣播電視學、廣告學、編輯出版學等）323 個。其中民族院校、民族地區院校興辦的新聞學學科共 61 個。這 61 個專業承擔著培養

少數民族新聞人才和為民族地區輸送新聞專業合格後備力量的光榮使命。民族新聞教育的誕生與發展是與當前民族新聞傳媒的發展密不可分的，隨著民族新聞傳媒的發展需要而逐步發展起來。中央民族大學的新聞學科就是這 61 個中的一員。

歷史與現實，為我國民族新聞教育、教學工作提出了新的任務。中央民族大學新聞專業創辦於 20 世紀 80 年代中葉，在教學過程中注重強調學生的人文素質、文字功底、思維方法及為民族地區服務意識。課程設置除各新聞院系開設的主幹課程外，在高年級和研究生中開辦有民族特色的選修課和專業課。其中有中國少數民族新聞傳播史、中國少數民族新聞學概論、民族攝影學、中國少數民族新聞業務研究、影視民族學等等，並且儘量配有相應的教材。中國少數民族新聞傳播學是一門新興的邊緣性的學科。這一學科的創立與發展拓寬了新聞學的研究領域。但是學科建設基礎薄弱，沒有現成的資料可以查閱，也沒有前人的理論可資借鑒。少數民族新聞傳媒又多分散在邊遠地區，這就為調研和教材編寫增加了難以想像的困難。因此除少量課程已有公開出版的教材外大多尚處在建設之中，還需要與有志於民族新聞教育的同仁通力合作，共同創建一套民族新聞教材。

密切與新聞傳媒的關係，加強與少數民族新聞工作者的聯繫是學科建設和教材建設的重要環節，也是教學中理論與實際相連的一個不可或缺的層面。這其實也是民族地區和民族院校的一個傳統。民族地區和民族院校新聞專業，一般都很重視與社會的聯繫。通過到民族新聞傳媒機構參觀實習等接觸新聞實際。

二

少數民族新聞教育經歷一個從不正規到正規，不系統到系統的院系教育的發展過程，經過 80 年來的努力，少數民族新聞教育已經發展到一定水平，形成了融中專，大專，本科以及研究生教育為一體的較為完整的體系。

最初，民族地區新聞人才的培養主要以舉辦新聞訓練班為主要途徑，起步較早，成效明顯，但學歷教育起步較慢，規模和層次有限。新疆、內蒙古、西藏、廣西等地區無不是經歷了這樣一過程。隨著我國教育事業的發展，多種方向，門類齊全的新聞教育形式的形成，少數民族新聞教育已從照搬模仿內地發達地區、著名新聞院校的辦學經驗，轉為摸索一條適合自身發展的新途徑。

當前民族新聞院校教學領域逐步拓寬，課程設置更具民族化，增加了民族特色鮮明的專業課程，由專業教育模式逐步轉向素質教育模式，形成一條多規格、多層次、多渠道的辦學網絡。

比如 1997 年成立的雲南大學新聞系，設有電視、廣播、報紙、廣告、出版等方面的課程，是雲南地區專業較全的新聞系，也是全國開設傳播心理學較早的學校。其辦學宗旨擬定為「教實話實說，育新聞新苗」，培養具有新聞、傳播、公關、出版發行基礎理論和技能的人才。在進行理論教育的同時，注重訓練學生的應用和實踐能力，努力做到理論和實踐相結合。除開設全國統一的課程外，還開設了特色課程，如《傳播心理學》、《都市類報紙研究》等，具有民族特色的課程有《民族傳播學》、《影視媒介文化研究》、《電視媒介文化研究》、《民族文化傳播》等，非常引人注目。

當前，在辦學過程中，各新聞院系（專業）逐步認識到教學工作和科學研究相互促進、相輔相成的關係。教學工作和科學研究兩手抓，齊頭並進，積極完成國家、省（區）的科研項目，出版和發表有學術價值的論著。雲大新聞系自 1998 年起，在開設民族文化課程的同時，開展相關研究，並獲得了國家社科基金研究項目。雲南省院省校合作項目《傳播與民族發展——雲南少數民族地區信息傳播與社會發展關係研究》已結項並出版。新疆大學新聞與傳播學院以研究新疆地區各級各類各種民族語文的新聞事業為重點，承擔國家、自治區科研項目。近年來，阿斯買‧尼牙玫和帕哈爾丁教授的學術成果，豐富了少數民族新聞傳播學的研究。西藏民族學院新聞傳播學院周德倉教授的《中國西藏新聞傳播史》以及他所承擔的國家社科基金的結項、專著的出版，顯示了這個學院的科研實力。

中央民族大學自 1984 年建立新聞專業以來，十分重視少數民族新聞傳播人才的培養，在教學工作中主要體現在有關課程教學內容的改革和增新方面，特別是新聞史論類的課程，在新聞學科建設上確定了少數民族新聞傳播學研究這一重要方向，形成了中央民族大學新聞學學科特色。《中國少數民族文字報刊史綱》（25 萬字，中央民族大學出版社 1994）、《中國少數民族新聞傳播史》（68 萬字，民族出版社 2008）、《中國少數民族新聞傳播通史》（90 萬字，上下兩冊，中央民族大學出版社 2008）等教材、專著的出版就是這個學科建設的重大收穫。前者曾獲北京市第四屆哲學社會科學優秀成果二等獎和全國普通高等學校第二屆人文社會科學研究二等獎。後兩部，一是北京市高等教育

精品教材立項項目，另是國家「十五」社科基金項目，把少數民族新聞傳播學的研究列入以上兩個項目的立項，這是新中國成立以來的第一次。

此外，還出版了教輔讀物，如《中國少數民族新聞工作者生平檢索》（27萬字，貴州民族出版社）等等。這些成果的問世，對於少數民族新聞傳播學的研究工作以及學科建設、教材建設具有重要意義。中央民族大學的趙麗芳博士剛出版的《存異求同多元文化主義與原住民媒體》，把少數民族新聞傳播學的研究從國內擴展到國外，開拓了一個新的領域，是一部學術價值較高的著作。重視學科建設、重視教材建設以及加強師資隊伍、培養複合型人才，已成為民族地區、民族院校的共識，也是新時期少數民族新聞教育的一大特點。

幾十年來，少數民族新聞教育是在艱難中起步，並在探索中發展。由於教育觀念，教學經驗，辦學條件和師資隊伍等方面的局限，跟我國發達地區或辦學力量雄厚的院校相比，存在不少差距和問題。比如有的地區尚未建立起自己的新聞教育體系，這是制約著這個地區新聞事業跨越式發展的關鍵因素之一。有的院校教學格局還是以傳統的報紙為主，廣播電視新聞教學多為理論知識教授，基本不具備實際操作條件。少數民族新聞教育今後要總結和傳承成功經驗，堅持民族特色，與時俱進，與媒體聯姻，進一步加強與實力雄厚的高校新聞院系的聯繫與交流，進一步適應我國經濟與文化不斷發展的需要，為我國少數民族新聞教育再創輝煌。

三

當前，尤其進入了 21 世紀，我國民族地區民族院校幾乎無一例外地開辦了新聞學、傳播學專業。數量之多是空前的。這是一支不可忽視的力量，是我國新聞教育中年輕有為的生力軍，也是我國新聞教育未來的希望。因此我建議：

（一）走獨立發展的道路

新聞專業在初創階段附設在中文、歷史等專業，這是歷史發展的必然，也是必需的，但是未來的發展應該是從這些專業中脫胎出來，創立獨立的新聞院系。目前，全國民族地區民族院校獨立辦新聞專業的有：新疆大學新聞與傳播學院、西藏民族學院新聞與傳播學院、廣西大學新聞與傳播學院。此外，還有一部分新聞專業雖附設在其他院系之中，但作為新聞傳播系有相當的實力，也有獨立自主發展專業的能力。

走獨立發展道路是形勢發展的需要。改革開放以來，我國新聞事業蓬勃發展。1994 年國家教委召開了第二次新聞教育座談會，深入探討中國特色社會主義新聞人才的培養問題。此時，設有新聞專業的院校有 60 多所，專業達 140 多個，並增加了廣告、編輯出版、新聞攝影、國際新聞、體育新聞、播音與主持等專業和培養方向。師資隊伍由 1977 年的百餘人，增加到了近 2000 人。進入 21 世紀，我國的新聞教育事業有了更大發展。2003 年，教育部新聞學學科教學指導委員會和中國高等教育學會新聞學與傳播學專業委員會對 100 多個院校 190 個專業的基本情況進行了跟蹤調查。據粗略統計，這 100 個學校共有教師 2490 人，其中教授 64 人，副教授 727 人，講師 850 人，助教 399 人，其他 51 人；在校生總共 53810 人，其中博士生 240 人，碩士生 6736 人，碩士學位進修生 736 人，雙學士 405 人，本科 39065 人。本科生中新聞專業 18772 人，廣播電視新聞專業 7323 人，廣告專業 8956 人，編輯出版專業 2156 人，其他 1856 人。到 2004 年底，這一百多所高等院校（含民辦）設有新聞學、傳播學、廣告學、廣播電視新聞學、編輯出版學等 661 個專業，培養專科生、本科生、碩士生和博士研究生以及博士後，形成了具有多層次，各種模式的新聞教育，辦學模式多種多樣。已從單純培養報紙編輯人員發展到全面培養廣播電視、媒介管理到廣告、網絡等多種專業人才，形成了多種方向，門類齊全的新聞教育。又過了四年，以上數字，又有很大的變化，大大提高了。

更為重要的是，早在 1996 年，新聞學被提升為國家一級學科，正式定名為「新聞傳播學」。過去國務院學科評議組，新聞學附設在文學之中，而今獨立出來了，從原來方漢奇、丁淦林、趙玉明 3 人，擴展到如今的 7 人，而召集人就有兩位：童兵教授和尹韵公研究員。獨立建立新聞傳播學，有利於按照新聞傳播學發展規律進行學科建設；有不少專家認為，新聞傳播學與文學、歷史學分屬於人文和社會兩大學科，研究和發展新聞教育的思路還是有較大區別的。廣西大學新聞系獨立出來後，成立了新聞與傳播學院更顯示出她的活力。目前有新聞學和傳播學兩個碩士點，他們正在爭取博士學位授予權，已經成為廣西壯族自治區培養新聞人才的重鎮。

我們應感謝文學、歷史等專業為發展新聞教育事業付出辛勤勞動。走獨立發展的道路不是說獨立就獨立，要根據各個院校的基本情況，在時機成熟條件許可時，逐步進入一個新的歷史發展階段。但是，我們應該不斷創造條件，認真落實教育部在 2005 年以前就建議讓新聞專業獨立出來的精神。

（二）組建少數民族新聞傳播學研究團體

組建學會的目的是為協調民族地區、民族院校的教學和科研工作，依靠團隊力量編寫民族新聞傳播學教材，深化少數民族新聞傳播的科學研究。早在20世紀末就有成立學會的萌動；進入21世紀後，不少民族院校建議成立中國少數民族新聞傳播學研究會，如西北民族大學牛麗紅教授、李欣老師，西藏民族學院周德倉教授，中南民族大學高衛華老師等。他們認為成立學會把全國民族院校的專家學者，團結在學會的旗幟下，開展學術研究，交流少數民族新聞教學經驗，發展少數民族新聞傳播學的研究和教學工作，有利於促進少數民族新聞教育事業。西北民族大學牛麗紅，中央民族大學呂樂平老師在這方面表現了更大的積極性，他們起草了申請報告和學會章程。我們認為成立中國少數民族新聞傳播學研究會時機已到。

（原載劉衛東、籍祥奎、殷莉主編
《名家論壇·天津師範大學新聞學專業五十華誕紀念文集》，
天津社會科學院出版社2009年出版）

新聞事業與民族新聞教育

一

　　據現有資料，我國少數民族文字報刊較之漢文報刊的出現，大約晚了 1100 多年。1905 年貢桑諾爾佈在內蒙古昭烏達盟喀喇沁右旗王府創辦的《嬰報》是我國歷史上第一份使用少數民族文字的報紙。1907 年由駐藏大臣聯豫和幫辦大臣張蔭棠在拉薩創辦的《西藏白話報》，以漢、藏兩種文字印刷出版，深受廣大藏族同胞的歡迎。辛亥革命時期我國少數民族文字報紙有了新的發展。《伊犁白話報》不僅用漢字鉛印出版，而且以滿、蒙、維文油印發行。它是由中國同盟會主辦的革命報紙，也是新疆的第一份報紙。第一次國共合作時期，創辦了我國少數民族鬥爭史上第一份以蒙漢兩種文字刊行的馬列主義刊物——《蒙古農民》。進入 20 世紀 30 年代以後，我國少數民族文字的報刊種類繼續增多，在新疆創辦了使用民族文字的最早省級報紙《新疆日報》。新疆最早的綜合理論性刊物是 1935 年 9 月創刊於迪化（今烏魯木齊）市，由新疆反帝聯合會主辦的《反帝戰線》。該刊以漢、維兩種文字刊行，是新疆最早傳播馬列主義毛澤東思想的民族文字報刊。這個時期在新疆阿勒泰地區出版了一份哈文報紙《新疆阿勒泰》，它在我國少數民族文字報刊史上具有特殊意義。這張報紙在當時只用哈薩克文印刷出版，不與漢文和其他少數民族文字同時出版。它的漢文版是在 20 世紀 30 年代後才刊行的。而其他少數民族文字報紙，總是先有漢文版，或者漢文版與少數民族文字版同時發行，或者在同一版面上既有漢文又有民族文字，即所謂「民族文字與漢文聯璧」的形式。抗戰勝利後，我國少數民族文字報刊有了更大的發展。從文種上說，除了前邊提到的蒙、

維、哈、俄、滿文等報刊之外，還有朝鮮文報和錫伯文報的創刊；從性質上說，不僅有不同政治派別的報刊，而且已經有了少數民族文字的黨報。這個歷史時期，無論從數量上還是從新聞業務發展上，黨領導下的統一戰線報刊對於我國各級各類民族文字報刊，尤其是黨報的發展都做出了突出的貢獻。從地域上說，除內蒙古、西藏、新疆先後有了民族文字報刊之外，東北地區朝鮮文報刊發展迅速，並積累了十分寶貴的辦報經驗。日刊、隔日刊、三日刊、週刊，各種刊期的報紙相繼出現，在編排業務和新聞採寫方面都有了新的改進，使報紙面貌為之改觀。從發展速度和辦報規模方面看，這個時期內蒙古地區的蒙古文報刊和東北地區的朝鮮文報刊都走在了其他地區和民族文字報刊的前頭。它們的發展，為我國各級各類不同文種的民族報刊在新中國建立之後的發展積累了豐富的經驗，奠定了堅實的基礎。

在民族文字報刊的發展時期，最為重要的一點，就是我國少數民族新聞工作者的隊伍已初步形成。在此之前，民族文字報刊的創辦者和主要負責人大多是政治家、革命家，很少有職業報人。自從蒙古文版《內蒙古週報》（1946 年 3 月 17 日創刊）、《群眾報》（1946 年 7 月 1 日創刊），尤其是中共內蒙古黨委機關報《內蒙古自治報》創刊以來，各個報社已經意識到培養少數民族新聞工作者的重要性和必要性。

中華人民共和國的成立開闢了我國新聞事業的新紀元。解放初期，我國有少數民族文字報紙 21 種，在內蒙古、新疆、西藏等自治區都有省（自治區）一級少數民族文字的報紙。在其他少數民族聚居區（自治州、自治縣）也陸續創辦了少數民族文字報刊。1950 年 7 月創刊的《人民畫報》是新中國出版的第一份面向全國的綜合性攝影畫報。1951 年同時刊印蒙古文、維吾爾文、藏文版，1952 年增印朝鮮文版。1955 年 2 月由中央人民政府民族事務委員會主辦的《民族畫報》創刊，用漢、蒙、藏、維、哈、朝等 6 種民族文字出版。在廣播事業中，也有了少數民族語言的廣播。我國少數民族新聞事業迎來了新的發展階段。粉碎「四人幫」之後，我國少數民族文字報刊形成了一個以黨報為核心的多層次、多種類、多種文字的完整的報刊體系。據 1985 年底統計，全國少數民族文字報紙共有 17 種文字，84 家，其中十一屆三中全會以後創辦的占 1/3，在 84 家民族文字的報紙中，維吾爾文報 23 家、蒙古文報 19 家、藏文報 11 家、哈薩克文報 7 家、朝鮮文報 6 家、傣文報、傈傈文、苗文報各 3 家、布依文報 2 家，柯爾克孜文、錫伯文、景頗文、載佤文、彝文、壯文、納西文、

侗文等報紙各一家。另有少數民族期刊 70 多家。到 1987 年，我國民族地區的各類報紙已達 200 多種。中央人民廣播電臺有蒙古語、藏語、維吾爾語、哈薩克語、朝鮮語 5 種少數民族語言的節目，各地方電臺有本地少數民族語言的節目。1986 年 8 月下旬，在呼和浩特召開了全國少數民族文字報紙經驗交流會。來自 17 個省區的 59 家報紙和中央、內蒙古有關單位的 120 多人出席了會議。大會交流了經驗，研究了新形勢下民族文字報紙出現的一些新情況、新問題，探討了少數民族文字報紙如何改革、辦得更具有顯明的民族特色和地方特色，會上還成立了全國民族新聞工作者協會籌備組。1988 年 11 月中旬，在貴州省黔東南苗族侗族自治州首府凱里市正式成立了中國少數民族新聞研究會。主要由來自全國 10 個省區的 25 家州、盟及少數民族地區的地方報紙創建和組成了這個全國性的群眾團體，旨在發展少數民族新聞事業，開展少數民族好新聞的評選工作，表彰為少數民族地區新聞事業作出貢獻的優秀新聞工作者。該會決定創辦《民族新聞》作為會刊。每年舉行一次學術年會。中國少數民族新聞研究會由 26 人組成理事會，由 14 人組成常務理事會。

二

我國少數民族新聞事業的發展，向我國新聞教育事業提出了新的要求：創建民族新聞教育事業，培養德才兼備的少數民族新聞工作者。

目前我國雖然形成了一支民族新聞工作者隊伍，但絕大多數是自學成才，是在辦報實踐中成長起來的，他們沒有受過專業訓練，大專文化水平者極少，「科班」出身者更少。發展民族新聞，尤其是發展現代化的民族新聞事業沒有德才兼備、沒有既有堅定而明確的政治方向，又有系統而堅實的專業基礎的新型的少數民族新聞工作者為後繼是絕對不可能的。民族新聞事業迫切需要少數民族新聞人才。

民族新聞教育事業始於 1956 年在拉薩木汝林卡（今拉薩一中）辦起來的 200 多名藏回學員參加的新聞訓練班。分三個班進行教學。1965 年西藏日報社計劃辦一期新聞訓練班，由中央民族學院代培，並已於 1966 年開學。這個班共 47 名學員。這些學員是從拉薩中學、西藏民院、西南民院、中央民院中選拔的。當時西藏日報社還選派了兩名幹部擔任教師。在此前後一些大學也培養過一些少數民族新聞工作者。比較正規的民族新聞教育是創辦於 1961 年的中央民族學院新聞研究班。這個班經國家主管部門批准後招收學員 30 名，

學制兩年。由當時的語文系副主任徐垠負責，何報琉協助管理。在這個班上任教的有于楓、來春剛等 6 名教師，該班只招收一期學員，1963 年停辦。1984 年經國家教委批准在中央民族學院創辦學制四年的新聞專業，由漢語言文學系領導。創建時，有教師 2 人學生 40 人。現有回、維、哈、藏、蒙、壯、畬、赫哲、納西、朝鮮、滿、彝、土等民族學生 130 人，除有新聞班外，還有一個新聞攝影班，教職工 10 人，其中教師 7 名，具有高級職稱的 3 人，中級職稱的 2 人，設新聞教研室、新聞實驗室，開設多門專業課和專業選修課及新興的實用課程，以培養具有專才和通才素質的適應當前經濟發展需要的人才。

民院新聞專業創辦近六年來，始終堅持正確辦學方向，發揚其獨有的優勢和特長，即民族性和實踐性。民院設置新聞專業是為民族地區培養德才兼備的合格人才，它的課程設置、教學計劃、教學內容的安排以及培養目標等等，都必須根據民族地區新聞事業的發展需要來設計，而不能照搬一般大學新聞院系（專業）的現成經驗，應走出一條自己的路。這就是要在課程設置、制訂教學計劃和教學內容時緊緊圍繞民族地區的需要，即發揚和突出民族新聞教育的優勢和特長，在民族性上下工夫，創造性地辦好新聞專業。這一點在專業創建之始，部分教師已經萌生了這種願望。他們在教學和科研中把民族地區和民族文字報社的辦報經驗以及新聞工作者所應具備的政治修養和業務素質逐漸地作為主要內容和研究對象，以開拓和發展民族新聞教育的新領域。已出版的教材和專著雖各有千秋，但是不能滿足民族院校新聞專業的需要，編寫新的中國新聞史教材，更新新聞史的教學內容勢在必行。由民族學院新聞專業教師參加編寫的《中國新聞史》從觀點上、體例上、內容上以及史料的翔實方面都有所創新和改進，尤其是歸納和總結了中國少數民族新聞與新聞傳播的歷史發展及其新聞工作者對中國新聞史的貢獻，更符合民族學校新聞專業的實際與需要。1989 年 9 月民院新聞專業招收了兩名「當代民族報刊研究方向」的研究生，這更促進了教師們對於民族新聞教育和民族新聞學的研究。該專業為研究生開設的帶有「民」字號的學位課是「中國少數民族報刊研究」、「民族新聞研究」和「民族攝影學」。

「中國少數民族報刊研究」是以中國少數民族文字報刊為重點研究對象，探討少數民族文字報刊的歷史沿革、興起、發展、繁榮的演變規律，及其民族特色和地方特色，少數民族新聞工作者的歷史貢獻。

「民族新聞研究」，探討和研究民族新聞學的基礎理論，主要講授民族新聞研究的對象，民族新聞的地位、民族新聞的共性和特性、民族新聞的內容和重點、民族新聞採編的幾個基本問題、民族新聞的寫作特點、民族新聞事業概況（包括報紙、電視等）、少數民族語文新聞媒介的特點和發展、民族新聞在改革開放中的一些突破和嘗試、民族新聞工作專業人員的培養等幾個問題。

「民族攝影學」是民族學和攝影學的交叉學科，它在大學本科生已有的民族學和初步掌握攝影技術的基礎上，主要研究民族攝影的特徵、規律、技法和手段，即如何運用攝影的造型技巧，真實、正確、深刻而又生動、完美、藝術地表現我國各少數民族的人物形象、生活習俗、服飾工藝、節慶遊藝（包括體育、舞蹈、節日活動）及地域風光等。學習民族攝影學，將更好地貫徹黨的民族政策、形象地體現各民族團結、平等、發展的思想，發揚各民族的優秀文化傳統和精神風貌，推動社會主義精神文明建設。

「民」字號的課程設置，不僅體現了民族教育的特點，而且促進了民族新聞學的創立和發展。與此同時，有一部分有關民族新聞學的科研成果相繼問世。

大學新聞教育應當堅持理論聯繫實際的原則，民族新聞教育更應當重視在新聞工作的實踐中培養少數民族新聞工作者，民院新聞專業在第一年熟悉學校情況和學習了基礎課和專業基礎課以後，於第二年就到實踐中去摸索和鍛鍊，學校和漢語系專門為學生提供了一塊專業園地《大學生報》，由學生任主編，組成編輯部，充當該報記者，搜集民族學院的信息和採訪院內新近發生的事，宣傳少數民族師生的先進事蹟。在辦報過程中，培養和鍛鍊了學生的編、採、寫的能力。87 新聞班主持該報工作時，《大學生報》榮獲中央民族學院首屆學生刊物評比報刊一等獎。88 新聞班在總結辦報經驗中制定了《中央民族學院〈大學生報〉章程》。此外還組織和鼓勵學生在院內報刊，如中央民族學院週報和本市新聞單位進行短期實習。

新聞專業重點抓好每屆學生的長達 3 個半月的教學實習。根據少數民族學生來自民族地區，又要回到民族地區從事民族新聞事業的特點，在選擇實習單位的時候採取在本市與外埠、中央單位和地方單位、內地與邊疆、漢族聚居區與少數民族聚居區以及各級各類新聞傳播媒介相結合的辦法。其次，在組織工作上尤其應當貫徹因材施教、因人而異的原則，注意發揮每個人的特長，發揮各自的優勢，揚長避短，使每個實習生都能通過教學實習在政治思想上和業務素質上都有所提高。第三，加強與新聞界的聯繫，爭取他們的支持與配合。

通過實習，不僅讓同學在業務上取得大豐收，而且要把少數民族大學生所具備的樸實、肯幹的良好作風帶到報社，帶到社會。從實習生身上看到整個少數民族的優良傳統、作風和品德，讓他們以自己的行動在社會上樹立自己的形象——民族院校新聞專業的形象和少數民族的形象。通過實習，如實地向社會、向廣大新聞界包括民族新聞界彙報民院新聞專業的教學水平和教學質量，以贏得社會新聞界的信任和民族地區新聞單位的信任。讓他們在接觸實際中，向社會、向新聞界尤其是向民族地區去宣傳自己、推銷自己。

六年多的實踐已經表明，按照這樣的路子走，取得了成績，收到了效果。據統計，84 級新聞班在 45 天的實習中，除編稿、設計版面、群眾工作外，40名同學共採寫稿件 323 篇，已發表消息、通訊、評論等 210 篇，最後選編了他們的作品，集成《中央民族學院新聞專業首屆畢業生實習作品選》，鉛印 3000冊。87 級新聞班在 3 個半月的實習中，發表文字作品（包括新聞、文藝作品）427 篇，23 萬多字；內參 7 萬多字，編稿 100 萬字，設計版面 115 版次（這裡統計的是 24 位同學在北京 20 個新聞單位實習情況）。此外還製作錄音、播發新聞、製作電視片等其他方面的工作。到目前為止，新聞專業已有 3 屆畢業生。1988 年《中國記者》報導說：「今年暑假，中央民族學院新聞專業的 40 名學生完成 4 年學業後畢業了。這是新中國成立以來，我國自己培養的首批多種少數民族新聞專業大學本科生。這屆本科生來自全國 18 個省、自治區的 19 個民族，包括滿族、土家族、回族、維吾爾族、蒙古族、彝族、布依族、畬族、羌族、苗族、藏族、瑤族、壯族、納西族、哈薩克族、黎族和白族。這屆畢業生受到社會需求單位的普遍歡迎。他們將為少數民族的新聞傳播事業作出貢獻。」現在，85、86 新聞班已走上工作崗位，他們同樣受到了首都和民族地區新聞單位的熱烈歡迎。他們在實習期間發表的作品有的已獲獎，他們在校期間撰寫的畢業論文也有的已在省市級和國家級報刊上發表。他們在單位揀重擔、挑大樑。中央民族學院培養的一批批少數民族新聞工作者已不斷充實到新聞戰線，為民族新聞事業輸送了既有政治頭腦又有專業知識的新兵。他們是發展和繁榮民族新聞事業的一支新生力量。

目前，民院新聞專業正在修訂教學計劃，將繼續堅持民族性和實踐性方向，更好地發展民族新聞教育事業。

（原載《民族教育研究》1991 年第 3 期總第 8 期）

少數民族新聞媒體發展中
存在的幾個問題

　　人類已經進入了信息社會，伴隨著現代影視媒體、通訊技術、網絡技術的迅速發展，經濟一體化對世界各國本土文化、民族文化的衝擊，並不亞於歷史上任何一個時期工業文明對民族傳統文化的影響力。我國是一個多民族國家，民族文化多樣性不僅是中國幾千年來歷史積澱形成的巨大財富，而且是全人類共同擁有的寶貴資源。對於自然生態環境脆弱、民族傳統文化獨特的民族地區來說，如果在現代文明發展進程中只是單純注重經濟發展而忽視對本民族文化的保護及傳播，我們將會喪失中華民族寶貴的文化遺產，喪失讓世界認識自己的機會，最終導致民族文化的流失。本文先就主流媒體如何報導少數民族新聞加以闡述，其次列舉少數民族媒體在發展中存在的問題，最後就如何發展壯大少數民族媒體提出幾點建議。以期在媒體激烈競爭的今天少數民族媒體能夠揚長避短，靈活運用自身的特點成功迎接新世紀信息科技與網絡為主的地球村。

　　中國少數民族新聞傳播事業自 20 世紀初葉誕生至今已經有近一百年的發展歷史，經歷了誕生初期的興起，20 世紀 30 年代到 70 年代末的曲折發展，70 年代末至今的繁榮時期。〔註 1〕在 21 世紀初的今天我國少數民族新聞媒體領域的發展顯現繁榮景象。

一、主流媒體對少數民族新聞的報導

　　由於歷史的原因，多民族國家的少數民族往往在社會經濟發展水平上相

〔註 1〕白潤生：《興起·發展·繁榮——中國少數民族新聞傳播事業 100 年》，載《白潤生新聞研究文集》，中國文史出版社 2004 年版。

對落後。一些國家的少數民族在現代國家建構過程中，曾經受到過主體民族的壓迫，其獨特的語言文化和生活方式受到過主流文化的同化，文化特性和生存空間也受到主體民族與主流文化的衝擊和侵蝕。以致在主體民族佔據優勢的現代經濟和社會生活中被邊緣化，屬於社會上的弱勢群體。在最初主流媒體對少數民族的新聞報導內容部分，被許多學者批評為傾向忽視、負面及刻板印象，即可統稱為「錯誤報導」。〔註2〕而這些「錯誤報導」的結果是導致對少數民族形象的偏差和誤解，不能使受眾瞭解少數民族的真實一面。由於少數民族地區經濟發展比較落後，缺少資本、人力與技術來創辦自己的媒體，因而長久以來只好充當被報導的角色。這樣不但無法建立擁有媒體權的主體意識，而且喪失對民族形象的解釋權。造成主流媒體對少數民族報導的片面性。不能單從社會文化的種族主義因素來理解，而必須從關係及資源分配的角度去探究，也就是把問題的焦點從主流媒體的報導內容，轉到主流媒體機構組織內使用少數民族新聞工作者的問題。在過去的相當長一段時間裏造成主流媒體對少數民族的「錯誤報導」，原因可能是主流媒體機構內缺少數民族新聞工作者。

今天，國外主流媒體對原住民及少數民族的新聞報導，仍是許多學者和少數民族知識分子批評的焦點，而這些報導多是負面的、不實及扭曲的。錯誤的報導主要體現在以下三個方面：1.將少數民族問題化。國外主流媒體在報導少數民族新聞時，大多與暴力和衝突有關。2.對少數民族的成就與貢獻疏於報導。國外主流媒體對少數民族社會上的衝突、暴力與犯罪的新聞報導相對集中，對於少數民族音樂、文化、藝術及體育等方面所做的成就與貢獻則疏於報導；3.欠缺事件背景的深度報導，對少數民族的認識不夠，更多的主流媒體對少數民族的報導偏重於民族文化新聞，如少數民族特有的豐年祭，傳統的民俗風情，內容不能推陳出新，偏重傳統和原始的價值觀。在國內對少數民族新聞的報導中，較少對少數民族的成就和貢獻的報導，而偏重於對文化的報導。

鑒於主流媒體對少數民族新聞報導的片面性，少數民族應該擁有自己的媒體，用自己的聲音向外界傳播本民族的信息，重新塑造在大眾心目中的形象。20 世紀 90 年代後我國的少數民族新聞事業開始也進入快速發展時期。據最新資料，到 2006 年 9 月為止，我國民族地區的各類報紙已達到 200 多種，我國

〔註 2〕孔文吉：《忠於原味》，前街出版社 2000 年版，第 37 頁。

共有 99 種民族文字報紙和 223 種民族文字期刊,用 10 餘種民族文字出版。此外,我國現有出版民族文字圖書的各類出版社 32 家,用 20 多種民族文字出版圖書,中央人民廣播電臺和少數民族聚居的地方廣播電臺每天用 21 種民族語言進行播音。我國少數民族媒體的發展呈現出繁榮的景象,但是,面臨當今主流媒體的巨大衝擊,少數民族媒體在其發展過程中也存在著很多的問題。

二、少數民族新聞媒體發展中存在的問題

傳播媒介是塑造形象和尊嚴的最有力的論述領域。媒介的替代性功能不容忽視,在族群因地理環境、人際關係及生活方式不同而無法相互接觸的情形下,媒介提供了有關少數民族的信息、也間接在大眾心目中塑造了少數民族的獨特形象。媒介也象徵一種符號權利,它可以控制並賦予一個民族的定義,擁有媒介就是擁有權力也就是擁有了對本民族的解釋權。少數民族媒體的特殊作用是通過對民族的特點和本民族現實問題的關注實現的,如果離開了這些,自然會雷同於其他媒體,也難免要失去民族受眾,媒體本身的生存也將受到威脅。不能否認,少數民族媒體還沒有最具吸引力的傳播手段。越來越多的人使用漢語,以及大量人口的外流等,是少數民族媒體出現大量受眾流失的重要原因,但媒體本身在發揮其特殊作用方面的不足,也是不容忽略的。

我們用一種超然的視野來檢視我國少數民族新聞媒體傳播媒介的問題。在此,筆者只談問題不講困境,因為困境是指有了發展後衍生而來的,而問題則是在此事物發展的過程中產生的。我國少數民族媒體在其發展過程中主要存在以下幾個問題:

第一,資本與技術的欠缺制約了少數民族新聞媒體的發展。

在社會主義市場經濟條件下,媒體作為一項產業必然要受到市場規律的支配,由於民族地區經濟和社會發展相對落後,市場狹小且沒有充分發育,廣告資源少,加上發行量低,收視(聽)率低,難以擴大廣告源,使得少數民族媒體的廣告發展水平在全國處於落後的地位。據報導,一個國家,地區經濟越發達,其廣告經營總額占 GDP 的份額就越大,國際平均水平是 1.5%,我國水平是 0.79%,而寧夏回族自治區僅占 0.3%。由此我們可以看出少數民族新聞媒體的經濟實力很薄弱。目前,大部分民族報紙還是依靠國家財政撥款,尚未改變計劃經濟條件下辦報的狀態;再加上民族地區相對偏遠封閉,外部資金尚未打入,毫無競爭之患。

第二，經營管理體制陳舊，缺乏活力，自我生存能力差。

目前，少數民族新聞媒體不論是報刊、廣播電視還是網絡，大部分脫胎於傳統的主流媒體，受政府保護，是事業型單位，不可避免地更多強調社會效益，缺乏經濟活力。但少數民族新聞媒體又與傳統主流媒體並不完全一樣，它沒有傳統媒體的相對壟斷性，從誕生之日起就面臨激烈的市場競爭。往往又在競爭中處於較為被動的地位。與發達地區相比，少數民族媒體的從業人員素質相對較低，地區文化教育水平相對落後，通訊員隊伍基礎薄弱。新聞稿件大多靠摘譯漢文來增加內容，造成報導內容的陳舊，不能突出民族特色，沒有體現出少數民族新聞媒體的特殊性。目前少數民族新聞媒體的經營管理體制仍處於一種保護的狀態之下，以這種機制來應對激烈的市場競爭是非常困難的。民族媒體只有逐步健全自己的管理體制，加強自己的新聞採編和內部的管理機制，逐步脫離政府的保護，增強自我發展能力，才能在日益激烈的競爭中生存發展。

第三，專業人才匱乏、人才隊伍建設落後。

管理體制上的落後，發展前景、工作條件和待遇水平等方面的差距，使少數民族媒體難以吸引高素質的人才聚集麾下。同時，隨著改革開放的加深與東西部區域差距的不斷加大，民族地區的人才在不斷流失；另一方面，少數民族文字的媒體受本民族限制程度較高，工作人員大多是本民族內部，選擇人才的廣泛性受到限制，也造成了高素質人才的缺乏，仍然沿用計劃經濟時代的管理模式，非但不能吸引和留住人才，反而會助長媒體因循守舊的惰性，小富即安，不思進取，這對少數民族媒體發展和壯大在一定程度上是一種阻礙。

第四，受眾人口素質較低，受眾市場堪憂。

據 2005 年全國 1%人口數量抽樣調查主要數據顯示，我國少數民族人口的增長速度遠遠高於漢族和全國的平均增速，但是，當地的人口增長與經濟和社會發展的速度不協調，人口對資源環境的壓力加劇，提高生活水平、文化教育程度的難度也進一步加大。此外，從少數民族的傳統習慣與思維方式看，由於民族地區長期封閉的生活狀態，導致少數民族群眾普遍呈現出一種內傾的性格。甚至對外界存在一定程度的防範意識。加上各種客觀條件的限制，要想讓農牧區的少數民族群眾全面感受到媒體的傳播效應是一個長期而艱巨的任務。

三、發展壯大少數民族新聞媒體的幾點建議

第一，突出民族特色，創新新聞源。

新聞是生產力發展到一定的歷史水平的產物。發達地區經濟繁榮，新聞源多，無疑是個有利條件。少數民族地區，由於歷史和地理環境的種種原因，經濟發展較緩慢，但並不意味著「沒有新聞可寫」。〔註3〕事實上，少數民族地區的經濟在我們國家經濟建設中佔有十分重要的地位。從農業方面來講，少數民族地區在經濟作物和物種多樣性方面佔有很大的優勢；林業方面，少數民族地區的森林儲蓄量占到全國的 46%以上；此外，少數民族地區的能源極其豐富，水力資源的蘊藏量占全國的 52%，煤炭儲量占全國總蘊藏量的 40%。因此，民族地區的報導是新聞宣傳的一個寶庫，是尚未開墾的處女地，報導的領域極其廣闊，只要深入調查，下苦工夫，民族新聞報導是大有可為的。

發掘具有民族特色的新聞。我國少數民族的政治、經濟、文化、教育、衛生、體育以及人們的心理狀態，宗教信仰、風俗習慣、人情禮節在長期的歷史發展中，形成了自己固有的民族特點，作為真實反映客觀實際的報紙、廣播和電視新聞，應發掘具有民族特點的新聞，在「特」字上做文章。這些民族特點本身就是一個個取之不盡的新聞源泉。〔註4〕

第二，加強服務意識，滿足受眾需求。

媒體的任務從某種意義上說，就是滿足人民的知情權。少數民族媒體自然要滿足少數民族這些特殊對象的知情權。那麼，怎樣才能在貫徹黨的新聞工作的一般性原則、方向的同時，滿足特定少數民族群眾特殊的「知情慾」和「知情權」呢？筆者認為，這裡重要的是搞好「接轉」和抓好特點。

這個接轉和抓特點，就是把中央和上級的精神、全國和全世界的發展趨勢、一切先進的有益的經濟文化信息等，及時的轉達傳輸給少數民族群眾，並及時把民族內發生的，尤其是新近發生的各種重大、特殊變化和信息傳播開來，激發更多的人對民族事業的關心，動員他們參與民族的政治、經濟、文化、教育等各項事業，推動民族事業的全面發展。

第三，要進行新聞體制改革。

新聞出版業「十一五」規劃中曾指出，新聞出版單位將打破傳統觀念、傳統業態和傳統體制的束縛，充分利用書報刊等傳統媒體、音頻視頻媒體和各種

〔註3〕楊玉亮：《淺談民族地區新聞源》載《民族新聞園地》，1992 年第 5 期。
〔註4〕陳峻俊：《少數民族新聞報導的特色》，載《當代傳播》2006 年第 1 期。

網絡媒體等一切人民群眾喜聞樂見的形式，對新聞出版內容資源進行全方位、深層次的全面開發利用，形成各種傳媒形式與優質內容資源緊密結合發展的新格局，大力推動內容產業發展。鼓勵新聞出版單位以資源、資產、業務為紐帶，開展跨媒體經營，支持傳媒集團的建設和發展，努力將新聞出版業打造成為多種媒體形態共存，集內容創新、製造、推廣、服務為一體，具有中國特色和國際競爭力的現代內容產業。對於少數民族新聞媒體來說，進行新聞體制改革，最重要的是要端正媒體與黨和政府的關係，尊重新聞規律，在堅持正確的輿論導向的前提下，增強新聞報導的針對性和可讀性，提高新聞質量。

第四，培養一支高素質的少數民族新聞工作者隊伍。

少數民族地區媒體發展受到經濟發展水平的限制，在發展前景、工作條件和待遇水平等方面都難以與東部地區相比，因此，難以吸引高素質的新聞人才，現有的人才也往往可能流失。21 世紀的競爭是人才的競爭，沒有高素質的人才為基礎，少數民族新聞媒體的發展必然會受到影響。創新永遠是傳媒業的生存法則，少數民族媒體要想解決目前存在的問題，在激烈的市場競爭中發展起來，就必須拿出吸引人才、留住人才、培養人才的妙招。一方面，引進精幹人才；另一方面，注意人才的「自產自銷」，為自己的發展奠定基礎，儲備後續力量。（與寧良紅合作）

（原載《當代傳播》2008 年第 2 期總第 139 期）

我國少數民族
新媒體建設的困境與出路

　　隨著網絡技術和移動數字技術的迅猛發展，傳播領域裏的新媒體應用已成為大勢所趨。自 20 世紀 90 年代以來，新媒體就對傳統媒體衝擊十分顯著。對少數民族傳統媒體而言，新媒體應用問題更為突出。

一、少數民族新媒體發展現狀

　　少數民族新媒體是指通過網絡、手機等媒介傳播以少數民族或民族地區受眾關心的新聞信息為主要內容的一種大眾傳播方式。

　　長期以來，少數民族新媒體的發展受到諸如地理環境、技術、人才因素等多方面的限制，儘管自 20 世紀 90 年代中期以後，少數民族網絡媒體已經逐漸形成了一個以中央重點新聞網站為主，中央與地方新聞網站密切協作的少數民族新聞網站的發展體系，並且在中央新聞媒體的主導下，形成了中央媒體、地方政府、地方新聞媒體多種資金和力量辦網絡的新思路。目前，少數民族新聞網站已經初具規模。但不可否認，存在的問題也十分明顯，調查資料顯示，當前我國少數民族新媒體傳播的實際情況並不樂觀。

（一）內容的新聞性有待加強

　　第一，雖然當前少數民族新聞網站的新聞欄目大多已具備諸如本地新聞、外地新聞、經濟新聞、科教文衛新聞等豐富的內容，但其中的原創新聞比例

卻不高，並且多是從紙質媒介中直接翻譯過來的新聞稿件，民族特色及新媒體特色並不突出。

以新疆廣電傳播網絡有限責任公司主辦的「新疆廣電網」為例，該網站是一個以新聞為主的綜合性網站，信息量大，有國際、國內的重大新聞，還辦有在線廣播欄目，但該網頁中新疆本土的地域性新聞卻未被置於突出地位，網站內容大而全，但圖片相對較少，動態視頻運用的更甚，特色亦不鮮明，未能充分凸顯新疆少數民族新聞信息傳播的獨有特色。

又如，我國四川西部生活的藏族同胞（歷史上稱為康巴人）的文化傳播，屬於康巴文化體系。康巴文化本身具有豐厚的歷史積澱和博大精深的內涵，地方特色濃鬱，尤其是藏傳佛教與地方文化相融合的康區文化，其特點非常鮮明，有著其他文化不可替代的、獨特的人文魁力。〔註1〕但是長期以來，儘管它與各個民族的文化有所交流，但在如今這個信息大爆炸，文化大融合的時代，其交流仍不夠廣泛和深入，特別是世界的先進文化、前沿信息，由於傳統媒體傳播條件的制約，新媒體傳播的特色也不突出，就使得該地區民族文化的交流仍然處於比較弱勢的狀態。

第二，少數民族新媒體的新聞信息陳舊，新聞信息時效性不強，信息量不足等問題也十分突出。

例如 2010 年 1 月 22 日的內蒙古網首頁，其中只有大約四分之一的版面發布新聞信息，所載新聞多為 1 月 14 日的或更為靠前的內容；而其他的版面則全被用於動漫、影視、音樂、博客等等休閒娛樂項目。這一首頁安排雖然能夠吸引一部分年輕人的注意力，但若與新浪、百度等大型綜合性網站相比，這一優勢卻又顯得微不足道，結果往往會因此而降低少數民族受眾的親切感與認同感，進而遠離更多的少數民族受眾群。

當然，少數民族網站的這種狀況與其經營狀況不佳也有著一定的聯繫。為了獲取必要的廣告收益，許多網站不得不更傾向於娛樂休閒化。確切地說，應稱之為廣告化、商品炒作化。2010 年 2 月的新疆網首頁，整版排的都是新疆旅遊的內容並無任何新聞信息。這一編排明顯欠妥，同時也暴露出其經費的來源與經營不善。網站在傳統報刊報名的位置，醒目地標示著「本網站尋求合作或整體轉讓」（如圖 1），清楚地證實了這一點。

〔註 1〕鍾克勳：《論加速民族地區新媒體發展的現實性──以四川藏區文化交流與新聞為例》，載 2008 年《西南民族大學學報》，第 29 卷第 12 期，第 177 頁。

圖 1

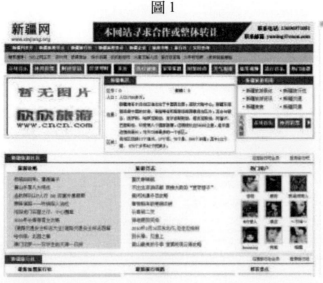

第三，當前少數民族新媒體信息傳播的針對性不夠突出。首先，從語言上來說，少數民族網站多數為漢文版，如內蒙古新聞網、中國西藏信息中心、中國新疆等，也有少數網站是既有漢文版又有少數民族語文版及英文版的，如中國西藏新聞網、TruexinJiang、藏文版的中國西藏網等。不過總體上來講，針對懂本民族語言的少數民族受眾群的民族語言文字網站所佔比例還是很小。其次，從地域上來說，多數網站的內容都比較傾向於對外介紹民族地方的旅遊資源、民俗風情，或者向民族地區介紹其他地方的發展與現實，發生在少數民族受眾的身邊新聞、少數民族受眾所處地區的新聞相對較少。因而對少數民族受眾群的吸引力十分有限。

（二）形式上新技術應用尚需提高

首先，當前國內的一些大型網站對重大新聞的報導基本實現了新聞信息的實時更新，滾動播發，但少數民族新聞網站在信息更新方面相對滯後，新聞信息更新速度普遍較慢，表現形式也較為單一。

一些少數民族新聞網站還做不到每日更新，從業人員的新聞製作理念還停留在傳統媒體階段，新聞發布的及時性觀念較弱。例如 2010 年 2 月 26 日的天山網，新聞首頁上還有 2008 年 2 月 20 日的新聞（《新疆獨—烏—鄯原油管道工程設計工作正式啟動》），同日的廣西新聞網也有 2008 年 1 月 28 日的新聞（《廣西 530 餘萬人遭受寒災直接經濟損失達 15.6 億元》）。此外，寧夏新聞網、中國西藏網等網站也不同程度地存在類似的情況。

其次，少數民族新聞網站對來於原媒體的新聞信息再加工不足，對信息的綜合處理手法也比較單一，紙質媒介味道濃厚，未能凸顯網絡多媒體動態傳播的優勢，對媒體間的信息互動和信息聯動應用不足。如 2010 年 2 月 26 日的新華網內蒙古頻道上登載的 2 月 1 日的新聞《內蒙古創新方式培訓農村牧區黨員一個沒有少》，2 月 21 日的新聞《內蒙古自治區組織部長會議在呼和浩特召開），均採用傳統的新聞報導方式，較之紙質媒介報導並無不同，可以說絲毫沒有顯示出網絡傳播的資源聯動優勢，也未能積極利用網絡新媒體的互動元素。

再次，少數民族新聞網站的版面設計比較簡單，有些新聞網站的首頁設計就如同傳統報刊的電子版，並無多少新意，對網絡的動態優勢未能充分利用，因此在形式上也不能通過眼球效應瞬間抓住讀者，吸引受眾。而且少數民族新聞網站在設計上亦未能突出少數民族的民族特色，例如內蒙古網除左上角由一個個雲朵構成的蒙古包的標識外（圖 2），跟其他網站相比較再無任何方面的不同；同樣，中國西藏信息中心（圖 3）除在左上角分別用英文、藏文、漢文標明這一網站名稱外，也沒有其他特色顯示出這是一個藏族新聞網站。

圖 2	圖 3

二、少數民族新聞網站發展的不利因素

我國少數民族新媒體發展的水平整體不高，有著歷史、地理、人才、技術等多個方面的原因。

（一）地理因素

我國少數民族地區多處於偏遠地區，往往地理條件險惡，對數字信息技術的基礎工程建設有一定障礙。

例如藏族同胞大多聚居住於我國西部的橫斷山脈地區，山峰高聳，高山橫亙，山嶺連綿，河谷縱橫幽深。惡劣的地理環境嚴重地制約了當地經濟和交通的發展，而這兩者發展的滯後又必然會影響到文化、教育、通訊等事業的正常發展，地理環境對移動數字技術的基礎設施建設形成的重要阻礙，必然會影響到少數民族新媒體的發展與進步。

（二）人力資源

由於少數民族地區的地理位置普遍比較偏遠，經濟發展水平相對較低，自然環境、生存環境較惡劣，對人力資源的吸引力就相對較小，但是若要發展少數民族新媒體，就必須有相應的懂傳播、懂少數民族語言、懂新媒體技術的優秀人才參與其中，人力資源是少數民族新媒體發展所不可或缺的重要一環。

新媒體信息的傳播因其專業性、技術性的限制，對人員素質的要求更高，需要經過多年的準備和積累才能具備相應的水準，並且要求媒體領導也具有一種前瞻性、開拓性的意識以做出適當決策；新媒體信息傳播流程和網絡技術的結合，又要求負責信息傳播的人員既要懂得傳統的選題策劃，又要對網絡技術有比較透徹的理解，但這種複合型的人才目前在少數民族地區還比較匱乏。在少數民族地區，幾十年來留下的傳統的手工作業的出版模式仍然根深蒂固。〔註 2〕少數民族新媒體的發展需要人力資源與少數民族新媒體對這一資源的低吸引力構成了一對較難調和的矛盾，還有待於進一步解決。

（三）經濟水平限制受眾群

少數民族地區經濟發展水平相對較低，因而對受眾群的媒介教育投資相對較少，於是就在一定程度上造成了少數民族受眾群體的文化水平對接受新媒體信息的限制。

少數民族新媒體的發展需要一定受眾群體的支撐，而當前，我國少數民族地區潛在的新媒體受眾並不太多，這主要是因為，一方面受眾要具備一定的語言基礎，或者是民族語言或者是漢語等；另一方面受眾還必須掌握一定的計算機應用技術，至少應該懂得如何上網。加之，新媒體信息傳播需要一定的物質設備支持，例如網絡必須有計算機來提供上網的介質，手機報也需要手機作為接收終端等等。〔註3〕這些對於經濟發展水平有限的少數民族受眾群仍不宙為一個不可忽視的問題。

有資料顯示，由於物質基礎、受眾群體等原因，到了 2008 年 7 月，四川西部甘玫州新媒體發展的基本狀況仍遠不如預料的好，由此也可以窺見我國其他少數民族新媒體的一些發展狀況。

〔註 2〕謝鴻桂，《民族地區構建網絡媒體的突破點》，載 2010 年 1 月《中國記者》，第
　　　79 頁。
〔註 3〕趙超，《傳統媒體借力手機報努力做強紙質報業》，人民網，2008。

以下就以四川甘孜州及州轄稻城縣為例簡單介紹當地少數民族的新媒體發展狀況。

甘孜州稻城縣：人口 3.7 萬多人，電話和手機一般只有縣城和鄉鎮所在地能夠使用，電腦 300 臺左右，中小學校多一點，縣級機關辦公室有所配備。縣政府有一個政府網站，另有兩三個網吧，老百姓擁有電腦的極少。2008 年汶川大地震，機關人員通過電視、報紙、電腦等媒體收看新聞，瞭解有關信息，城鎮居民使用的新聞媒體主要是電視，報紙很少，上網的幾乎為零。

就甘孜州而言，全州 90 多萬人口，據 2008 年 10 月份的調查，官方和民間網站僅 100 個左右，其中官方網站 40 餘個，州府所在地的康定縣城有七八個。州內沒有手機報。〔註 4〕

甘孜州的網民數更是落後於全國平均水平。2008 年 10 月調查數據顯示，其網民只有 7 萬人左右。而根據《第 22 次中國互聯網絡發展狀況統計報告》，截至 2008 年 6 月底，我國網民數量已經達到了 2.53 億人，將近占全國總人口的 20%，而甘孜州的網民則不到該州人口的 10%，差距之大可見一斑。另有數據顯示，「我國互聯網發展到現在，網民數量、寬帶網民數和國家域名註冊量已躍居世界第一，標誌著我國已步入互聯網大國的行列。……此外，截至 7 月 22 日，我國.cn 域名註冊量達 1218.8 萬個，成為全球第一大國家頂級域名。我國在網絡規模上的突破，成為綜合國力不斷增強的一個重要標誌。」〔註 5〕但少數民族地區的網絡新媒體發展相比之下卻不得不說還甚為落後。

從這幾組數據分析也可以窺見，我國少數民族地區由於物質設備的滯後及新媒體應用群體的缺少，新媒體的發展還相當緩慢，新媒體的使用水平也相對比較低，同傳統媒體一樣，與全國的平均水平相比距離仍然較大。

三、應對舉措

儘管當前我國少數民族新媒體建設的現狀並不樂觀，其發展的前景亦困難重重，但少數民族新媒體的進一步開發仍是大勢所趨。少數民族新媒體的發展，必將對我國少數民族地區的發展進步，少數民族文化的保護傳承，少數民族群眾的文化提高產生重要意義。因此，我們應該正視少數民族新媒體建設中存在的問題，採取相應的措施，以不斷克服當前的困難，促其快速健康發展。

〔註 4〕甘孜州基本情況〔DB\OL〕，甘孜發展與改革網首頁。
〔註 5〕趙永新、蔣瀟：《我國步入互聯網大國行列》，《人民日報》，2008 年 7 月 25 日。

　　第一，少數民族新聞網站要想做強做大，就必須形成自己獨有的特色，不論是在內容上還是在形式上，都要針對特定的地區、特定的人群、特定的語言創作出有特色的原創新聞，以此吸引特定的受眾群，提高少數民族新聞網站的心理、地域接近性，進而提高少數民族新媒體自身的信譽度及競爭力。

　　例如，中國西藏新聞網、西藏網、西藏在線等網站在頁面的設計、邊飾、壓題照片、圖案上就十分注重突出民族特色及地域特色的風格，體現出濃鬱的西藏韻味，如此一來不僅吸引了藏族受眾，對嚮往西藏文明的其他受眾群來說也頗具魅力。

　　就新聞內容而言，少數民族新聞網站堅持從本地視角出發，以自己獨有的語言、思維方式創作的當地新聞，甚至外地新聞、國際新聞，都能夠因為心理、語言等多方面的接近性元素而收到更好的傳播效果，從受眾的親切感，熟悉感方面考慮，這樣的新聞也更易傳播及被接受。

　　第二，新聞信息作為新聞網站的主要內容，在保證一定數量的同時也必須保證一定的質量。新聞內容的真實、可信、及時、新鮮是少數民族新聞網站乃至所有新聞媒介的生命力。少數民族新聞網站在堅守自己特定的風格前提下也要堅持內容為王的規律，打好新聞實力牌，在過硬的新聞質量基礎上證明自己的特色與實力，以獲得受眾的認同、信賴，從而獲取更大的發展機遇。

　　確切地說，這也是對少數民族網絡新聞從業人員提出的更高要求，不僅是在採編方面，在技術方面同樣需要新媒體新聞工作者提高自身技能素質，充分利用網絡特色優勢，及時更新內容，提供實時新聞，最大限度的滿足讀者的獲知需求，實現動態傳播；改善信息單向流動的不足，關注受眾反債意見，實現信息雙向流動乃至多向流動，以不斷改進自身報導，更好的服務受眾。〔註6〕這就需要少數民族地區採取必要的措施，改善現有的生活、工作條件，大力引進各方優秀的人力資源，並積極培養自己的傳播人才，及傳播受眾，以加快少數民族新媒體的發展步伐。

　　第三，國家、地方政府也需要加大投資、扶持力度，大力發展少數民族地區經濟，改善交通運輸，尤其是加快發展移動數字技術，為網絡、手機的應用、普及做好準備，從物質基礎、技術支持上為少數民族新媒體做好相應的保障，這既是培養少數民族新媒體受眾群的物質條件也是吸引各方人力資源的必要

〔註6〕王瑤，《新媒體對「三少民族」文化傳承與傳播的影響》，載 2009 年 09 月 11 日《內蒙古日報》第三版。

物質基礎，更是加快發展少數民族新媒體的重要物質準備。

胡錦濤總書記在中共中央政治局第三十八次集體學習會上強調：「加強網絡文化建設和管理，充分發揮互聯網在我國社會主義文化建設中的重要作用，有利於提高全民族的思想道德素質和科學文化素質，有利於擴大宣傳思想工作的陣地，有利於擴大社會主義精神文明的輻射力和感染力，有利於增強我國的軟實力。我們必須以積極的態度、創新的精神，大力發展和傳播健康向上的網絡文化，切實把互聯網建設好、利用好、管理好。」〔註7〕我國是包括 56 個民族在內的發展中大國，少數民族的發展關係到全國的發展，少數民族新媒體對於少數民族的發展、進步具有十分重要的影響，我們有必要從物質、人力等諸多方面不斷努力，保障其進一步的發展。（與丁豔麗合作）

（原載《浙江傳媒學院學報》第 18 卷（2011 年）第 3 期總第 81 期）

〔註 7〕胡錦濤：《以創新的精神加強網絡文化建設和管理》，新華網，2007 年 01 月 24 日。

第八輯

林白水與當代媒體的平民化

　　「僕從事新聞，已逾三十載，輕輕自守，不敢以個人私便之故，累及神聖之新聞業，海內知友，類能見信。」〔註1〕林白水三十年如一日，以手中的筆為武器，為中國的革命事業和新聞事業書寫了濃重的一筆。談到林白水對我國新聞事業的貢獻，有人感歎他對新聞文體的貢獻，有人景仰他對新聞真實的堅持，等等。而筆者將要重點論述的則是他自始至終一直固守的平民化的辦報思想。

　　平民化的辦報思想源於強烈的平民意識。「平民意識」，是自覺追求作品的群眾性，自覺地深入實際、深入群眾、深入生活，自覺地追求生活中的真、善、美的一種職業意識。〔註2〕

　　因為平民意識的存在，林白水堅持用白話辦報，不斷改革文體，在報上疾呼「天下是我們百姓的天下」，且最後不惜賣文救報——「艱難締造，為平民作一發抒意見的代表」。〔註3〕林白水的平民意識之強烈，報紙的平民化之徹底，由此可見一斑。也正是在林白水的引領下，在我國的近代報業史上才出現了面向平民的白話報熱潮。1925 年 12 月 4 日，林白水在《社會日報》上表示：「說到《杭州白話報》，算是白話的老祖宗。我從杭州到上海，又做了《中國白話報》的總編輯，與劉申培兩人共同擔任。中國數十年來，用語體（即白話）的報紙來做革命的宣傳，恐怕我是第一人了。」〔註4〕

〔註1〕王植倫：《林白水》，福建教育出版社 1992 年版，第 313 頁。
〔註2〕吳登峰：《淺析電視新聞節目中的兩種意識》，《新聞世界》2001 年第 9 期，第 10 頁。
〔註3〕王植倫：《林白水》，福建教育出版社 1992 年版，第 313 頁。
〔註4〕傅國湧：《一代報人林白水之死》，光明網 2004 年 9 月 20 日。

　　進入當代，在社會主義市場經濟的建設中，中國媒體對社會效益和經濟效益的雙重追求，給了媒體平民化新的動力。有學者提出，「平民化浪潮在當代中國媒體興起於上世紀 90 年代初。1993 年，中央電視臺《東方時空》欄目開播，其中《生活空間》板塊第一次將記錄普通老百姓的生活作為常規工作，『講述老百姓自己的故事』吹響了電視媒體平民化的號角」。〔註 5〕而近兩年，隨著和諧社會和構建「三貼近」的提出，傳媒平民化的呼聲更是一浪高過一浪。陳力丹教授在《05 年我國新聞傳播學研究的 12 個新鮮話題》一文中指出，「2005 年關於電視傳播內容的分析，『平民化』仍然是一個出現頻率很高的詞彙」。〔註 6〕

　　溫家寶總理在十屆人大四次會議舉行的記者招待會上說，世界上絕大多數人都是平民，平民的素質關係到一個國家整體國民的素質。因此，當代媒體的平民化對媒體及社會都有著極重要的意義。而林白水的平民化思想對當代媒體的平民化的啟示主要表現在手中定位、傳播內容及傳播語言三個方面：

一、「平民」的界定及媒體的受眾定位

　　平民化媒體的首要特徵，就是其將受眾定位於「平民」。因此，要想實現媒體的平民化，首先必須要解決的就是對「平民」的界定問題。對於「平民」這個概念，沒有統一的標準，它隨著歷史的發展而具有不同的含義。

　　我們可以從林白水對報刊受眾的定位看到他對「平民」的理解。創辦《杭州白話報》，林白水是以「種田的、做手藝的、做買賣的，以及那些當兵的兄弟們」為對象的。〔註 7〕在蔡元培創辦的《俄事警聞》時，曾極力推薦林白水當主筆。林白水一再推脫，原因之一就是「他想獨立創辦一張白話的報紙，像當時自己在杭城辦《杭州白話報》一樣，讓婦女、兒童、農民、店員、小販、苦力等都看得懂，或聽著也懂」。〔註 8〕於是，就有了後來的《中國白話報》。

　　由此看來，「種田的、做手藝的、做買賣的，以及那些當兵的兄弟們」等等下層百姓就是林白水眼中的平民。在黃瑚撰寫的《中國新聞事業發展史》

〔註 5〕周莉：《媒體平民化與精英文化的平衡點》，http://www.xhby.net/xhby，2004 年
　　　　9 月 22 日。
〔註 6〕陳力丹、王辰瑤：《05 年我國新聞傳播學研究的 12 個新鮮話題》，中國新聞傳
　　　　播學評論（CJR），2006 年 2 月 14 日。
〔註 7〕王植倫：《林白水》，福建教育出版社 1992 年版，第 114 頁。
〔註 8〕王植倫：《林白水》，福建教育出版社 1992 年版，第 166 頁。

一書中，就是將白話報刊的產生原因歸結為「為了向下層民眾宣傳革命主張」。〔註9〕

　　一百年過去了，「平民」的具體內涵已經有了變化，但是，「平民」仍主要是指處於社會中下層的普通百姓。中國官方的統計資料顯示：中國高中低收入戶的比例呈金字塔形。2000年，城鄉高收入戶占總戶數的2%，中收入戶占18%，低收入戶占80%。〔註10〕可以說，就是這80%的低收入戶與18%的中收入戶共同構成了我國當前的平民階層。溫家寶總理所強調的「平民教育」就印證了這一點。所謂「平民教育」，是面向普通老百姓、面向廣大中低收入者的教育。〔註11〕因此，當代媒體平民化也應該是面向這98%的中低收入階層的。

　　而在這些平民人口中，農民占到了絕大多數。溫家寶總理說，中國有13億人口，9億農民，平民的比重更高。所以，媒體平民化的一大任務就是要深入農村、深入農業、深入農民。相比林白水對「種田的」的重視，我國當代媒體對農民的關注度明顯不足。但這一點卻仍然未引起力爭平民化的當代媒體的足夠重視。

　　我國有2000多種報紙，卻只有一份是面向農民的，這不能說不是一種悲哀。且「作為我國唯一一份面向農村、農業和農民的綜合性報紙《農民日報》，年發行量只有100萬份，而它所要服務的是我國多達9億的農民，平攤下去相當於900人擁有一份報紙，而實際上大部分貧困地區農民根本無法接觸到任何報刊媒介。而廣播電視方面，在我國已註冊的各類電視臺中，『開辦』對農（農村、農業、農民、農工）欄目的只有1%；省級電視臺中，只有十五六家開辦了農村專欄，與450家註冊的各類電視媒介相比，開辦率只有4%」。〔註12〕一系列的數字和對比，充分說明作為平民主體的農民在媒體中的弱勢地位。

　　事實上，我國當代媒體的平民化，主要面向的是居住在城市中的普通百姓——「市民」。而「市民」和「平民」明顯是兩個概念。市民是平民的一部分，尤其在我國現階段，只是比例很小的一部分。無論是以《華西都市報》為代表

〔註9〕黃瑚：《中國新聞事業發展史》，復旦大學出版社2001年版，第79頁。
〔註10〕吳三敏、潘宗信：《媒體的先進性與「窮人經濟學」》，中國新聞研究中心，2005年7月4日。
〔註11〕王學江、謝雲挺：《中國需要「平民教育」》，http://www.wzrb.com.cn/，2006年3月26日。
〔註12〕劉立剛、李京：《社會弱勢群體媒介使用權議》，載沉毅、羅子明主編《經濟新聞與廣告傳播研究》，中國青年出版社2005年版，第13_14頁。

的都市報，還是以《南京零距離》為代表的「民生新聞節目」，他們都紛紛打出了「平民化」的旗號，卻不約而同地把目光對準了市民。必須承認，他們確實是在向平民化的方向努力，受到了市民群眾的喜愛，取得了良好的經濟效益和社會效益，為當代媒體的平民化起到了不可小覷的作用。但是，他們將「平民」等同於「市民」的片面認識，注定了當代媒體的平民化要遭遇瓶頸。現如今，都市報市場的硝煙四起，同質化的競爭無處不在，就充分說明了這一點。因此，正如許多企業、商家紛紛向農村市場進軍一樣，當代媒體的平民化運作也該考慮向農村延伸了。

高度重視「平民」的「平民總理」溫家寶對 1979 年諾貝爾經濟學家得主、美國經濟學家西奧多‧舒爾茨提出的「窮人經濟學」讚賞有加──「世界上大多數人是貧窮的，所以如果懂得窮人的經濟學，我們也就懂得了許多真正重要的經濟原理；世界上大多數窮人以農業為生，因而如果我們懂得農業經濟學，我們也就懂得了許多窮人的經濟學。」〔註 13〕

由舒爾茨的觀點我們不難推導出：我國大多數人口是平民，如果我們懂得了平民的媒介經濟學，我們也就懂得了真正重要的媒介經濟學原理；我國大多數平民在農村，如果我們懂得了農民的媒介經濟學，我們就懂得了平民的媒介經濟學。

二、傳播內容「三貼近」

「內容為王」，是媒體出奇制勝的法寶。媒體即使定位於「平民」，如果製作不出平民化的內容，媒體的平民化仍是一紙空談。平民受眾所特有的經濟、政治、文化等特點，要求媒體必須為平民量身定做內容。「想平民之所想，急平民之所急」，這是媒體平民化的必然要求。

創辦《杭州白話報》伊始，林白水就寫了一篇《論看報的好處》。在此之前。杭州城還沒有一張辦給老百姓看的報紙，人們自然也不知道看報的好處。《論看報的好處》可以說是非常及時地告訴平民老百姓們──「天天看報，會慢慢地伶俐起來，也會慢慢地和好起來。做百姓的又伶俐，又和好，此外還有很多說不盡的好處哩。」於是，貼近百姓的話題頻頻出現──「婦女放足，破除迷信，禁止鴉片等等。」正是這些平民的內容，實實在在地影響著平民的生

〔註13〕吳三敏、潘宗信：《媒體的先進性與「窮人經濟學」》，中國新聞研究中心，2005 年。

活。很多老太太、少太太在這些內容的激勵下，燒了裹腳布，紛紛放足。全國第一個「婦女放足會」就這樣在杭州成立。〔註14〕

在《中國白話報》，「論說」、「歷史」、「地理」、「傳記」、「新聞」、「實業」、「科學」、「小說」、「戲曲」、「歌謠」等十幾個專欄，更是力求更全面、更深刻地反映平民百姓的需求。〔註15〕而且與《杭州白話報》的改良宣傳相比，《中國白話報》更緊跟時代的脈搏，具有鮮明的革命意義。而《新社會報》也是經常登載平民生活的新聞和評論，但林白水並沒有忽略國家大事。他的時評，多半還是有關國內外重要事件的。〔註16〕畢竟，這些國家大事與平民的生活是有著密切的利害關係的。

相比之下，當代媒體在平民化的過程中，也著眼於普通百姓關注的話題，滿足了一部分平民的部分需求，為一些百姓解決了某些現實問題，但是，他們傳播內容的角度和深度距平民化的要求還有一定差距，甚至有的走上了低谷化的道路，離平民化越來越遠。

《羊城晚報》既是一張省級報紙，又是一張大型綜合性晚報。在近五十年的報業發展中，《羊城晚報》三次改版，力求與老百姓越貼越近。但當陳力丹教授應邀為其最近一次改版做出評價時，通過選看 2006 年 2 月 17～23 日一個星期的報紙，他發現：「《羊城晚報》改版後，雖然拓寬報導廣度與加大報導深度方面頗見成效，但反映市民生活的新聞似乎仍嫌不夠。」舉例而言，2 月 23 日《羊城晚報》的整個頭版一共刊登了十篇文章（有消息，也有特寫），而報導領導人行動或轉述領導人言論（提案）的竟達七篇之多。其餘三篇中，《羊城晚報改版雙贏》一文是報紙對自身的報導。真正反映市民生活的新聞，只剩下兩篇，卻還有一篇毫無時效性可言。〔註17〕

在我國的報業版圖上，《羊城晚報》是絕對值得重視的一個點。《羊城晚報》尚且如此，我國報業「脫離實際、脫離生活、脫離群眾」的情況由此可見一斑了。但是，如果說很多媒體的「三脫離」是主觀因素占主要原因的話，那麼少數民族報紙主要因客觀原因造成的「三脫離」也必須引起重視。

與報業發達地區相比，少數民族報紙尤其是少數民族文字報紙的採編人

〔註14〕王植倫：《林白水》，福建教育出版社 1992 年版，第 114 頁。
〔註15〕王植倫：《林白水》，福建教育出版社 1992 年版，第 167～168 頁。
〔註16〕林慰君：《我的父親林白水》，時事出版社 1989 年版，第 52 頁。
〔註17〕陳力丹、王亦高：《以「三貼近」衡量本次〈羊城晚報〉改革》，中國新聞研究中心，2006 年 4 月 8 日。

員數量少、素質低，難以真正深入廣大民族地區進行採訪。加上少數民族地區文化教育水平相對落後，通訊員隊伍基礎薄弱，自然來稿較少。因此，許多少數民族地區文字報紙的編輯大多靠摘譯漢文報來填充版面，造成報導內容陳舊，缺乏個性與特色。〔註18〕

因為「三脫離」存在，國家旗幟鮮明地舉起了「三貼近」這面大旗，為當代媒體的平民化指明了方向，即要貼近實際、貼近生活、貼近群眾。

與這種「三脫離」同樣嚴重的，還有媒體低俗化的問題。必須承認，媒體低俗化是對媒體平民化的極大諷刺。正所謂「物極必反」，但對過度追求最廣泛的平民大眾的閱聽率的時候，媒體就很容易在有意無意之中滑向了低俗化的那一端。

誠然，平民百姓的受教育水平和文化素養比較低，使得他們容易追求一些輕鬆、娛樂的信息。但是，這絕不是平民對媒體的根本要求。農業部完成的《媒體傳播對農業政策執行和科技推廣影響》的研究表明，農戶關心的報紙內容，首先是農業政策信息，其次是新聞、市場信息、法律、種植、養殖類信息。〔註19〕

馬斯洛的需求層次論認為，人都潛藏著這五種不同層次的需要，從底層次到高層依次是：生理需要、安全需要、愛和歸屬的需要、尊重的需要以及自我實現的需要。人在不同時期表現出來的各種需要的迫切程度是不同的。一般來說，人的需求滿足方式的階梯式的，底層次的需要相對滿足了，就會向高一層次發展，追求更高一層次的需要就成為驅使行為的動力。

因此，對於處於社會中下層的平民來說，與他們生產生活相關的經濟、政治、文化等信息需求迫切地存在著的，媒體有責任也有能力滿足他們的需要。當各大媒體用大篇幅對「人民幣存貸款利率的調整」進行政策解讀、宏觀分析時，新浪網在房產新聞中做了專題「央行上調貸款利率，能否抑制高房價」。專題直接切中了老百姓最關心的房價問題，不管是新聞報導還是業界觀點都不離房價，很好地體現了其「平民化」的追求。〔註20〕新浪的做法無疑為傳播內容的平民化提供了很好的範例。

〔註18〕白潤生：《中國新聞通史綱要》（修訂本），中央民族大學出版社 2004 年版，第 592 頁。

〔註19〕《農業部一項研究表明農民喜歡五家主流報紙》，上海科技網，2005 年 8 月 2 日。

〔註20〕李卿：《新浪網的平民化視角——以新浪「人民幣加息」專題為例》，http://www.chinanews.com，2006 年 6 月 8 日。

三、傳播語言「明白如話」

「明白如話」，是林白水對報紙語言的根本要求。內容需要靠語言來傳播，平民化的內容就要求必須要有平民化的語言與其相對應。如果內容看不懂聽不明白，那麼媒體向平民的傳播注定是無效的。

林白水在剛開始辦報的時候，就意識到，要辦成大家都愛看、都看得懂的報紙，就必須把文章寫得如說話一樣明白，並因此給報紙取名《杭州白話報》。〔註21〕為了最廣大的百姓能看懂，即使在為《俄事警聞》等報紙寫文章時，其他同仁使用文言體或半文言體，林白水也是堅持用白話文，一如既往地做他的「白話道人」。

平民化，同樣要求當地媒體用群眾性語言、用老百姓喜聞樂見的方式進行傳播。2002 年，《經濟日報》在對 4 次大規模的「讀者評報活動」中回收到的近 5000 份「讀者評報」調查問卷統計分析後發現：在「印象最深的經濟報導」一欄（由讀者寫出稿件的標題），獲得讀者提名數量最多的 50 篇稿件，絕大部分都是把經濟專業知識與新聞化的通俗生動表達融為一體的經濟報導作品；在附上了對「好在哪裏」分析的近 400 封讀者回函中，70%左右都有這樣的評價——「既專又通俗易懂」、「有深度也讀得懂」；在「建議」欄中，有一些讀者明確提出，希望在語言通俗化方面繼續努力。〔註22〕由此可見，當代媒體傳播語言的平民化，任重而道遠。

較之社會新聞，經濟新聞、科技新聞等更需要進行語言的轉換，將專家的專業術語轉化為通俗用語，將抽象概括的理論分析轉化為形象生動的具體表述。《華爾街日報》的一位總編曾經指出：「二流的記者能把事情向專家說清楚，一流的記者則能同時把事情向一個小學生講明白。」

而與報紙相比，電視聲像並用，更容易讓老百姓聽得懂、看得明白。但事實上，低收入地區農戶對電視中播放的新技術，能基本理解的僅占調查戶數的36.8%，而大部分則不理解。〔註23〕因此，與林白水的「明白如話」相比較，無論是經濟新聞還是科技報導，無論是紙質媒體還是廣電媒體，都還有很長的路要走。

〔註21〕王植倫：《林白水》，福建教育出版社 1992 年版，第 113 頁。
〔註22〕高路：《經濟報導：專業與通俗融合才完美》，我寫傳媒網，2003 年 7 月 1 日。
〔註23〕《農業部一項研究表明農民喜歡五家主流報紙》，上海科技網，2005 年 8 月 2日。

　　需要指出的是，媒體要想在語言的平民化方面有所突破，也必須做到「三貼近」。記者、編輯等新聞工作者文化層次相對較高，在一定程度上屬於「文化精英」階層，與平民階層有一定距離，因此，如果他們不主動深入到群眾的實際生活，就無法瞭解「平民語言」，很難掌握並熟練運用他們的語言和表達方式。

四、結語

　　生當作人傑，死亦為鬼雄。儘管林白水「和不少歷史人物一樣，也有他的局限」，〔註24〕但他辦報生涯中所秉持的平民意識和心繫平民、筆寫平民的作風卻無疑是需要加以肯定並值得當代媒體認真學習的。（與吳清芳合作）

　　〔此文為國家社科基金項目「當代東北地區少數民族新聞傳播史研究（1949～2010）」（項目編號：11BXW003）的階段性成果〕

（原載《新聞愛好者》2013 年第 6 期總第 426 期）

〔註24〕方漢奇：《我的父親林白水（序一）》，載林慰君《我的父親林白水》，時事出版
　　　　社 1989 年版，第 5 頁。

薩空了與《立報》

　　著名報人成舍我辦《立報》時，曾經培養和重用了蒙古族報人薩空了，這是對少數民族新聞事業發展的一個重大貢獻。《立報》1935 年 9 月 20 日創辦於上海，是抗日救亡運動中發行量最多的一張小型報紙。薩空了和張友漁先後擔任過總編輯。

一

　　薩空了是我國著名的少數民族新聞工作者，中華人民共和國少數民族新聞事業的開拓者之一。他 1907 年 3 月 26 日生於四川省成都市。原名薩音泰，祖籍內蒙古翁牛特旗。上世紀 20 年代從事新聞工作，曾任《世界日報》主編、天津《北洋畫報》特約通訊員。曾在北京中國大學、民國新聞學院新聞系、北京新聞專科學校和河北高中講授新聞學課程。1935 年 11 月，他應邀到上海參加《立報》工作，就任副刊《小茶館》主編，1939 年 9 月任總編輯兼經理，對《立報》進行改革。

　　他主張報紙應從維護少數民族利益出發，報導少數民族關心的內容。1936 年 12 月 28 日發表的《談一個蒙藏學校》就是一篇文章。他說，增強民族間的互助合作，就「必須先遴選真正熱心的人才」，到民族地區工作，並「不惜用大量經費才行」，以消除民族間的隔閡。在薩空了的主持下，《立報》內容豐富，言論進步，版面新穎，訂價低廉，實行精編主義，受到讀者歡迎，有關「七君子事件」以及「西安事變」的宣傳報導給讀者留下了深刻印象。

二

　　《立報》深受廣大讀者歡迎的原因，就是在新聞業務上進行了改革。這些改革是薩空了報紙救國、報紙大眾化和注重報刊言論的新聞思想的具體實踐。

　　薩空了認為「我們想要樹立一個良好的國家，我們就必須先使每一個國民都知道本身對國家的關係，怎麼叫大家知道，這就是我創辦報紙的唯一目標，也是我們今後的最主要的使命。」〔註1〕這就是發表在《立報》創刊號上《我們的宣言》的主要精神之一。他還在《立報》的報邊常年刊登的幾句話中有：「必每人皆認識本身對國家的責任，然後才可以達到民族復興的目的。」〔註2〕北平「一二‧九」運動爆發後，上海學生紛紛響應，遊行示威，並奔赴南京向國民黨請願。為了不失時機地反映愛國學生運動，宣傳抗日救國思想，薩空了等人派記者隨請願學生赴南京，及時、真實、詳細地報導了愛國學生運動的情況。由於《立報》站在抗日救國的立場上，鼓舞了愛國學生和廣大人民群眾的鬥志，遊行示威的學生隊伍中喊出了「我們擁護《立報》」的口號。

　　所謂把《立報》辦成一張大眾化的報紙，這個「大眾化」，就是「準備為大眾的福利而奮鬥，我們要使報館變成一個不拘形式的大眾樂園和大眾學校」。薩空了認為，要實現「報紙救國」的理想，必須實行報紙的大眾化。《立報》報邊常年刊載的幾句話中也有這樣一句話：「天天讀報最易增進本身對國家的認識，故欲民族復興必先實行報紙大眾化。」首先，《立報》設立許多與普通勞動群眾密切聯繫的欄目，力求「把報紙辦得通俗易懂」，刊登材料要與群眾休戚相關，使全國人民「能讀、必讀、愛讀」〔註3〕。其次，就是善於聯繫各階層人士和廣大讀者群眾，贏得讀者的信任，做讀者的知心朋友。對於來自基層的讀者，特別是工人、店員、學生，他都親自接待。對於讀者來信，他更加重視。他每天都要閱讀幾十封讀者來信，有的直接回答，有的涉及大家共同關心的問題，還組織力量進行社會調查。凡是讀者要求他做的事，只要他能夠辦得到，無不竭力去做。讀者來信加重了他的工作量，但是，他認為能夠得到讀者的信任，成為讀者的朋友，比什麼都重要。

三

　　辦《立報》，薩空了非常重視言論的寫作。他把言論分為社論（社評）、專

〔註1〕薩空了：《我與〈立報〉》，載《新聞研究資料》總25輯，中國社會科學出版社1984年版，第5頁。

〔註2〕薩空了：《我與〈立報〉》，載《新聞研究資料》總26輯，中國社會科學出版社1984年版，第21頁。

〔註3〕薩空了：《我與〈立報〉》，載《新聞研究資料》總25輯，中國社會科學出版社1984年版，第6頁。

欄論文、副刊言論和讀者論壇四個部分。社論代表報社意見，內容極為廣泛；短評主要起到建議、解釋的作用，比社論更精闢、扼要，好的短評比社論更有力；專欄論文多屬研究性質，偏重於理論建設，具有翔實、全面的特點。「八‧一三」後，全國人民一致要求對日宣戰，而國民黨親日派遲遲不能做出抉擇，針對這種情況，《立報》採用「讀者論壇」的形式，讓社會各界讀者發表意見，促進了抗日救亡運動。在薩空了看來，「讀者論壇」形式也是一種民意測驗，目的「也是在國家民族生死存亡的關頭，讓政府看看、聽聽國民的意見」〔註4〕。《立報》率先採用這種形式富有開創性。

薩空了主持《立報》期間，對於新聞報導堅持「精編精寫」的主張，「將一切材料要去其糟粕，存其精華。」〔註5〕《立報》設有自己的電臺，把收到的國內外通訊社的消息，擇要編成簡明扼要的消息，每條新聞一二百字。對於重要新聞，也不超過 500 字，既精編濃縮，又繁簡得當。雖然它的版面篇幅不大，僅有《新聞報》《申報》的 1/16，又從二、三、四版中各擠出一半篇幅辦三個副刊，而副刊的文章每篇也不超過千字。對於各大報的新聞，《立報》加以縮寫，或摘要刊登，更主要是發表各大報都沒有採訪的獨家新聞。這就使《立報》既是大報的縮影，又獨具特色。

薩空了與成舍我辦《立報》相互配合，把《立報》辦得很有特色，使《立報》成為中國新聞史上著名的一張小型的報紙。

〔此文為國家社科基金項目「當代東北地區少數民族新聞傳播史研究（1949～2010）」（項目編號：IIBXW003）的階段性成果〕

（原載《青年記者》2013 年 7 月下總第 425 期）

〔註 4〕薩空了：《我與〈立報〉》，載《新聞研究資料》總 29 輯，中國新聞出版社 1985 年版，第 52 頁。
〔註 5〕成舍我：《報學雜著》，（臺北）中央文物供應出版社 1956 年版，第 120 頁。

20世紀30年代
范長江對我國西北民族問題報導分析

　　范長江，我國著名的新聞工作者，新中國新聞事業的奠基人。1933年為報刊寫稿，從此走上新聞工作之路。1935年春，范長江踏上了西北之行。他「認為將來抗日戰爭爆發後，中國的沿江沿海城市一定守不住，抗戰的大後方一定在中國的西部（西北和西南），而這是中國最落後的地方，應當有些人去考察，發表文章」〔註1〕。之後，他在《大公報》上發表了一系列通訊，產生了重大影響，後來集成《中國的西北角》一書，反響巨大，多次再版，也使范長江聞名遐邇。1936年8月，范長江又化裝去西蒙居延海一帶，後進入延安，成為第一位進入共產黨地區採訪的國內新聞記者。這一時期的作品收入《塞上行》一書。兩本遊記，不僅僅是風物山川的描繪，同時還是當地風土民情、社會世象、政治經濟的縮影，可以說是對中國這個重要歷史時期進行了全景式掃描，為讀者瞭解西北提供了一個重要窗口，為我們研究當年的西北提供了珍貴的史料。

　　更難能可貴的是，這兩部作品中，范長江更有對我國邊疆地區複雜的民族關係問題的報導和思考。他以其親身經歷，一路的所思所感，深刻形象地向我們展示了一個民族關係複雜，民族矛盾嚴峻，岌岌可危的邊疆生態。

一、20世紀30年代范長江西北通訊中所進行的民族報導

　　《大公報》領導人胡政之在《塞上行》序言中寫道：「長江君對於民族問

〔註1〕范長江：《我的自述》，《解讀范長江——記者要堅持真理說真話》，群言出版社
　　　2009年版。

題素感濃厚興趣，近年銜社命出入西北各地，接觸愈多，所感尤切。」考察西北民族問題是范長江西北行的主要目的之一。正如他在《塞上行》序中所言：「我比較注意三個問題：第一，是國內民族問題。第二，是統一國家之途徑問題。第三，是社會各階級利益之調整問題。」〔註2〕

范長江考察的西北、塞上，地理位置特殊，又是中華民族的發祥地，積澱著深厚的文化資源，然而長期以來由於它們地處內陸，荒僻落後，加上少數民族聚居於此，其風情、習俗、傳統充滿神秘色彩。但同時，這個多民族聚居的地區，在當時動盪的中國也是一個民族矛盾普遍、交織、複雜的地區。范長江的旅行通訊，將深刻的思想有機融於五里一民風、十里一鄉情的文化景觀之中，在生動形象的展示當地少數民族人民群眾的生活生產場景的同時，也實事求是地記錄了當時當地的民族矛盾，深刻揭露了政府採取的民族政策的弊端，並提出了許多在今天看來仍富有創見性的觀點。

（一）對少數民族風土民情的生動描述

在我國西北地區長期繁衍著不少少數民族，每個民族都有自己獨有的風俗習慣、文化體系，更與任何別的民族有所區別。范長江的通訊，生動描述了這些，使閉塞的西部為更多的人所瞭解，在滿足民眾好奇心的同時，也激起人們的認同感，提高對民族問題的關注度。

范長江對人物的描寫生動形象，搖曳多姿。如對藏族送糧年輕女子的神態的描述就十分傳神：「女子裝束甚簡，赤足，短圍褲（粗土布為之），粗土布單衣，袒胸，發束為十餘條小辮，披於頸後……黑髮，大眼，黑瞳，挺胸，大臀，健腿，天足，且須姿態自然……十足的具備近代美之要件。」〔註3〕作者未有一字一詞的點評，一位少數民族女子彪悍、強健、活潑的形象淋漓盡致地展現在讀者面前，寫得乾淨利落，生動感人。對騎馬的藏族青年，范長江這樣寫道，「只見他略整僵鞍，皮鞭響處，馬蹄風生，馬鬃直立，馬尾平伸，頃刻間，即上山頭……」〔註4〕寥寥數語，其英勇豪邁之姿態，躍然紙上。

此外，范長江對藏人的吃飯習慣、居住情況、宗教信仰、運輸制度等也進

〔註2〕沈社榮：《30 年代范長江對西北民族問題新動向的思考》，《青海民族研究》，2006 年 1 月。
〔註3〕長江：《白水江上源》，載《中國的西北角》，上海書店 1991 年版，第 51 頁。
〔註4〕長江：《行純藏人區域中》，載《中國的西北角》，上海書店 1991 年版，第 80～81 頁。

行了生動描寫。這些描寫在《中國西北角》的幾個章節中皆能見到。對少數民族獨有的風俗習慣，范長江也不吝筆墨，對藏族的「重少輕老」現象，他說，年老的藏族人，在精力衰竭的時候，就把自己的財產拿出來，「請喇嘛念經，念完後，盡以施捨，自己則到山林溝壑中等死。往往尚有未確死者」，其家人或水葬，或天葬，他們以為這樣，「是最道德的。」〔註5〕談到藏族戀愛習俗時，他又寫道，「其戀愛方法，大半都在山野溪旁，放出嬌嫩歌喉，唱思慕英勇男子之情調。」〔註6〕男子若有意，亦高歌相應，則佳偶天成。讀來生動有趣，令人心生嚮往。這種獨具特色的風俗，范長江並未進行評價，從中也可看出作者所認同的民族間相互尊重，彼此平等的民主觀念。

少數民族幾乎都有自己的宗教信仰，回族也不例外。范長江在其通訊中，直接或間接的描寫了回族嚴格的宗教教義和組織形態，短的如在《再會吧！蘭州》中，寫道「他們的身體堅強結實，因為宗教教條的訓練，他們養成了幾種非常有益於身體的生活習慣，如早起，勤於沐浴，遵守時間，不吃死後的生物等，特別是不吃鴉片」〔註7〕，他們的身體較之於漢族更為強壯。長的如在《回教過年》中對節日進行了詳細記述，在齋月裏「每天日出以後，日入以前不進飲食，飲食的時間只能在日出之前和日落之後」。大典舉行，「是在二十七日，上午十時左右，西寧附近的惠民男子，都先後齊集馬步芳平日練兵的校場」，成千上萬的回民席地而坐，「沒有絲毫浮動氣象」。沒有人指揮，「他們老老少少的自動向西方坐成很整齊的行列。一種莊嚴的偉大印象，透入每個參觀者之心中。」〔註8〕范長江在通訊中多次描述宗教形態，並有評述，他反對統治者用不正當的宗教手段統治少數民族。另外，范長江首先發現了一個創建後 40 餘年間不為世人所知的回民教派——西道堂。他在《楊土司與西道堂》中寫道：「（西道堂）在哲學上、宗教上、社會活動上皆有值得重大注意之必要」〔註9〕。

范長江的通訊，遊記特點鮮明。每到一處，范長江總要對這個地方的地理環境，人文景觀進行描述，如身臨其境，趣味益然。讀者在潛移默化中認識到

〔註5〕長江：《行純藏人區域中》，載《中國的西北角》，上海書店 1991 年版，第 80～81 頁。
〔註6〕長江：《金鑽餓狰與藏人社會》，載《中國的西北角》，上海書店 1991 年版，第 47 頁。
〔註7〕長江：《再會吧！蘭州》，載《中國的西北角》，上海書店 1991 年版，第 269～270 頁。
〔註8〕長江：《回教過年》，載《中國的西北角》，上海書店 1991 年版，第 165 頁。
〔註9〕陳濤：《范長江新聞作品的話語初探》，載《內江師範學院學報》，2006 年 3 月。

各個民族之間的異同。一些生活狀態的描述，也從側面說明了人民生活的艱苦狀態及少數民族的現實。

（二）對西北民族矛盾的描述和思考

在考察的過程中，范長江目睹了各民族之間不同的生活習性，同時也看到了各民族相互之間的矛盾和問題所在，遇有民族矛盾尖銳的地區，還從歷史角度進行縱向的闡述，力圖在深刻揭露民族矛盾的基礎上，深入思考造成這些矛盾的原因，並提出自己的獨到見解。一些觀點在今天看來仍發人深省。

1. 對西北地區民族矛盾現狀的描述

廣茅的西北地區，民族眾多。清末以至民國的民族政策，多不利於民族團結，且隨著制度日漸廢弛，民族矛盾變得更加的尖銳。這些矛盾不僅體現在漢族與少數民族之間，同時也體現在各少數民族之間。有些地方，漢藏矛盾、漢回矛盾、漢蒙回矛盾等等有時非常尖銳。

漢藏矛盾，在西北地區普遍存在，對此范長江多有論述。在《金鑛餓殍與藏人社會》中，他多處描述了漢藏民族之間的矛盾衝突。不過，范長江並沒有責怪哪一方，只是進行冷靜的分析，認為應該深刻反省我們過去的民族政策，從速改弦更張。

另外，在當時的西北地區，漢回矛盾也很尖銳。范長江 20 世紀 30 年代的西北通訊對此也多有描述。

民族矛盾不是一朝一夕形成的，也不是 20 世紀 30 年代的中國所獨有，但在當時卻是衝突最為激烈的時期。隨著帝國主義勢力對邊疆的蠶食，國人日漸意識到民族矛盾的嚴重性。范長江特有的民主意識，強烈的愛國情感和社會責任感，加上西北之行的親身感悟，使得他對民族問題的思考更加深入。

2. 對造成民族矛盾尖銳的原因的思考

在西北之行的考察過程中，范長江目睹了各民族之間的不信任、歧視和紛爭，倍感沉痛，對造成這種民族關係現狀的原因進行了深刻的思考。他認為這其中有天然的原因，各民族之間的差異性造成了隔閡，沒有樹立良好的民族觀念，彼此歧視現象嚴重；有歷史上的原因，錯誤的民族宗教政策，羈縻的控制方式；更有現實的原因，軍閥的殘酷統治，孫中山的政策得不到實施，導致近代民族矛盾愈演愈烈。

天然的文化間的差異會導致民族之間不能相互理解，范長江認為「回漢兩

族在西北雜居，為了生活各自發展，自然有厲害之衝突」〔註10〕，而且回族宗教組織嚴格，漢族不能理解，在這種不同的文化體系和生活習慣中不可避免的會產生分歧。這種不認同感本也不會產生巨大的惡劣影響，但被一些別有用心的人擴大化後難免帶來矛盾的加劇。范長江認為，一些教主利用宗教迷信，從中煽動，引起暴亂，使漢回互相仇殺。另外，對這種文化、生產方式等的差別，如不進行很好的引導也會帶來彼此之間的歧視。范長江在實地採訪的過程中卻看到了民族之間的不平等和相互歧視，更看到了這種不平等和相互歧視給民族關係帶來的惡劣影響，他認為「這樣不平等的民族關係，無組織的貿易關係，對於一個國家的前途，絕對不會有好的影響。」〔註11〕

范長江認為，從歷史上來看，民族矛盾一值得不到解決的根本的原因還是封建統治者所實行的羈縻政策。他指出，應在當前適應時代的發展，採取正確的民族政策。范長江在《西夏給我們留下的歷史教訓》中寫道：「我們感到中國歷代對各民族的征伐，大半都是『應付』態度，最多不過是虛榮的誇張」，不是一種「不得不」的統治，「只要他們『稱臣納貢』顯耀了自己的武功，就算達到了目的」。在《邊疆政策應有之新途徑》中他又寫道，中國歷代的治邊政策，都是狹義的民族政策。「其實質乃以統治者自己所屬民族為中心，以『威』——武力，或以『德』——羈縻，壓服其他各民族」〔註12〕，而且歷代這種民族壓迫政策，不單是漢族政權如此，少數民族掌權以後，同樣遵循。

但現在的問題是，這種封建時代的狹義消極民族政策，直至民國建立後仍在延續。范長江認為，國民政府建立後對蒙、藏民族實行的依舊是這種「羈縻之中帶控制」的政策，因此才會導致「蒙疆自治」問題。因此，范長江感歎道，「到了一九三六年的今天，我們的民族政策，似乎應該科學些……似乎不能再用宗教的愚民政策，以自欺而害人」〔註13〕。

從當時現實來看，范長江認為尖銳的民族矛盾主要是由於軍閥的殘酷統治，為了爭奪地盤，搶奪財富，他們之間混戰不休。不管哪個軍閥都毫無例外

〔註10〕長江：《飄羊皮筏到金積》，載《中國的西北角》，上海書店1991年版，第313～314頁。
〔註11〕長江：《紅山峽與黑山峽》，載《中國的西北角》，上海書店1991年版，第280～281頁。
〔註12〕長江：《邊疆政策應有之新途徑》，載《塞上行》，上海書店1991年版，第32頁。
〔註13〕沈社榮：《30年代范長江對西北民族問題新動向的思考》，載《青海民族研究》，2006年1月。

地殘酷鎮壓、盤剝少數民族，各民族之間隔閡很深。當作者行至臨潭時，他所看到的不再是商業繁盛，市場比櫛，而是回漢民族之焚燒殺戮，「即以洮河區論，被焚殺人口在十數萬以上。而漢藏之間，又因魯大昌與楊土司之衝突，時發生刺殺事件。」在此種衝突愈演愈烈的情況下，他感歎道，「任此遷延下去，此間之種族糾紛，將愈弄愈大也。」〔註 14〕范長江在大量的殘酷的事實面前，深感軍閥統治的腐敗，各少數民族同漢族民眾一樣，過著性命堪憂的日子。

3. 解決民族矛盾的新對策

此時范長江已經看到了在當時的國際大環境下，中國所處的危險地位，如不盡快制定解決民族矛盾的對策，可能直接會影響到整個中華民族的命運。在《松潘與漢藏關係》中，他寫道：「東亞國際爭奪之重心，已集中於中國，中國各民族的不合理關係，正與人以可趁之機……滿族已不在中國範圍中，外蒙古之獨立，西藏之附英……僅內蒙古一帶之蒙族，寧夏青海甘肅一部之回族，及西康青海四川邊境之藏族而已……」〔註 15〕在《滿洲人的治蒙政策》中，他認為，對當前的民族問題要盡快制定出解決方案，「如果一味敷衍，苟延時日，恐在此外力壓迫下，不出數年，將至無法收拾。」〔註 16〕范長江憂國憂民的心態可見一斑，對於實行何種民族政策，范長江自有其遠見卓識。

他一方面批評當時的民族政策，認為是完全「因襲過去不合理的錯誤的民族傳統政策，在『平等』『共和』等名詞之下，幹些換湯不換藥的勾當……」〔註 17〕利用宗教實行愚民政策，導致各民族不能團結，另一方面，此時的他，在思想上還是相信孫中山的「三民主義」的。在行動上，在政治、經濟、文化各個方面，他都提出了自己主張。

在思想上，他主張繼承和發揚「三民主義」中「民族主義」，更多的依照孫中山的五族共和、民族平等的原則來處理。他說，「真正團結民族之方法，是各民族平等的聯合……政治上『比例的平等』文化經濟上『發展機會之平等』」，若是如此，「各民族間壓迫既不可能，生存上相依成為必要，經濟之自然溶通，文化上之自然交流」，則一定能夠鞏固團結，創造出「充實而嶄

〔註 14〕 長江：《洮河上游》，載《中國的西北角》，上海書店 1991 年版，第 73～74 頁。

〔註 15〕 長江：《松潘與漢藏關係》，載《中國的西北角》，上海書店 1991 年版，第 38～39 頁。

〔註 16〕 長江：《滿洲人的治蒙政策》，載《中國的西北角》，上海書店 1991 年版，第 333 頁。

〔註 17〕 長江：《憶西蒙》，載《中國的西北角》，上海書店 1991 年版，第 46～47 頁。

新的文明」，如不如此，「記者竊恐中國今後民族之大分裂，為期不遠也。」
〔註18〕在《動盪中的青海》中，他說：「站在中華民族的立場上，記者以為應該以平等基礎整理民族關係，以大公無私，不偏不袒的方法，整刷軍事政治關係。」〔註19〕

　　除了在思想上樹立平等的觀念以外，范長江認為，政治上讓少數民族聚居的地方實行自我管理，有一定的自治權是很重要的。「將甘肅青海寧夏新疆四省……省界取消。另以民族為單位，劃為『某族自治區』之類，直屬於中央……使其主持其自族內之經濟文化等事，而軍事與外交則必須徹底的統一於中央。」在《塞上行》中，他更明確指出「吾人主張：今後宜變消極的防範政策，為積極的團結政策，變削弱與同化政策，為扶持發展政策。」也就是應該一掃過去『一族統治』政策，而另建以平等為原則的地方上有一定自治權的新政策。他還認為，根本解決中國民族問題的方法，「非用民族聯邦不可」〔註20〕今天看來，范長江在政治上對少數民族地區的主張同今日我們所實行的少數民族地區自治制度無本質不同之處，從中也可看出，范長江在政治上的高瞻遠矚。

　　在經濟方面，他還認為民族地區經濟的建設，不能超民族，他分析內蒙古自治運動時指出：「內蒙古同胞要求自治，而反對放墾」，看似是種倒退的行為，實則是「蒙人所要求者，乃以蒙古民族利益為中心，自我進化，而不同於漢族之膨脹式的放墾也。」為此，范長江舉例說道，「正如中國並不反對由農業經濟進入工商業經濟」，而是反對變成殖民地下的工商業化，若是那樣，則「中國人將不能得工商業化之利益，而反蒙其災害。」〔註21〕因此，范長江認為在民族之間存在界限的時候，經濟文化的建設若不依照本民族的特點進行，不是欺騙就是迂談。這也就是說，各民族的發展應該尋求自己的道路，不能「超民族」，不宜採用直接照搬的方式進行發展，才能真正有益於本民族。

　　在文化上，他主張以平等之態度來編著中華民族史，他認為「現在所謂中

〔註18〕長江：《松潘與漢藏關係》，載《中國的西北角》，上海書店1991年版，第38～39頁。
〔註19〕長江：《動盪中的青海》，載《中國的西北角》，上海書店 1991 年版，第 157頁。
〔註20〕長江：《邊疆問題應有之新途徑》，載《塞上行》，上海書店1991年版，第34～35頁。
〔註21〕沈社榮：《30年代范長江對西北民族問題新動向的思考》，載《青海民族研究》，2006（1）。

華民族史，大半是以朝代為緯，以漢族歷史為經，而不是將蒙藏等族合併編制，這不能叫做中華民族史。」他認為應以平等眼光，重新整理各族史事，彰顯各族之美德，這才稱之為理想的中華民族史。同樣，中國新聞傳播史的編寫也應納入中國少數民族新聞傳播史的內容，沒有 55 個少數民族的新聞傳播史既不科學也不完整。文化上的這種平等的，彼此相互尊重，謀求共同進步的主張在今天仍富建設性。

范長江在上個世紀三十年代，能有這樣一系列關於少數民族問題的主張確屬難能可貴。

范長江是一個有著強烈社會感的記者，在當時那個時代，在極其艱苦的條件下，完成了對中國西北地區的採訪。正是由於以他為代表的大批的知識分子不斷的對中國邊疆的報導，中國民族問題的思考，才使得中國民族問題越來越引起時人的關注。更難能可貴的是，在那樣動盪的時代裏，范長江卻秉著現代民族觀念進行思考，並準確抓住了中國當時的主要矛盾是整個中華民族同日本帝國主義之間的矛盾，從歷史的縱深和國際的視野中去尋求民族矛盾解決之道。

二、范長江西北民族問題報導的特色

范長江邊疆之行的通訊，以及結集出版的《中國的西北角》和《塞上行》，受到了廣大民眾的熱烈歡迎，其中關於少數民族的報導、有關少數民族問題的真知灼見，和他的其他作品一樣流光溢彩。

（一）用生動活潑、多姿多彩的語言彰顯民族特色

范長江通訊的一大特點是群眾路線，緊密關注群眾關心的話題，緊密貼近群眾所使用的語言。這種寫作風格在進行少數民族的報導時，則更加彰顯它的優勢。少數民族文化多姿多彩，生動活潑，范長江採用遊記自由靈活的寫作手法，將描寫、敘述、抒情、議論糅合在一起，使得文章內容或生動有趣，或秀麗強健。在少數民族地區展現人物風貌時更多的是運用描寫與抒情的手法，曉暢流利，趣味叢生，平實古樸又不失靈動，將少數民族的地域特色、民族風采等鮮活搖曳、淋漓盡致地展現出來。在他的通訊中，就人物形象來說，既有年輕送糧女子搖曳多姿，又有健壯中年婦人乾淨利落；既有年輕才俊騎馬少年，又有地位顯赫的土司和班禪大師，這些人物形象無不鮮活生動，令人印象深刻。

運用這種寫作方式體現了范長江對少數民族文化、少數民族人物的風采真心讚賞。如他這樣寫道,「……數十騎藏馬馳聘平川草地中,只有青山綠野相伴送,他們高唱藏歌,時見山坡羊馬叢中,發出少女歌聲之相答和,歌聲婉轉,清澈柔媚,歌中似有萬般濃情者。」〔註22〕正是基於這樣的情感,范長江才使用靈動語言,讓我們領略到各民族的風采。

（二）用全面均衡、客觀中立的立場闡述民族現狀

范長江在西部考察過程中,對各個民族的記述,不是局限於簡單的介紹上,而是以小見大,以點帶面,對少數民族的現狀進行了全面的敘述,既涉及具有新奇神秘色彩的少數民族的文化習俗、飲食穿著、宗教信仰、寺廟交通等民情民風,更關注邊疆地區宗教統治、政府政策、民族矛盾乃至全國大局。

對各個民族的風俗習慣,范長江是從理解的角度予以敘述,既有讚賞又有批評。如談及藏族不用紙幣,而用現金的交易習慣時,范長江並不認為是藏族「不開通」所致,而認為是其以物易物的買賣方式所致,他們所接受的貨幣必須有「確實性、耐久性、稀少性、不變性、美麗性。只有金銀才合此條件,受其歡迎。」〔註23〕以理解的方式來評述民族現狀,體現了范長江對少數民族的尊重。也只有以理解的方式達成民族之間的認同,才是對少數民族文化、風俗習慣應持的態度。除此之外,對待少數民族某些落後的觀念和愚昧思想,范長江也進行批評。這種有襃有貶的敘述,不僅使我們見識到了各少數民族的獨特習俗,同時也讓我們不得不反思某些有害的陳規陋俗。

這種全面均衡、客觀中立的立場同范長江所主張的民族平等、民族團結的觀點是不謀而合的。正是因為抱有民族團結的思想,才能保持全面均衡和客觀中立的態度;而同時也正是這樣全面均衡、客觀中立的敘述立場,使得范長江的通訊更加真實可信,更具思想性,也更能引起民眾的反思。

（三）背景充實、評述結合,闡發民族觀點

少數民族文化璀璨悠長,各個民族都有自己獨特的文化,其文化系統中又涉及宗教、服飾、習俗等,涵蓋範圍甚廣。然而由於長期以來不為人所重視,很少有人對其有較為深入瞭解;因此進行民族報導對知識的要求就更加的苛

〔註22〕長江:《行純藏人區域中》,載《中國的西北角》,上海書店1991年版,第83～84頁。

〔註23〕長江:《金鑛餓殍與藏人社會》,載《中國的西北角》,上海書店1991年版,第46頁。

刻，不僅要瞭解少數民族文化、歷史、宗教等，同時還要使用簡明通俗的語言傳達給廣大讀者。范長江豐富的知識積累，為其寫作通訊提供了雄厚的支撐，因此他的報導背景充實，令人耳目一新。如其在《班禪在塔爾寺》中，他是這樣介紹塔爾寺的：「塔爾寺在西寧西南二十五里地方，為黃教始祖宗喀巴降生之地。現在蒙藏兩族所信奉的宗教，以黃教為最有勢力，支配西藏西康青海及內外蒙古等處人民的信仰。〔註24〕」

利用背景進行敘述，依託敘述進行議論，得出的結論必然能被讀者所理解和接受。豐富的背景也使得觀點在興趣盎然的閱讀中得到彰顯。如在《洮河上游》中，講到此地民族矛盾尖銳且由來已久，范長江從「自十七年國民軍與河州回軍發生衝突」談起，最後發出了「苟任此遷延下去，此間之種族糾紛，愈弄愈大也」〔註25〕的感歎也就更發人深省了。

（四）強烈的民族情感貫穿始終

如果說前面的三個報導特色是主幹，那麼民族情感的貫穿則無疑是靈魂。正是由於懷著對少數民族的熱愛，范長江才能在通訊中飽含深情的描寫民族風貌，闡述民族現狀，闡發民族觀點。這些獨具特色的文化描繪激發民眾對少數民族的關愛，深刻嚴峻的民族關係喚起民眾對當今民族矛盾的重視，平等團結的民族思想引發民眾對政府民族政策的反思，而這一切的努力皆是為了「切切實實輔助國內各民族之經濟，政治，文化的向上，使各民族的力量充實而堅強，大家彼此信賴，互相團結以捍衛我們大家的國家。」〔註26〕（與許瑩合作）

2010 年 5 月～9 月於京城昆玉河畔，六易其稿

參考文獻：

1. 長江：《中國的西北角塞上行》〔C〕，上海書店 1991 年版。

2. 於友：《解讀范長江──記者要堅持真理說真話》〔C〕，群言出版社 2009 年版。

〔註24〕長江：《班禪在塔爾寺》，載《中國的西北角》，上海書店 1991 年版，第 159 頁。

〔註25〕長江：《洮河上游》，載《中國的西北角》，上海書店 1991 年版，第 73～74 頁。

〔註26〕長江：《橙口和寧阿之爭》，載《中國的西北角》，上海書店 1991 年版，第 344 ～345 頁。

3. 沈社榮：《30 年代范長江對西北民族問題新動向的思考》〔J〕，青海民族研究，2006（1）。

4. 陳濤：《范長江新聞作品的話語初探》〔J〕，內江師範學院學報，2006（3）。

（原載《西南民族大學學報》2011 年第 1 期，第 32 卷總第 233 期）

范長江的民族新聞情結

　　作為我國傑出的新聞事業的開拓者、現當代新聞史上赫赫有名的傑出領導人,范長江生前寫過大量的出色的新聞報導,而在他的理想追求和人生道路探索中形成的新聞思想,也飽含著濃鬱的民族情結,以其獨特的民族新聞視角為我國的民族新聞事業的發展積累了寶貴的精神財富。他的新聞思想和業績是中國少數民族文化的瑰寶,也是整個中華民族的文化遺產。

一、范長江的民族新聞理念

(一)民族理念

　　概括地說,范長江的民族理念就是民族自決,民族平等。他認為,在世界民族之林中,中華民族是獨立的,要擺脫帝國主義的壓迫,爭取民族的解放;在中華民族 56 個民族的大家庭裏,各民族是平等的,要消除民族的歧視。他還認為,根本解決中國民族問題的方法,就是民族和睦相處,對弱勢民族的利益予以特別關照,以及保障少數民族參與國家與地方政權、管理本民族事務,這在當時乃至今天都是有重大意義的。如他在《塞上行》序中所言:我比較注意三個問題,第一,是國內民族問題。第二,是統一國家之途徑問題。第三,是社會各階級利益之調整問題。范長江考察的西北、塞上,地理位置特殊,又是中華民族的發祥地,文化資源深厚,然而長期以來由於它們地處內陸,荒僻落後,加上少數民族聚居於此,其風情、習俗、傳統充滿神秘色彩。但同時,這個多民族聚居的地區,在當時動盪的中國也是一個民族矛盾普遍、交織、複雜的地區。范長江的旅行通訊,在生動形象地展示當地少數民族人民群眾的生活生產場景的同時,也實事求是地記錄了當時當地的民族矛盾,深刻揭露了政府採取的民族政策的弊端,並提出了許多在今天看來仍富有創見性的觀點。

（二）民族新聞情結

范長江對少數民族同胞、民族新聞報導、民族地區新聞事業的發展都滿懷激情、深刻關切。他認為各民族的發展應該尋求自己的道路，不宜採用直接照搬的方式進行發展，才能真正有益於本民族。在文化上，他主張以平等之態度來編著中華民族史。他認為應以平等眼光，重新整理各族史事，彰顯各族之美德，這才稱之為理想的中華民族史。同樣，中國新聞傳播史的編寫也應納入中國少數民族新聞傳播史的內容，沒有 55 個少數民族的新聞傳播史的所謂中國新聞傳播史，既不科學也不完整。這種文化平等的主張，在今天仍富建設性。

二、范長江民族新聞情結在其新聞作品中的體現

范長江的民族新聞情結體現在他對西北地區採寫活動的新聞作品中。1935年 5 月，范長江以《大公報》社旅行記者的名義開始了他著名的西北之行。他從上海出發沿長江西上，在四川做短暫停留後，經四川江油、平武、松潘，甘肅西固、岷縣等地，兩個月後到達蘭州。在蘭州稍事休整後，他又向西深入到敦煌、玉門、西寧，向北到臨河、五原、包頭等地進行採訪。他的作品中既有對少數民族風土人情的生動描寫，也有對民族矛盾的深刻分析和有益見解。

（一）對少數民族風土民情的生動描述

在我國西北地區長期繁衍著眾多少數民族，每個民族都有自己獨有的風俗習慣、文化體系，更與任何別的民族有所區別。范長江的通訊，生動描述了這些，地區的民族生存狀態，在滿足民眾好奇心的同時，也提高人們對民族問題的關注度。范長江對藏人的吃飯習慣、居住情況、宗教信仰、運輸制度等也進行了生動描寫。對少數民族獨有的風俗習慣也做了詳細描述，讀來生動有趣，令人心生嚮往。通過這些描述，讀者認識到各個民族之間的異同，也瞭解到西北地區少數民族人民的艱苦的生活狀態。

（二）對西北民族矛盾的描述和思考

范長江在《中國的西北角》中對國內尖銳的民族矛盾予以深切關注，將自己的目光投向未來中國抗戰後方大西北的民族關係問題上。他認識到西北地區的民族矛盾問題，在書中明確指出：「西北民族關係緊張，漢、蒙、回、藏內部並不團結，互相仇視甚深，是很大的隱患」。涉及民族問題的通訊在《中國的西北角》中所佔篇目甚多，總計達 36 篇，占全部篇目的 56%。這次採寫

經歷使得范長江深刻認識到了中國民族問題的危急程度，對他的民族觀產生了巨大影響，並敏銳地認識到國內民族問題是「中華民族解放運動中，最基本最起碼要解決的項目」之一。

他的通訊中有對西北地區民族矛盾現狀的描述，如在《金鑛餓殍與藏人社會》中，他多處描述了漢藏民族之間的矛盾衝突。不過，范長江並沒有責怪哪一方，只是進行冷靜的分析，認為應該深刻反省我們過去的民族政策，從速改弦更張。在《賀蘭山的四邊》中寫到「西北上漢與回相互間不必要而且無意義的成見仍然存在，滿洲人三百年來所用的『漢回互仇』的毒辣民族政策，至今還留下惡劣的影響。」另外，在當時的西北地區，漢回矛盾也很尖銳。范長江20世紀30年代的西北通訊對此也多有描述。

（三）提出解決民族矛盾的有益對策

范長江特有的民主意識、強烈的愛國情感和社會責任感，加上西北之行的親身感悟，使得他對民族問題的思考更加深入，也提出了許多有益的對策。例如在《松潘與漢藏關係》中，他寫道：東亞國際爭奪之重心，已集中於中國，中國各民族的不合理關係，正與人以可趁之機……滿族已不在中國範圍中，外蒙古之獨立，西藏之附英……僅內蒙古一帶之蒙族，寧夏青海甘肅一部之回族，及西康青海四川邊境之藏族而已。在《滿洲人的治蒙政策》中，他認為，對當前的民族問題要盡快制定出解決方案，如果一味敷衍，苟延時日，恐在此外力壓迫下，不出數年，將至無法收拾。在《邊疆問題應有之新途徑》一文中，他從歷史視角分析道：中國歷代所謂治邊政策，皆為狹義的民族主義下的消極政策。其實質乃以統治者自己所屬民族為中心，以「威」揚武力，或以「德」羈縻，壓服其他各民族。范長江對孫中山的民族主義主張十分推崇，受其思想的啟發，范長江提出了自己對待邊疆民族問題的主張：今後宜變消極的防範政策，為積極的團結政策，變削弱與同化政策，為扶持發展政策。除邊疆各民族之武力、外交與有關國家之經濟，須絕對統一於中央外，當以全力扶助邊民作飛躍的進步。范長江的這些關於民族問題的認識，不僅反映了他敏銳的洞察力和對社會全面而又歷史的瞭解，而且教育、啟迪了民眾的現代民族觀念，是少數民族新聞史研究中不可忽視的部分。（與陳春麗合作）

（原載《當代傳播》2011年第6期總第161期；
《民族新新聞研究導刊》2012年第一期轉載）

穆青、范長江
少數民族新聞報導比較研究

　　民族問題歷來是關係多民族國家興衰安危的重要問題。我國是個多民族國家，有 55 個少數民族其中少數民族 1 億多人口，居住面積占國土面積的 60%以上。因此，民族平等、民族團結和各民族共同繁榮關係到國家的前途和命運，這就決定了少數民族新聞事業成為我黨民族工作的重要組成部分。改革開放以來，在少數民族新聞事業中已形成了老、中、青相結合的新聞工作者隊伍，並出現了一批知名的新聞工作者和社會知名人士。在老一輩新聞工作者中有蕭乾、薩空了、穆青等人，他們關注民族報導工作，支持少數民族新聞事業的發展，顯示了他們的政治胸懷和遠見卓識，他們的新聞思想和業績是中國少數民族文化的瑰寶，是整個中華民族的財富。

一、重視民族報導的穆青

　　在眾多著名少數民族工作者中，最值得一提的就是穆青，他從 1942 年開始從事新聞工作，從此便將自己的全部心血都傾注在這個事業上，由一名普通的新聞記者成長為傑出的新聞領導者。作為少數民族新聞工作者中的大家，穆青更像一面旗幟，召喚、激勵著廣大少數民族新聞工作者奮勇前進，為我國的民族新聞事業貢獻自己的力量。

　　穆青（1921～2003），回族，先後擔任過延安《解放日報》記者、編輯、《東北日報》記者、採訪部主任。新中國成立後，走上領導崗位，歷任新華社上海分社社長、新華社國內部主任、副社長、社長。在此期間寫出了震撼全國的報告文學《縣委書記的榜樣——焦裕綠》，大幅度提升了我國人物通訊和報

告文學的思想、藝術水準，這在當代中國新聞史上有著重要地位和深遠影響。

在半個多世紀的新聞生涯中，穆青一直筆耕不輟，寫就了大量膾炙人口、影響深遠的作品，其中許多作品成為新聞史上的經典之作，在黨的新聞宣傳中發揮了重要作用。身為少數民族新聞工作者，更是對我國的民族新聞事業做出了獨特的貢獻。

作為中國國家通訊社社長的穆青，管理著包括廣西、寧夏、西藏、內蒙古及新疆五個少數民族自治區分社在內的 32 個國內分社。鑒於少數民族地區分社所處地區經濟比較落後，條件相對艱苦，交通較為不便，電訊事業不發達等問題，穆青摒棄了「一刀切」的管理方法，在財政上予以大力支持，幫助少數民族地區分社搞好基礎設施建設，配備便利的交通工具和較為先進的電訊傳輸設備。同時考慮到民族地區地廣人稀、語言不通等特殊情況給採訪造成很大困難，在業務管理上適當調整少數民族地區新聞記者的稿件定額，並在評選時關注這些地區分社的稿件；幹部考核、晉升時，根據地區的特殊性予以靈活處理。這些管理措施極大地提高了少數民族地區新聞工作者的積極性，更為公正地給予少數民族新聞工作者合理的評價，民族地區分社的新聞工作得以順利開展，有效地促進了這些地區分社的健康發展。

民族新聞報導一直是穆青關注的焦點。穆青曾多次提出必須加強民族報導。1980 年在新華社召開的民族報導座談會上，他明確指出，通過民族報導，落實黨的民族政策，溝通各民族間的感情，消除民族隔閡，有利於促進各民族的團結；有利於促進少數民族經濟的發展和繁榮，實現整個國家各民族的四個現代化；通過對少數民族邊疆地區的宣傳報導，大力支持、扶助邊疆的建設，有利於加強國防力量和維護國家安全。「民族報導不是可有可無，而是必須加強，決不能絲毫削弱。」〔註 1〕這是穆青對民族新聞報導執著追求的大聲呼籲。

穆青在少數民族新聞事業上的新聞主張和新聞實踐，成為 20 世紀中國少數民族新聞史上不可或缺的篇章，他身兼雙重角色：新聞事業管理者和新聞記者。站在新聞事業管理者的角度，他對少數民族新聞的功能有著高屋建瓴的理解。作為一代著名記者，他對少數民族新聞工作所承載的社會責任有著真切的感受。

〔註 1〕穆青：《民族地區分社的工作重點》，參見《新聞散論》，新華出版社 1996 年版，第 198 頁。

二、心繫民族關係的范長江

穆青是一座高峰，但不是孤峰，和他同時代還並立著一大批著名的新聞大家，范長江就是其中一位。穆青和范長江等中國新聞界的傑出人物，他們不僅在經營管理上有著遠見卓識，而且在新聞業務上更是成就了一番事業，以他們的新聞名篇名揚天下。范長江的《中國的西北角》一年之內連續再版 8 次，一時形成了洛陽紙貴的空前盛況，「筆底風雲意氣豪，救亡當日奮呼號。遺文永與民魂在，千古長江湧怒潮」，很好地詮釋了范長江的人生歷程。很少會有人將范長江與民族新聞聯繫起來，其實早在《大公報》工作時，范長江就對我國的少數民族有所關注，胡政之曾在《塞上行》序言中寫道，「長江君對於民族問題素感濃厚興趣，近年銜社命出入西北各地，接觸愈多，所感尤切。《塞上行》諸篇，字裏行間隨處流露出他的情感和希望，這也是讀本書的人應當注意的一點。」

范長江在《大公報》工作時，大部分時間是對西部漢族和各少數民族雜居地區進行考察採訪，他在通訊寫作中對國內尖銳的民族矛盾予以關注，將自己的目光投向未來中國抗戰後方大西北的民族關係問題上。他將考察西北民族問題作為西北之行的主要目的之一，在《塞上行》自序中寫到「在這小冊子裏面我比較注意三個問題：第一，是國內民族問題。第二，是統一國家之途徑問題。第三，是社會各階級利益之調整問題。這些是我認為中華民族解放運動中，最基本最起碼要解決的項目。」范長江通過自己的親身經歷，真實地為我們再現 20 世紀 30 年代西北地區錯綜複雜的民族矛盾，這些矛盾涉及到漢、蒙、藏與回等多個民族的矛盾，各種矛盾交織在一起。范長江不僅關注這些複雜的民族關係，同時認真分析了產生民族問題的深層原因，展現了自己對民族問題的獨到見解。

對於在西北地區採訪時發現的種種民族問題，在寫於 1937 年的《邊疆問題應有之新途徑》一文中，他從歷史視角分析道：「中國歷代所謂治邊政策，皆為狹義的民族主義下的消極政策。其實質乃以統治者自己所屬民族為中心，以『威』——武力，或以『德』——羈縻，壓服其他各民族。」〔註2〕范長江對孫中山的民族主義主張十分推崇，受其思想的啟發，范長江提出了自己對待邊疆民族問題的主張：「今後宜變消極的防範政策，為積極的團結政策，變削弱與同化政策，為扶持發展政策。除邊疆各民族之武力、外交與有關國家之經

〔註 2〕范長江：《塞上行》，新華出版社 1980 年版。

濟，須絕對統一於中央外，當以全力扶助邊民作飛躍的進步。」

范長江的這些關於民族問題的認識，不僅反映了他敏銳的洞察力和對社會全面而又歷史的瞭解，而且教育、啟迪了民眾的現代民族觀念，激發了廣大群眾的民族感情，是少數民族新聞史上不可忽視的部分。

三、范長江、穆青少數民族新聞報導工作比較

回顧這兩位傑出的新聞工作者的一生歷程，不難發現，他們對少數民族同胞、民族新聞報導、民族地區新聞事業的發展都滿懷激情、深刻關切，但是各自表達的方式不同。

首先，他們對於民族新聞報導工作、民族地區新聞事業的貢獻採用了不同的展現方式。

范長江體現在他在 20 世紀 30 年代西北地區採寫活動的新聞作品中。范長江在《大公報》工作的大部分時間是對西部漢族和各少數民族雜居地區進行考察採訪，他在《中國的西北角》中對國內尖銳的民族矛盾予以深切關注，將自己的目光投向未來中國抗戰後方大西北的民族關係問題上。在《松潘與漢藏關係》中，他對漢藏矛盾作了專題論述；寫於 1937 年的《邊疆問題應有之新途徑》一文中，范長江又提出了自己獨特的見解。

穆青則傾注在他畢生所熱愛的事業中。在穆青的作品中鮮有對少數民族的報導，但是在他的職業生涯中，時刻都心繫民族地區的新聞事業。在經濟上、政策上給予大力的幫助和支持；在隊伍建設上，注重對少數民族新聞工作者的培養；並且站在全局的高度確立了少數民族新聞報導的原則和方針，為我國少數民族新聞事業的發展做出了不可磨滅的貢獻。

其次，范長江在實踐中發現問題並提出獨到的見解，穆青在政策上給予關注並訴諸行動。

范長江在當時就提出了民族平等的觀點，認為東部與西部都有各自的長處，不能簡單認為東部文明西部野蠻，並對歷史上各個時期的統治者對少數民族的政策進行考察，對漢回關係、漢藏關係、滿蒙關係、回藏關係等民族間的關係分析鞭辟入裡。他認為蒙藏漢回間的這種不正常的民族關係，既有文化較為發達的漢回對文化較為落後的蒙藏民族歧視、欺騙的成分，也有軍閥剝削掠奪的因素。他對中國民族問題的認識、民族自治政策的大膽設想是超前的。

　　從時間上看，穆青是在新中國成立後，它作為國家通訊社的掌門人，從領導層面上，加強重視民族地區記者的培養。在他的倡議下，新華社每年都有一批內地記者交流到各民族地區分社工作。他培養了新聞工作者艱苦奮鬥的創業精神，一方面使內地記者得到良好的鍛鍊，培養了新聞工作者的革命事業心和責任感，更會對自己所從事的工作產生激情和動力；另一方面也發揮了交流合作的作用，內地記者幫助少數民族新聞工作者提高業務素質，少數民族新聞工作者幫助內地記者瞭解民族歷史，瞭解民族地區，熟悉少數民族同胞心理、風俗習慣，形成良性互動，促進了內地記者和民族地區記者綜合素質的提高。

　　兩位新聞大家雖然在為民族新聞報導工作、民族新聞事業做出貢獻的歷史時期不同，在方式上，一個是從宏觀上把握，高屋建瓴；一個從實踐入手，細緻入微，各有不同，但都懷揣著促進民族團結的信念和繁榮民族地區的責任感，都為少數民族新聞事業的發展彈精竭慮付出心血。（與許瑞芳合作）

參考文獻：

1. 范長江：《中國的西北角》，新華出版社 1980 年版。

2. 范長江：《塞上行》，新華出版社 1980 年版。

3. 沈譜：《范長江新聞文集（上）》，新華出版社 2001 年版。

4. 穆青：《民族地區分社的工作重點》，新華出版社 1996 年版。

5. 穆青：《把蘊藏在民族地區的巨大「能源」開發出來》，新華出版社 1996 年版。

6. 白潤生主編：《中國少數民族新聞傳播通史》（下），中央民族大學出版社 2008 年版。

7. 白潤生主編：《中國少數民族新聞傳播史》，民族出版社 2008 年版。

（原載《當代傳播》2011 年第 2 期總第 157 期）

穆青的民族報導探析

　　民族問題歷來是關係多民族國家興衰安危的重要問題。民族團結、民族平等和各民族共同繁榮關係到國家的前途和命運，這就決定了民族報導是黨的民族工作的重要組成部分。而少數民族新聞事業則是黨的新聞事業的有機組成部分。身為少數民族中的一員，穆青深明其中的道理。他任新華社社長期間，始終堅決貫徹黨的民族政策，密切關注民族報導工作，大力支持少數民族新聞事業的發展，顯示了他作為少數民族無產階級新聞事業家的政治胸懷和遠見卓識。

　　作為中國國家通訊社的社長，穆青不僅領導著新華社總社和 130 多個國外分社，還領導著包括廣西、寧夏、西藏、內蒙古及新疆 5 個少數民族自治區分社在內的 32 個國內分社。對於 5 個少數民族自治區及少數民族較多地區的分社的管理，除了與所有分社有相同的措施外，還實行了一些傾斜政策。

　　首先，鑒於這些分社所處地區經濟比較落後，條件比較艱苦，交通不便，電信事業不發達，總社在財政上予以大力支持，幫助這些分社搞好基礎設施建設，配備足夠的交通工具以及比較先進的電信傳輸設備，力求從各方面為其創造良好的條件。

　　其次，考慮到民族地區地廣人稀，交通不便，通信落後，再加上語言不通，給採訪工作造成了很大困難。總社在業務管理上採取了照顧措施，適當調整這些地區記者的稿件定額，並在評選好稿時也相對側重這些地區分社的稿件，以提高記者的積極性。在幹部考核、晉升時，其標準也予以合理變通，以便做到客觀、公正。

　　作為新華社整個報導工作的有機組成部分，民族報導一直是穆青關注的焦點。穆青曾多次重申必須加強民族報導的觀點，並著手抓落實，還對民族地區的新聞報導工作提出了有益、中肯的意見。

強調加強民族報導的重要意義

1978 年以後，我國進入了社會主義現代化建設的新時期。在新的形勢下，穆青以政治家的敏銳目光洞察了民族問題的重要性，在 1980 年新華社召開的民族報導座談會上，他明確指出，加強民族報導有著十分重要的意義。

首先，加強民族報導將有利於安定團結。沒有民族團結，就談不上有全國的安定團結。應該通過民族報導，落實黨的民族政策，溝通各民族間的感情，消除民族隔閡，促進民族團結。

其次，要真正實現四個現代化，必須各個民族都要繁榮。內地要發展，邊疆也要發展；漢族經濟要發展，少數民族經濟也要發展。因此，必須通過搞好民族的宣傳報導，促進少數民族經濟的發展與繁榮，從而實現整個國家各民族的四個現代化。

再次，民族地區大部分地處邊疆，要把邊疆建設成鋼鐵長城，就必須開發邊疆，幫助少數民族搞好建設。這就要求我們通過宣傳報導，大力支持、扶持邊疆的建設，為加強邊防、保衛祖國作出貢獻。

最後，穆青大聲呼籲：「民族報導不是可有可無，而是必須加強，決不能有絲毫削弱。」〔註1〕

確立加強民族報導的原則。民族問題是一個至關重要的問題，同時也是一個非常敏感的問題。因此，民族報導必須要遵循一定的原則，才能真正發揮良好的作用。基於這種思想，穆青強調必須「針對大局加強民族報導」。〔註2〕

穆青向來要求新聞工作者考慮問題要從大局出發。他指出，我國當前的大局，是要保持安定團結，建設社會主義的物質文明和精神文明，把我國建設成現代化的、高度民主、高度文明的社會主義強國。對民族地區來說，報導要有利於民族團結，有利於促進民族地區經濟和文化的發展。民族報導就是要針對這個大局做文章。

穆青擺正了針對大局和聯繫實際的關係。他認為，一個地方的工作是實際，全國大局也是實際，根據全國大局來考慮報導，就是聯繫實際。我們的報導，主要是針對全國大局來做文章，要把局部的東西放在全國大局中來考慮衡量，這樣才能取得很好的效果。

他強調處理某些民族問題的報導時，要非常慎重，反覆斟酌，講求策略，

〔註1〕穆青：《新聞散論》，新華出版社 1996 年版，第 198 頁。
〔註2〕穆青：《新聞散論》，新華出版社 1996 年版，第 219 頁。

以防為國內外一些別有用心的人製造可乘之機。他主張民族報導應多從正面去進行引導教育，不要亂加「主義」的帽子，也不要輕率的批判，這並不意味著喪失原則或者表示軟弱，因為不講宣傳策略，不考慮效果，簡單草率，往往會把事情搞壞。

加強民族報導的主要舉措

穆青不僅一再強調必須加強民族報導，而且採取了一系列措施，把這一報導思想落到實處。舉措一，新華社原來設有一個政治民族組，主要處理政治新聞。1990 年，在穆青的指示下，專門設立了一個民族報導組，旨在加強新華社的民族報導。這個民族報導組專門處理少數民族題材的稿件，從民族角度決定取捨。這就改變了以往不從民族地區經濟、文化發展實際出發而導致其經濟新聞、文化新聞發稿率偏低的狀況，增加了少數民族新聞的發稿量。

舉措二，新華社出版的《參考消息》現有維吾爾文、哈薩克文、蒙古文 3 種少數民族文字版。穆青任新華社社長期間，加強對這 3 種民族文字版《參考消息》的領導，保證了其順利出版。在他的倡導下，3 種文字版的《參考消息》都在報社內部進行了不同程度的改革，在業務上實行崗位責任制，嚴格獎懲制度，並且密切結合當地的特點，使報紙越辦越符合讀者的需要，趣味性、可讀性越來越濃，廣受少數民族讀者的歡迎。

舉措三，少數民族經濟是整個國民經濟的重要組成部分，沒有少數民族地區的社會主義現代化就不可能有中國的社會主義現代化。因此，隨著我國社會主義現代化建設事業的發展，少數民族地區經濟的發展成為一個備受關注的問題。黨中央強調必須加快發展民族地區經濟，國務院提出了一系列發展民族經濟的相應政策措施。這就給新聞界提出了一個新的歷史任務，即通過宣傳報導促進民族地區經濟的發展和繁榮。在這樣的時代呼喚聲中，新華社迅速作出反應。1992 年 4 月 20 日，《經濟參考報》上首創了《民族經濟天地》專版，穆青社長給予了大力支持並為這個專版題字。

加強對民族地區新聞報導工作的指導

穆青認為，要加強民族報導，首先必須抓好民族地區的新聞報導工作。他多次就此進行了指導，並提出了切實可靠的工作方法。

1. 深入開發報導「能源」。穆青指出：「民族報導確實是一個大寶庫，老實講，還是尚未開墾的處女地……我始終認為，在民族地區，有很多的寶沒有

挖出來，有很多的畫沒有畫出來，有很多先進人物沒有被推到歷史舞臺上來。不管哪一個民族地區，潛力都很大，都埋藏著人和物的巨大『原子能量』，但是還沒有『引爆』出來。」〔註3〕他要求民族地區的記者要真正花點力氣，深入調查研究，把民族地區的巨大「能源」開發出來。

2. 重點在民族報導上。穆青在新華社召開的一次民族報導座談會上鮮明地指出：「民族地區分社報導的重點應該擺在民族報導上。」〔註4〕他強調，民族地區應從實際出發，抓住本地區的特點進行報導，不要一般化。他認為民族地區最大的特點就是民族問題，報導應在這個問題上做文章。

穆青指出，我國少數民族自中華人民共和國成立以來發生了很大的變化，特別是 1978 年以來，按照黨的現行政策，發展經濟，提高文化，民族地區更是日新月異。我們應用生動的事實寫出這些巨大變化，說明先進的文化和政治思想對於促進少數民族進步有著不可忽視的歷史作用；說明只有在我們社會主義的民族大家庭裏，各個民族才有自己的光明前途。這樣的報導有很強的說服力，對發揚各族人民的愛國主義精神，增強民族團結，樹立「誰也離不開誰」的思想都大有好處。

3. 樹立一批少數民族先進典型。穆青認為，每一個少數民族裏面都有很多優秀人物，而每個民族都有自己代表性的先進人物、自己的旗幟。因此他指出，民族報導應該有計劃地宣傳一批少數民族中的先進人物。穆青指出，少數民族中只要對社會主義有貢獻，對本民族做了好事，為本民族所尊重、所稱讚的有影響的人，就應該加以報導。不論是科學家、教員、醫生，或是普通工人、農民，都應跟漢族一視同仁，甚至要比宣傳漢族更熱心一點，去好好地宣傳他們。

穆青認為，通過宣傳少數民族先進典型，一方面可以為少數民族樹立榜樣，推動和引導他們為民族地區的發展、為我們國家的發展作貢獻。另一方面則可增加漢族對兄弟民族的瞭解，知道各族人民都是勤勞勇敢、熱愛黨、熱愛祖國的人民，這樣對消除民族隔閡、增強民族團結大有好處。

4. 關注記者的成長。穆青非常重視民族地區記者的培養。在他的倡議下，新華社每年都有一批內地記者到各民族地區分社去交流工作。這種做法一方面鍛鍊了內地記者，另一方面也發揮了他們傳幫帶的作用，促進了民族地區當地記者各方面素質的提高。穆青還十分注意對民族地區記者進行培訓，有計劃

〔註3〕穆青：《新聞散論》，新華出版社 1996 年版，第 223 頁。
〔註4〕穆青：《新聞散論》，新華出版社 1996 年版，第 201 頁。

地把他們送到中國新聞學院進行脫產學習。此外，根據這些地區的特點，對他們提出了嚴格的要求：

首先，要有艱苦奮鬥的創業精神。穆青指出，有了這種艱苦奮鬥的創業精神，記者就會有一個很高的思想境界，就能以苦為樂，以苦為榮。同時，還能成為更「有理想，顧大局，善於通過我們的報導，引導和鼓舞人們為實現崇高的理想和遠大的目標而奮鬥，給人以希望、以信心、以向上的力量」〔註5〕的好的新聞工作者。

其次，必須深入群眾，調查研究。穆青早在20世紀60年代就已強調民族地區記者也要深入群眾，進行調查研究。他指出，掌握民族語言，做好深入的調查研究工作，是搞好民族地區報導的關鍵。在民族地區不懂民族語言是深入調研的障礙，要剔除這道障礙，迅速地掌握少數民族語言，最好最快的辦法就是「蹲點」，深入到群眾中去，與群眾同吃同住同勞動，打成一片。這樣，既能很快掌握少數民族語言，又能深入瞭解許多重要情況和活生生的材料，挖掘到更多的「寶藏」，可謂一舉兩得。

再次，應成為研究少數民族的專家。穆青認為，要搞好民族報導，首先必須熟悉和瞭解少數民族。因此，他要求民族地區的記者要從少數民族的歷史學起，調查它、研究它、熟悉它的歷史和現狀，紮紮實實地積累一批材料。

最後，要努力提高自己的文化素質和業務素質。穆青指出：「新華社的記者，應該是知識豐富的人。」〔註6〕他說，我們要傳播知識給讀者，要影響別人的精神、情操和道德，提高人們的覺悟，還要有利於指導實際工作。擔負這麼重要的任務，自己沒有知識或知識不多、覺悟不高，是不行的。

他要求民族地區的記者必須要鑽研、要刻苦地學習，以提高自己的文化素質和業務素質。而且這種學習要持之以恆，要不斷適應時代發展的需要，重新武裝自己，充實自己的頭腦。這樣才能不辜負黨的重託，搞好報導工作。

穆青還鼓勵民族地區的記者「立志在邊疆幹一輩子，把邊疆的民族報導工作當作一項事業，鑽進去，做一個闖將，開闢出一條道路來。」〔註7〕在他的關懷和激勵下，民族地區的大批記者迅速成長起來，充實了民族報導隊伍，使民族報導得到了較快的發展。

〔註5〕穆青：《新聞散論》，新華出版社1996年版，第220頁。
〔註6〕穆青：《新聞散論》，新華出版社1996年版，第204頁。
〔註7〕穆青：《新聞散論》，新華出版社1996年版，第203頁。

作為中國國家通訊社的社長，穆青對少數民族新聞事業的深切關注，對我國少數民族新聞事業的發展起到了極大的促進作用。他關於少數民族新聞報導和民族新聞隊伍建設的一系列精闢論述，對於民族新聞工作有著重要的指導意義，是每一位民族新聞工作者都應認真學習的有益教材，為我國少數民族新聞學添寫了閃光的一頁。（與胡鍾堅合作）

（原載《新聞愛好者》2009 年第 3 期總第 330 期．理論版）

民族新聞之關注輩有人出
——紀念穆青誕辰 90 週年

　　有人說：「穆青是一個普通的中國人，生在災難深重的舊中國，長在時局
動盪的舊時代，告別在急劇變化的新世紀」〔註1〕；也有人認為，他不是一個
平凡的中國人，他的身上濃縮著中國共產黨的新聞史，他的典型人物通訊觸動
了億萬中國人的心，同時實現了國家通訊社向世界通訊社的大步跨越。

　　時至今日，穆青誕辰 90 週年，60 多年的新聞實踐留給後人的不僅僅是那
些膾炙人口、影響深遠的作品，更值得關注的是他作為少數民族新聞工作者對
民族新聞事業所寄予的深厚情感。

　　民族問題雖是關係多民族國家興衰安危的重要問題，但在中國新聞史上
鮮有新聞工作者對民族新聞報導進行研究，直到改革開放以後，研究者們在對
老一輩新聞工作者生平研究時，才發掘出穆青、范長江等人，他們在少數民族
新聞事業發展過程中展現出來的政治胸懷和遠見卓識，是整個中華民族的財
富；他們的新聞思想和優秀著作是中國少數民族文化的瑰寶。

　　穆青是回族，作為少數民族新聞工作者，他深知民族新聞報導的重要性，
他認為搞好民族新聞報導，能夠維護安定團結的社會環境、促進現代化事業的
經濟建設，同時承擔著保衛國家安全的重任。在進行民族新聞報導時，對民族
地區人民懷有深切的情感，認為民族新聞報導有著溝通民族文化，增進民族感
情的作用，少數民族新聞報導也應該像漢族宣傳一樣樹立典型新聞人物，成為
民族地區的一面旗幟，這樣才能摒棄人們對少數民族的歧視。成為新聞工作領

〔註 1〕董廣安，《穆青新聞思想與新聞實踐》，鄭州大學出版社 2008 年版。

導者時，能夠站在全局的高度，對民族地區因地制宜，給予政策上的傾斜、經濟上的支持和人才上的培養，積極推進少數民族新聞事業前進的步伐。

　　同時代像穆青這樣因其特殊的民族身份、為人們所關注的少數民族新聞工作者還有蕭乾、薩空了等一批新聞大家；但也有像范長江這樣本身不是少數民族，又對民族新聞早有關注的、不易被察覺的民族新聞踐行者。早在《大公報》時期，范長江就利用大部分時間對西部漢族和各少數民族雜居地區進行考察採訪，通過自己的親身經歷真實再現 20 世紀 30 年代西北地區錯綜複雜的民族矛盾，並在他著名的通訊《中國的西北角》中對未來中國抗戰後方大西北的民族關係問題深入分析；在寫作《塞上行》時，更是將考察西北民族問題作為西北之行的主要目的。此外在《松潘與漢藏關係》以及《邊疆問題應有之新途徑》等文中，提出自己對民族問題獨到的見解，字裏行間透露出對民族地區的關注。

　　穆青與范長江同為中國少數民族新聞歷史上濃墨重彩的名字，是民族新聞界的先行者，但卻以不同的足跡踐行著對民族地區人民的深切關懷。如果說范長江是用他的身體和實踐行走於民族地區的土地上的話，那麼穆青就是在用他的言行和思想貫穿於民族新聞的報導中；如果說范長江將他對民族問題的認識載入世代傳承的新聞作品中的話，那麼穆青就是將他對民族新聞報導的見解訴諸顧全大局的新聞事業管理上；如果說范長江不畏艱難困苦，深入調查研究的精神令人佩服的話，那麼穆青不論時局動盪，心繫兄弟民族的情感就值得敬仰……（與許瑞芳合作）

（原載《採寫編》2011 年第 2 期總第 115 期）

第九輯

要抓緊普及少數民族新聞學基本知識

　　如何普及少數民族新聞傳播基本知識，總是縈繞在我的腦海裏。很多情況表明，在這個問題上，是需要下大力氣。

一

　　2010 年 5 月，北京某大學請我對一份博士論文進行評審。這篇論文選題新穎，論述翔實，結構清晰，語言流暢，是一篇具有較高學術價值的好論文。但是，在我看來，這篇論文也是有些遺憾的。下面，是其中一段文字：

　　　　北魏孝文帝是一位卓越的少數民族政治家和改革家，他崇尚漢
　　族文化，實行漢化，還都洛陽，禁胡服、胡語，改變度量衡，推廣
　　教育，改變姓氏並禁止歸葬，提高了鮮卑人的文化水準，對於中華
　　民族大融合起了重要的作用。

　　這段文字記載的歷史事實確鑿無誤，作者寓意正確深刻。但是把少數民族服裝稱為「胡服」，把少數民族語言稱為「胡語」，均含貶義。也許有人辯解，我們不能以今人要求古人，「胡人」「胡語」「胡服」係歷史稱謂，怎麼能要求古人有今天的政策水平呢？！誠然，北魏孝文帝在促進中華民族的融合與發展方面起過重要作用，作為他以及他所生活的時代，使用諸如「胡語」「胡服」等詞語無可厚非！問題是今人如何運用這些帶有歧視性詞語。我認為，應該儘量不用或慎用，一定要用要加引號，表明係他人（古人）所言，並非作者所使用的語言。

二

　　我一向主張中國新聞傳播學是中華民族新聞傳播學，這一理念應貫穿於

新聞傳播理論、新聞傳播史、新聞傳播實務等各個領域。從 20 世紀 80 年代中葉提出，到現在已有 20 多年了。在研究少數民族新聞傳播史的同時，我進一步探討把少數民族新聞傳播史融入中國新聞傳播史之中。1998 年由新華出版社出版的《中國新聞通史綱要》和 2004 年由中央民族大學出版社出版的《中國新聞通史綱要》（修訂本）以及 2008 年由鄭州大學出版社出版的《中國新聞傳播史新編》等教材都是這方面的成果。

但是由於傳統觀念影響根深蒂固，不少學者仍不自覺地把中國新聞史寫成漢族新聞史，或內地發達地區的漢文新聞史。新聞傳播理論、新聞傳播實務的著作很少涉及少數民族新聞傳播理論、少數民族地區採寫、少數民族新聞傳播媒體編輯播發等方面知識。

三

在中華民族長達五千多年的文明史中，漢族與各個少數民族之間既相互交融又衝突不斷。尤其在封建社會裏，無論哪一個民族執掌政權，他們必然要把本民族視為最優秀的民族，把其他民族列為次等民族。元朝蒙古族執掌政權時期，統治者就把整個社會劃分為四個等級，第一是蒙古人，第二是色目人，第三是漢人，第四是南人〔註1〕黃在中國歷史上，少數民族執掌全國政權的並不多見，大多還是由漢族執掌政權。歷史表明，每個時期都或多或少存在漢族文化同少數民族文化之間的相互牴觸、相互衝突，這一現象至今仍然存在。中華人民共和國成立後，形成了「多元一體」的格局，這種民族之間的文化衝突、牴觸現象雖已逐漸淡化了，但是在某些場合、一些活動或者學術著作中，還有意無意地流露出對少數民族文化的歧視和不尊重。這種情況在各種媒介中均有所表現。

比如，還有一些報章雜誌和學術著作中把元朝稱為「蒙元」，把清朝政府寫成「滿清政府」。

比如，有一部名為《中國婦女報刊與女新聞工作者研究》的論著，從 1897 年寫起至 1949 年，全書近 20 萬字，由於沒有確立中華民族新聞史的理念，我國近代出現的少數民族女報人葆淑舫（滿族，曾任《北京女報・女界新聞》專欄名譽主筆）、愛新覺羅・淑仲（英斂之的夫人，滿族，以報導宮廷新聞而聞

〔註 1〕需要說明的是元代的「漢人」並非今天意義上的漢族，而是指黃河以北地區較早歸附的漢人和部分其他少數民族；宋代遺民主體被稱為「南人」。

名）就未曾提及。即使在現代部分提到一些少數民族女報人及其創辦的婦女報刊，也未從少數民族新聞學的視角加以闡釋。

這說明，一些學者頭腦裏有意無意地忽視了我國自古以來是一個統一的多民族國家這一重要的歷史事實。因此，應當重塑中國新聞傳播學是中華民族新聞傳播學這一理念，在學術界樹立中國的新聞傳播事業是由 56 個民族共同譜寫的理念。少數民族新聞傳播事業是中國新聞事業的重要組成部分，沒有 55 個少數民族新聞傳播活動的新聞傳播學是不完整的，不科學的，也不能稱之為中華民族新聞傳播學。

四

我的體會是，一旦確立了「中華民族新聞傳播學」的理念，在其指引下進行學術研究，考察學術現象可使你茅塞頓開，豁然開朗。

1998 年 8 月 28 日在北京舉行成舍我百年誕辰學術研討會。會議休息時，中國人民大學新聞學院院長何梓華，副院長、港澳臺新聞研究所所長鄭超然等人動員我在大會上發言。我沒有任何準備，但盛情難卻，只好謹遵師命。我是從少數民族新聞學的視角解讀這位報業巨頭的。成舍我一生獻身於報業，先後創辦了北平《世界晚報》、《世界日報》、《世界畫報》，和南京的《民生報》，上海與香港的《立報》，重慶的《世界日報》等多種著名報刊，是民國時期四大報人之一，成舍我在少數民族新聞史上也留下重要一筆。他在創辦《立報》時，培養並重用蒙古族報人薩空了，這是對民族新聞事業發展的一個重大貢獻。1935 年 11 月，薩空了應邀到上海參加《立報》工作，就任副刊《小茶館》主編，1936 年 9 月任總編輯兼經理，對《立報》進行改革，他主張報紙應從維護少數民族利益出發，報導少數民族關心的內容。1936 年 12 月 28 日發表的《談一個蒙藏學校》就是這樣一篇文章。他說，增強民族間的互助合作，就「必須先遴選真正熱心的人才」，到民族地區工作，並「不惜用大量經費才行」，以消除民族間的隔閡。在薩空了的主持下，《立報》內容豐富，言論進步，版面新穎，定價低廉，實行精編主義，受到讀者歡迎，有關「七君子事件」以及「西安事變」的宣傳報導給讀者留下了深刻印象。我的發言博得了與會專家及成舍我子女的首肯。後來鄭超然教授要我把發言稿轉給成舍我在臺灣主持世新學校的女兒成露茜。我在他們的催促下，整理成文發表在 1999 年《當代傳播》第 5 期上，然後把載有《成舍我與少數民族報業》一文的雜誌轉給了成露茜女士。

　　2009 年 12 月在杭州舉行的全國紀念中國報業泰斗史量才先生誕辰 130 週年學術研討會上，史量才研究會副會長、史量才研究專家、親屬龐榮棣女士幾次問我，史量才被害後，參加其追悼會的有不少少數民族同胞，這是為什麼？我說，史量才的一生是堅持真理、堅持「三格」（人格、報格、國格）精神、堅持為中國社會進步、新聞事業發展而奮鬥的一生。1931 年「九一八事變」爆發，他的思想發生重大變化。在帝國主義侵略和民族矛盾日益尖銳的情況下，他積極主張抗戰。《申報》的辦報方針、報導思想上發生變化，業務上也有新的建樹。1932 年 4 月，《申報》在創刊 60 週年時，宣布新的辦報方針，提倡科學，振興工商業，發展國民經濟等。在報紙的立場和內容上進行改進的同時，在事業上又有新的發展。這其中有一點即設立《申報》函授學校。採用通訊方式，訓練、提高各地的新聞從業人員的能力，並且吸納內蒙古、新疆、西藏等邊遠地區的新聞從業人員參加，這在當時實屬創舉。瞭解了他培訓民族地區新聞工作者的事蹟，就不難理解為什麼會有許多少數民族同胞為他送葬的悲壯場面。我發言之後，大會主席當即宣布，這為全面研究著名報人史量才闢出一條新路。

　　我與范長江之子范蘇蘇相識於中國人民大學舉行的關於范長江學術研討會閉幕宴會上，後來我們成了好朋友。在餐桌上我對他說，我想從民族新聞學的視角研究范長江。聽後他興奮地說，太好啦，很需要這方面的研究！2010 年 9 月 11 日在北京大學舉行的「《長江自有後來人》（第二集）部分獲獎者與新聞院校學生見面會」上，我交給他一篇題為《20 世紀 30 年代范長江對我國西北民族問題報導分析》的文章，他認為這一研究很有意義，很合時宜。

　　以上事例說明：（1）樹立中國新聞傳播學是中華民族新聞傳播學的觀點是完全必要的；（2）樹立這一觀點是一個長期的過程。只有學界泰斗的「共識」還是不夠的；必須從「泰斗共識」到「普遍共識」。我希望逐步縮短、自覺縮短這一過程。在這一「普遍共識」到來之際，我國的紙質媒體、電子媒體等各級各類媒介將會成為傳播中華民族新聞傳播學的有效工具，才能真正把這一理念落到實處。（3）樹立這一理念，不是靠哪一個人的努力，也不是僅靠民族地區民族院校的努力就可以實現的。它需要學界業界全體專家、教授、學者以及贊同熱愛這一事業的所有同仁的共同努力。

五

最後，我想把著名社會學家、人類學家費孝通教授 1989 年應香港中文大學邀請所做的題為《中華民族多元一體格局》的主要觀點呈獻給大家。他在這一報告中說：「中華民族是包括中國境內 56 個民族的民族實體，並不是把 56 個民族加在一起的總稱，因為這些加在一起的 56 個民族已結合成相互依存的、統一而不能分割的整體，在這個民族實體裏所有歸屬的成分都已具有高一層次的民族認同意識，即共休戚、共存亡、共榮辱、共命運的感情和道義」。又說「如果把具有多元一體格局的中華民族的形成過程如實地攞清楚，也就是一部從民族觀點描述的中國通史了。」〔註 2〕據此，費老所說的「中國通史」即「中華民族通史」，不言而喻，中國新聞傳播史就是中華民族新聞傳播史。我們所說的「中國新聞傳播學就是中華民族新聞傳播學」，其理論依據就在這裡。

我希望全國同行繼續關心少數民族新聞事業，共同推進少數民族新聞傳播研究不斷向前發展，構建中華民族新聞傳播學！

2010 年 10 月 20 日凌晨於京城昆玉河畔

（原載《青年記者》2012 年 8 月上總第 390 期）

〔註 2〕參見費孝通主編《中華民族多元一體格局（修訂本）》，中央民族大學出版社 1999 年版，第 13～14 頁。

在中國新聞史學會少數民族新聞傳播史研究委員會成立大會上的講話

各位來賓：

大家上午好！

經民政部批准，中國新聞史學會少數民族新聞傳播史研究委員會在今天成立了！我謹代表少數民族新聞傳播史研究委員會常務理事會向參加今天成立大會的各位領導、各位專家學者、兄弟院校的同志們、朋友們，表示熱烈的歡迎和衷心的感謝！

少數民族新聞傳播史研究委員會是中國新聞史學會所屬全國性的二級學會，也是全國第一個由國家主管部門批准的少數民族新聞傳播研究學術團體。

中國少數民族新聞傳播學具有民族學、新聞學、傳播學、文化學的特質，是多學科交叉的邊緣學科，其興起與發展改變了過去以漢語文為載體的新聞傳媒的單一格局，完善和發展了新聞學與傳播學。這一學科的創立與發展拓寬了研究領域，是研究當前少數民族地區建設中國特色的社會主義新聞傳播事業基礎理論和實踐的重要學科。

少數民族新聞傳播學研究的主要對象，包括少數民族新聞，以少數民族語文傳播的新聞，民族新聞機構及其業務活動，以中國少數民族語文傳播的新聞機構及其業務活動，少數民族新聞工作者的隊伍建設和民族新聞傳播的歷史發展。少數民族新聞傳播史則是這一學科不可缺少的分支。作為新興的跨學科的少數民族新聞傳播研究，已引起新聞傳播學界、民族學界、文化學界的廣泛

關注與重視，這一研究已使「冷門變熱點」〔註1〕。我國社會發展戰略重點的轉移，為這一學科研究的深入發展提供了歷史性的機遇。

少數民族新聞事業興起於20世紀初葉，但其發展與繁榮是在新中國成立後，尤其是改革開放之後，形成了較為系統、多語（文）種、多層次、多渠道的特色鮮明的新聞傳播體系。由於黨和國家民族團結和民族區域自治政策的不斷落實，「少數民族使用和發展本民族語言文字的自由得到了尊重和保障」〔註2〕。絕大多數的民族地區，都建立了使用本民族語文的新聞、廣播、電視、出版事業，據統計，截至2006年末，全國共有99種用少數民族文字出版的報紙；223種用少數民族文字出版的雜誌。近年來，民族廣播電視事業的發展也十分迅速。截至2005年，我國民族自治地方使用少數民族語言的廣播機構達78個；使用少數民族語言的電視機構達76個；少數民族廣播和電視人口覆蓋率分別達到了86.1%和90.4%〔註3〕。從中央到地方，包括省（自治區）、地（州、盟）、縣（旗）共辦有蒙古、藏、維吾爾、哈薩克、朝鮮、壯、彝、傣等21種少數民族語言的廣播電視節目。

互聯網、手機等，屬於新興媒體。20世紀80年代起步的少數民族語言文字處理工作，使少數民族語言文字步入新媒體大軍成為可能。除中國西藏信息網等少數網站外，少數民族新聞網站大多設在少數民族自治地方，這些網站以其地域優勢和新聞傳播優勢，創新內容和形式，承擔著推動西部地區文化大發展大繁榮的歷史使命。以2006年4月內蒙古手機報創刊為標誌，少數民族省（區）漢文採信手機信息服務陸續啟動。當年11月，我國第一份藏文採信手機報在甘肅誕生，為藏區群眾提供每日實用新聞信息。

少數民族新聞事業的發展，為少數民族新聞傳播研究提供了廣闊的領域與空間。少數民族新聞傳播研究始於20世紀80年代中葉，我國少數民族新聞事業由「火紅年代」步入「滿園春色」時期。當時創建了一些專門的研究機構，出版了綜合性的業務刊物，內蒙古烏蘭察布日報社副社長馬樹勳主任編輯及其論著為我國少數民族新聞研究作出了開拓性的貢獻。進入20世紀90年代，

〔註1〕徐培汀：《20世紀中國新聞學與傳播學·新聞史學卷》，復旦大學出版社2001年版，第460頁。

〔註2〕引文見國家民委原副主任伍精華在1991年12月3日全國民族語言工作會議上的講話。

〔註3〕閔偉軒：《少數民族文化事業發展呈現新氣象》，載《中國民族報》，2007年9月25日。

少數民族新聞研究獲得初步發展。1994 年《中國少數民族文字報刊史綱》（曾
兩次獲省部級優秀成果二等獎）和 1997 年《民族新聞學導論》的出版是我國
少數民族新聞傳播研究的里程碑。進入 20 世紀 90 年代以來，尤其是 21 世紀
和諧發展時期，少數民族新聞傳播研究成果逐漸增多，佔領了更大的研究空
間，內容也更加豐富。史學方面有林青主編的《中國少數民族廣播電視發展史》
（北京廣播學院出版社 2000），白潤生主編的《中國少數民族新聞傳播通史》
（上下冊，中央民族大學出版社 2008，獲國家民委第二屆人文社會科學成果
獎著作類二等獎）、《當代中國少數民族新聞事業調查報告》中央民族大學出版
社 2010、《中國少數民族新聞傳播史》（民族出版社 2008、2011 年榮獲北京高
等教育精品教材），周德倉的《西藏新聞傳播史》（中央民族出版社 2005，獲
第五屆教育部人文社會科學優秀科研成果三等獎）、《中國藏文報刊發展史》
（中國社會科學出版社 2010）、帕哈爾丁的（新疆新聞事業史研究）（新疆人
民出版社 2009），等等。史學研究成果最多，種類齊全（有通史、地方史，有
專著、教材，獲獎成果也比較多）；實務方面有牛麗紅的《新聞報導中的西北
民族問題研究》（民族出版社 2007，獲甘肅省第十一屆社會科學優秀成果三等
獎）；週年紀念著作、文集等有《內蒙古日報五十年》（內蒙古人民出版社
1988）、張小平的《民族宣傳散論》（中國藏學出版社 2005）、邱沛篁、余長久、
唐小強、唐嗣田主編的《西部大開發與西部報業經濟發展研究》（四川大學出
版社 2008）、《實踐與思考——中央人民廣播電臺民族廣播 55 週年文集》（中
國國際廣播出版社 2005）、《走向輝煌——西藏人民廣播電臺四十五週年巡禮》
（西藏人民出版社 2004）；傳播學著作有張宇丹主編的《傳播與民族發展——
雲南少數民族地區信息傳播與社會發展研究》（新華出版社 2000）、郭建斌的
《鄂倫春族：黑龍江黑河市新生村調查》（雲南大學出版社 2004）、《獨鄉電視，
現代傳媒與少數民族鄉村日常生活》（山東人民出版社 2005）、益西拉姆的《中
國西北地區少數民族大眾傳播與民族文化》（蘭州大學出版社 2002）、阿斯買·
尼亞孜的《新聞傳播與少數民族受眾——現代傳播行為與邊疆少數民族傳統
文化觀念的衝突與調適》（新疆大學出版社 2006）以及趙麗芳的《存異求同—
—多元文化主義與原住民媒體》（中國廣播電視出版社 2008）、徐曉紅的《民
族地區媒介素養引論》（西南交通大學出版社 2010）；工具書有徐麗華編撰的
《藏學報刊匯志》（中國藏學出版社 2003）、白潤生主編的《中國少數民族新
聞工作者生平檢索》（貴州民族出版社 2007）等等。

　　據估計，少數民族新聞傳播研究隊伍已有一、二百人，並在不斷擴大。其中既有經驗豐富的老兵，也有朝氣蓬勃的新人。把這支隊伍組織起來，形成團隊，依靠這支隊伍，這個團隊，少數民族新聞傳播研究就會不斷發展、不斷壯大。正如丁淦林教授所說，這支隊伍稱得上是「有發展前途的新軍，他們正朝著建設成熟的獨立學科的目標前進」，「他們的研究是能夠計日成功的」。

　　今天研究委員會宣告成立了。作為一個學術團體，首先應該明確我們的職責與使命。我們的職責和使命就是探討少數民族新聞傳播的歷史與現狀以及與之密切關聯的新聞傳播活動與新聞政策的關係；研究少數民族新聞傳播事業的發展動向；配合國家社會科學研究規劃，開展少數民族新聞傳播史論研究，制定和引導少數民族新聞教學與發展方向，在總會的指導下，聯合全國新聞傳播學術機構及在新聞傳播方面有所造詣的學者，定期召開少數民族新聞傳播史論研討會，開辦網站，加強與其他學術團體的交流活動，促進少數民族新聞事業的發展；普及少數民族新聞傳播學基本知識，為政府機構、社會團體和新聞媒體等提供諮詢。以中國為視野的研究，自然居於最高位置，研究委員會等於繪就了中國少數民族新聞事業歷史的戰略地圖，並為少數民族新聞事業豎起醒目的旗幟！

　　首先，要提高認識。要明確少數民族新聞傳播學的學術地位和在構建社會主義和諧社會中的重要意義。關於中國少數民族新聞傳播學的性質、研究對象前邊我們已作過闡釋，現在的問題是如何做大做強，為建設文化強國發揮重要作用。

　　相對於 1918 年成立的北京大學新聞學研究學會，我們少數民族新聞傳播研究起步晚了六七十年，在學術研究水平上有所差距是可以理解的。但我們更應該奮起直追，借鑒已有的學術研究方法，使我們的研究更具理論性、創新性；不但可以為學術研究體系提供豐富的構架資源還能為少數民族地區的新聞傳播提供諮詢、借鑒、指導作用，使我們少數民族新聞傳播研究的影響力更廣泛深入。

　　今年 10 月份第三屆中國少數民族地區信息傳播與社會發展論壇在紅河學院舉行學術報告會。當主持人介紹研究少數民族新聞學的代表時，歡迎的掌聲熱烈持久。為什麼會有這樣的效果呢？我想這是因為民族地區的新聞事業需要發展，由此我想我們的研究應當立足於占國土面積百分之六十以上的少數民族地區，我們的成果應當讓他們看得懂記得住，得到少數民族同胞的認可與讚賞。

　　其次，要提高研究少數民族新聞傳播事業的敏感性和積極性。少數民族新

聞傳播學的探索空間還是十分廣闊的，還有很多未開墾的處女地，還需要深入探討，不斷鑽研。

眾所周知，我國少數民族大多居住在東北、西北、西南的邊遠省區，但由於歷史上的遷徙流動，我國少數民族分布呈現「大雜居，小聚居」的特點。

這一特點，也決定了我國少數民族新聞事業興起與發展並不僅僅局限在民族地區，在內地也有不少少數民族新聞媒體，比如在上海這座經濟文化發達的大城市，早在 20 世紀 20～30 年代就辦有朝鮮文報刊，不僅數量多而且品種齊全。1918 年創辦的《獨立新聞》就是一張著名的朝鮮文報紙。另外，著名回族報人伍特公、沙善餘都在《申報》擔任過編輯，伍特公還擔任了代理總編輯，他們為上海報業的發展所作的貢獻是不可磨滅的。天津是我國北方重要的城市，報刊種類眾多。電臺、通訊社等新聞媒體在相當長的時間內處於領先地位，同時雲集了許多報刊活動家。有關天津地區新聞傳播史的專著，對著名的少數民族報刊和報人雖然有所研究，但是也遺漏了諸如《伊光月報》這樣的回族報刊，不能不說是一大缺憾。

因此，我還要重申：研究少數民族新聞傳播學不僅僅是民族地區民族院校，民族地區研究機構的任務。在中國人民大學舉辦中國少數民族地區信息傳播與社會發展論壇，恰恰說明了這一點。少數民族新聞傳播研究空間十分廣闊，那種研究的「差不多了」或「沒有什麼可研究的」想法以及「不是我研究的領域」，而不去關注少數民族新聞傳播事業發展和研究的想法應當糾正，每個研究人員都應該提高責任心，樹立使命感。為少數民族新聞傳播事業的繁榮，為少數民族新聞傳播的發展做出應有貢獻。

中國新聞史學會少數民族新聞傳播史研究委員會的成立，為民族地區民族院校以及少數民族新聞研究機構搭建了一個深入研究和發展少數民族新聞傳播學的平臺，她屬於少數民族新聞傳播學界、業界，也屬於整個學界業界，希望大家都要關心她，愛護她，在各族各界的關懷下茁壯成長，使它成為社會主義先進文化建設中的一支重要力量！

謝謝！

2011 年 12 月 1 日子夜於北京昆玉河畔
2011 年 12 月 2 日刪改、定稿
（原載《新聞研究導刊》，2012 年第 4 期總第 22 期）

向著獨立學科的目標邁進——在少數民族新聞傳播史研究委員會 2012 年年會暨第三屆新媒體與民族文化論壇上的講話

當前，我國少數民族新聞傳播學正朝著獨立學科的目標前進。

20 世紀 80 年代，根據國家教育主管部門的意見，在民族地區民族院校陸續創辦了一批新聞學、傳播學、廣告學專業，迎來了少數民族新聞教育的春天。中央民族大學是我國新時期最早創建的少數民族新聞專業的高校之一。1984 年經國家教委批准設四年制的本科專業，培養複合型人才，即以人文科學的通識，漢語言文學基礎、新聞學理論基礎、新聞學應用知識與技能以及新聞學專業綜合實踐訓練為知識結構與專業功底的新聞人才。培養過程強調學生的人文素質、文字功底、思維方法及為民族地區的服務意識。1989 年始招當代民族報刊研究方向碩士研究生，跨靠民族學專業。2000 年獲新聞學二級學科碩士學位授予權。新聞專業創立以來，始終把學科建設與人才培養緊密結合起來，在教學工作中體現在對有關課程教學內容的改革與增新方面，特別是新聞學基礎理論類的課程，確立了少數民族新聞學研究這一主要方向，以形成中央民族大學學科特色，中國少數民族新聞傳播史的研究成果就是這個學科建設上的一大收穫。

進入 21 世紀後，幾乎所有的民族地區民族院校都辦起了新聞傳播學專業，少數民族新聞專業辦學層次也提高了。20 世紀只有中央民族大學和延邊大學招收新聞學碩士研究生，進入 21 世紀除了這兩所大學之外，新疆大學在 2003 年獲得新聞學碩士學位授予權，西藏民族學院、西北民族大學，也以相

關學科為依託培養民族新聞學方向的碩士研究生，開闢了較為廣闊的辦學空間。從 2008 年起新聞傳播學學科進入中央民族大學「211」和「985」工程建設行列。遵循「主流、特色、前沿、可持續發展」的原則，在人才培養、隊伍建設、科研成果、社會服務以及國際交流與合作等方面都取得了新進展。2011年獲得一級學科碩士學位授予權。

2005 年教育部下發〈培養少數民族高層次骨幹人才計劃的實施方案〉的通知，培養任務主要由國家部委所屬重點高等學校和有關科研院（所）承擔和組織實施，主要面向西部 12 個省、自治區、直轄市和新疆生產建設兵團招生，兼顧享受西部政策待遇的民族自治地方和需要特別支持的少數民族散雜居地區以及內地西藏班、內地新疆高中班、民族院校、高校少數民族預科培養基地和少數民族碩士基礎培訓基地的教師和管理人才的培養。新聞傳播方向的人才培養由北京大學、中國人民大學、清華大學、中國傳媒大學等高校實施，面向上述地區，招收碩士、博士生。中國人民大學新聞學院還對口支持西藏民族學院新聞傳播學院、新疆財經大學新聞與傳媒學院。不但在碩士和博士招生、教師進修方面給與政策上的傾斜，還派專家學者去這些學校講學，並在科研方面給予扶植。〔註 1〕

少數民族新聞傳播研究在原有的基礎上又有新成果不斷問世。去年，我《在中國新聞史學會少數民族新聞傳播史研究委員會成立大會上的講話》中說，「進入 20 世紀 90 年代，尤其是 21 世紀和諧發展時期，少數民族新聞傳播研究成果逐漸增多，佔領了更大的研究空間，內容也更加豐富。」並分別就史學、實務、週年紀念著作，文集、傳播學、工具書等列舉了代表性著作。一年過後，我們又看到幾部大作。其中有雲南師範大學傳媒學院副院長莊曉東教授的《網絡傳播與雲南少數民族文化的現代建構》（科學出版社 2010）、雲南大學人文學院新聞系副教授孫信茹博士的《廣告與民族文化產業》（人民出版社 2011）、中國報業協會少數民族地區報業分會會長，中國報業協會常務理事，湘西團結報社社長兼總編輯劉世樹的《走向輝煌——新時期中國民族市州報發展謀略初探》（湘西文藝出版社 2011）、中央民族大學文學與新聞傳播學院教授張誌主編的《人·媒介·社會互動與發展——當代媒介環境下的社會生活與人類傳播考察》（中央民族大學出版社 2012）、中國人民大學新聞與社會發

〔註 1〕參見白潤生、荊琰清：《北京市少數民族新聞傳播發展報告（1949～2010）》，載
鄭保衛主編《中國少數民族地區傳播發展報告》，人民日報出版社 2012 年版。

展研究中心主任，中國人民大學新聞學院教授，博士生導師鄭保衛主編的《中國少數民族地區新聞傳播發展報告》（人民日報出版社 2012）等等。少數民族新聞傳播研究成果的積累，無疑為少數民族新聞傳播學的教材建設打下了更加厚實的基礎。

縱觀自 20 世紀 80 年代以來民族新聞學的研究成果，我們不難發現，「史」「論」相較，「史學」研究成果最多，種類齊全，有通史、地方史；有專著也有教材，獲獎者居多，成為少數民族新聞傳播理論建設的排頭兵。這一學術現象，有其深刻的時代背景和諸多社會、經濟、文化原因。有論者稱，「視野開闊、豐富的理論內涵、著眼於構建學科體系，是這一時期史學研究的總體特色。」其他諸如體現民族性、資料翔實、客觀地總結各個時期新聞傳播特點，被譽為「和諧新聞教育讀本」等特色。對於這樣的評價，我們感到欣慰的同時，又覺得在少數民族新聞學學科建設上存在較大缺憾，即少數民族新聞理論的研究略顯滯後。1997 年由廣西師範大學出版社出版的《民族新聞學導論》距今已有 15 年了。《導論》闡述了我國少數民族新聞學的起源、發展現狀及其傳播規律，並從理論與實踐結合的高度論述民族地區報紙的辦報方針、根本任務、特點，對民族新聞採編、副刊、時事報導、廣告經營、民族地區新聞隊伍建設、民族地區黨委如何加強對機關報領導等問題進行了有益的探討，填補了一項空白。其主要特點是開創性、系統性和實踐性。但是由於兩位作者均來自業界從媒體的實踐出發總結經驗，缺乏理論上的抽象概括。

最近，我所在的學校王曉英副院長交給我一部由她撰寫的書稿《民族新聞傳播簡論》。《簡論》共 8 章 24 節，後附有《我國西北地區民族院校新聞傳播教育調研報告（2011）》《1992～2012 中央民族大學民族新聞學方向主要碩士學位論文目錄（不含在職研究生）》約計 21 萬多字。《簡論》的章節目錄脈絡新、思路新、構架也新，可謂耳目一新。這是一部以馬克思主義新聞學原理和民族理論為指導的系統研究少數民族新聞理論的著作。理論框架是全新的、資料翔實而新穎，有不少概念也是首次提出來的。《簡論》問世，將變一條腿走路為兩條腿走路，「史」「論」並進，為少數民族新聞傳播學學科建設找到了新的支撐點。

少數民族新聞傳播學學科建設，任重而道遠。向著獨立學科邁進，少數民族新聞傳播學距獨立學科的目標還有多遠？朝著獨立學科的目標前進，是已故著名中國新聞史學家丁淦林教授說的。他在《中國少數民族新聞傳播史》的

序中寫道：「就我所知道的情況而言，中國少數民族新聞傳播史研究近年來的進展主要有以下一些方面：一是研究材料更多更新，一些很難找到的材料也被『挖掘』出來了；二是研究的範圍更寬更廣，從以報刊為主轉向各類新聞傳媒並重，還兼及新聞教育、新聞傳媒經營管理以及著名新聞人物評介等；三是研究對象從以漢語文傳媒為主逐漸轉向少數民族語文傳媒與漢語文傳媒並重，加強對少數民族語文傳媒研究，努力做到客觀、真實、全面地描繪我國少數民族新聞傳播的歷史畫卷；四是探索建立新的理論架構，這是具有重要意義的一個方面。」「科學的理論架構的確立，標誌著獨立學科的形成。」「今天呈現在讀者面前的這部《中國少數民族新聞傳播史》顯然不一樣，它有一個新設計的理論架構，體現了我國少數民族新聞傳播的某些歷史特點。」「他們正朝著建設成熟的獨立學科的目標前進」。〔註2〕

　　距獨立學科的目標到底有多遠，讓我們先看兩個實例就明白了。前兩年，我接到一個從廈門大學打來的電話，說我們今年畢業一名民族新聞方向的博士研究生；2011 年 7 月底 8 月初，我去蘭州大學參加「《中國的西北角》出版75 週年紀念研討會暨首屆范長江研究高峰論壇」，剛下飛機，在機場大廳就遇到復旦大學劉海貴教授和他的博士生莊金玉，在機場莊金玉還向我獻花，十分熱情。當天晚上，我在翠英樓接受她的採訪，她說，她的導師劉海貴讓我寫關於民族新聞學的論文，今天特意來請教。劉老師特別強調，一定要讀白老師的書，一定要拜會白老師，與之面對面的交流。這兩個實例足以說明，在學科建設上，民族院校民族地區院校相差較遠，我們還沒有一所院校具有博士學位授予權！可據我所知，復旦大學、廈門大學、中國人民大學、四川大學、武漢大學等等，已經培養或正在培養少數民族新聞傳播學方向的博士生。我們必須有自己的博士點，培養少數民族新聞傳播學高層次人才。

　　申報博士點、培養高層次人才，必須有知名的學者專家，並且要形成團隊。少數民族新聞傳播學研究專家，我們有，比如研究中國西北地區少數民族大眾傳播與民族文化的專家益西拉姆（藏族）、研究藏族新聞傳播史的專家周德倉、研究東北地區少數民族新聞傳播史的于鳳靜教授、研究回族報刊史的張巨齡（回族）、研究少數民族廣播電視的專家林青和張小平、研究朝鮮族新聞傳播史的崔向哲（朝鮮族）、研究蒙古族新聞史的巴干（蒙古族）和特莫勒（蒙

〔註 2〕引文見丁淦林：《序》，載白潤生主編：《中國少數民族新聞傳播史》，民族出版社 2008 年版，第 1～3 頁。

古族）等等，但是數量太少，更談不上形成團隊，年齡結構也不好，這些比較知名的學者，除益西拉姆、周德倉、于鳳靜比較年輕外，其他幾位均已退休，讓人不禁有後繼乏人的擔心。當年我退休的時候，中國傳媒大學的一名知名學者，也是一位校級領導就說，你們民族大學的領導對民族新聞學科建設關心不夠，應該讓你培養博士生，在設立博士點之前，可先跨靠民族學。這位老教授在我們學會成立的時候，專門給我打電話，再次建議可先把民族新聞學作為民族學的二級學科來培養博士生，為在全國創建第一個少數民族新聞傳播學博士點做好鋪墊和準備。現在我講這些話的目的，就是希望根據我們自身條件，在辦好本科的基礎上，不斷提高辦學層次，爭取在不長的時間內，在我們民族院校當中首先申報博士點，使少數民族新聞傳播學早日成為獨立學科！

2012 年 12 月 21～24 日凌晨急就於京城昆玉河畔

（原載《新聞論壇》2013 年第 1 期，收入文集時略有刪節）

學習歷史，團結奮鬥，
推動少數民族報業持續發展

　　今天恰逢偉大領袖毛澤東同志為湘西團結報題寫報名六十週年，並欣聞中國報協少數民族地區報業分會 2012 年年會亦在貴報社召開，我謹代表中國新聞史學會少數民族新聞傳播史研究委員會並以我個人的名義表示熱烈的祝賀！

　　《團結報》是中共湘西土家族苗族自治州州委機關報，創刊於 1952 年 10 月 1 日，其前身《湘西日報》。1952 年，原湘西區委書記，曾任毛主席秘書，時任湖南省宣傳部部長的周小舟同志，借到北京開會的機會，向毛主席表達了湘西地委懇請其為團結報題寫報名的意願，毛主席欣然同意，在宣紙上一連書寫了三幅「團結報」三個大字。但創刊號並未用上這個報頭，而是請當地書法家丘震書寫的報頭。直到 10 月 28 日才改用毛澤東同志題寫的報頭，一直沿用至今。這是毛澤東同志第一次為地市州級報紙題寫報名，也是為少數民族地區地市級黨委機關報第一次題寫報名。這體現了黨中央、毛主席對創辦少數民族報刊和發展少數民族新聞事業熱情關懷與殷切期望。這是湘西團結報的榮幸，也是少數民族地區報業的榮幸！

　　60 年來，經過幾代人的艱苦努力，尤其是改革開放之後，《團結報》有了長足發展，早已成為湘西土家族苗族等各族人民的良師益友。報社總資產達 3886 萬元，報紙發行量突破 3 萬大關，報業純收入也突破千萬元，廣告純收入即將突破 400 萬元。報社設施不斷更新，新聞隊伍素質不斷提高，由創刊時的十幾個人發展到近百人，同時還有遍布全州數百人的通訊員隊伍。1982 年

以來，已有數以千計的新聞作品先後在全省全國各級各類的好新聞評獎活動中獲獎。1995 年以來連續三年被評為全省一類報紙，1997 年獲全省報紙綜合質量優勝獎，2000 年獲全省「十佳報社」稱號。《團結報》由一張小報進入全省一類報紙行列。

團結報社是中國報協少數民族地區報業分會的會長單位，主辦《民族報業》會刊。並投資幾十萬元打造新媒體《團結網》，2008 年 8 月 12 日開通，闢有 16 個頻道 88 個欄目，成為湘西最大的綜合門戶網站。

少數民族地區報業分會前身中國少數民族新聞研究會於 1988 年 11 月在貴州省黔東南苗族侗族自治州首府凱里成立。該會是業界第一個全國性的學術團體，旨在發展民族新聞事業，創辦會刊《民族新聞》即更名後的《民族報業》，每年舉行一次好新聞評選活動和一次學術年會。1994 年 8 月，中國少數民族新聞研究會第三次全體代表大會修改通過的研究會章程中，把該會改名為全國少數民族地區州盟地市報新聞研究會。1997 年 10 月 10 日，在廣西北海市舉行的第九次年會上，第三屆常務副會長方苹又提議更名為「全國少數民族地區州盟地市報研究會」，去掉了「新聞」二字。同時申請加入中國報業協會，理順了隸屬關係，確定了研究會在全國社團中的地位、作用和任務，研究會在中國報協的領導下，能夠更好地接受中央新聞領導機構的指導，使報業經濟發展、新聞體制改革等方面步入了新的階段，為今後研究會的工作拓展了更廣闊的空間。進入 21 世紀後，於 2003 年年底又更名為「中國少數民族地區報業研究會」。幾經斟酌最後定名為「中國報業協會少數民族地區報業分會」。該會的發起人之一陳穎（滿族）任首任會長。他認為，我們應「以開闊視野，互相學習，振興民族新聞事業，更好地為當地兩個文明建設服務為宗旨」。他說，「我們這個團體是西部大開發的先行者。作為西部大開發區域的報紙，較之發達地區的報紙，從辦報條件上來講，我們是貧窮的，我們有著共同的苦衷，共同的命運和語言。我們少數民族地區的報紙，同少數民族一樣，無論多麼艱難困苦，都能頑強地生存和發展，我們……正是凝聚了這種自強不息的拼搏精神，堅持開展自我發展的活動……為中國少數民族新聞事業的發展作出了不可磨滅的貢獻。」陳穎《在 2002 年全國少數民族地區州盟地市報業研究會年會上的講話》中的這段話基本概括了這個團體的宗旨、精神與奮鬥歷程。

我與少數民族報業分會接觸始於 1994 年，在《涼山日報》承辦的第六屆少數民族地區好新聞評選會上。那次評選好新聞以建設中國特色的社會主義

理論為指導，以改革、發展、穩定作為主題，以用正確的輿論導向為衡量標準，從 10 個省區 32 家報社選送的 185 件參評稿中優中選優。自此以後我與少數民族地區報業分會結下了不解之緣，經常應邀參加一年一度的好新聞評選或學術年會。這些活動為我所從事的少數民族新聞傳播研究和創立中國新聞史學會少數民族新聞傳播史研究委員會提供了寶貴的經驗和重要借鑒。藉此機會我向這個團體的所有成員，各級領導，各位老總，各位同志表示衷心的感謝，對故去的馬樹勳（回族）、馬占高（彝族）等老同志表示深切地懷念！

2011 年 12 月 3 日，中國新聞史學會少數民族新聞傳播史研究委員會在北京成立。少數民族新聞傳播史研究委員會是中國新聞史學會所屬全國性二級學會，也是全國第一個由國家主管部門（民政部）批准的少數民族新聞傳播研究學術團體。這個學術團體的職責和使命就是探討少數民族新聞傳播的歷史與現狀以及與之密切關聯的新聞傳播活動與新聞政策的關係；研究少數民族新聞傳播事業的發展動向；配合國家社會科學研究規劃，開展少數民族新聞傳播史論研究，制定和引導少數民族新聞教學與發展方向，在總會的指導下，聯合全國新聞傳播機構及在新聞傳播方面有造詣的學者，定期召開少數民族新聞傳播史論研討會，開辦網站，加強與其他學術團體的交流活動，促進少數民族新聞事業的發展；普及少數民族新聞傳播學基本知識，為政府機構、社會團體和新聞媒體等提供諮詢。

少數民族新聞傳播史研究委員會與少數民族地區報業分會雖分屬於學界與業界，但共同為少數民族新聞傳播學的研究搭建了一個平臺，為中國少數民族新聞事業繪就了歷史的戰略地圖，豎起了醒目的旗幟。它既屬於學界也屬於業界，這兩支隊伍攜起手來，必定成為社會主義先進文化建設中的重要力量！

最後，再次祝願湘西團結報以紀念毛主席題寫報頭六十週年和中國報協少數民族地區報業分會 2012 年年會為契機，堅持新聞發展方向，堅持為人民為國家大局服務，繼續提高公信力感染力和影響力，開拓創新，再鑄輝煌！祝願中國報協少數民族地區報業分會 2012 年年會圓滿成功！祝願中國少數民族新聞事業奏響和諧穩定的主旋律，與時俱進，書寫更加輝煌的篇章！

2012 年 10 月 22 日寫於北京

（原載湘西《團結報》2012 年 12 月 11 日第 18365 期第 3 版

「我與團結報」徵文專版，並獲優秀獎）

關於少數民族新聞研究的
若干問題（節選）

一

（略）

二

少數民族新聞傳播事業的發展，為少數民族新聞傳播研究，提供了廣闊的空間和領域。

我國少數民族新聞研究，始於 20 世紀 80 年代中葉。當時創建了一些專門的研究機構，出版了綜合性的業務刊物，馬樹勳及其論著為我國少數民族新聞研究做出了開拓性的貢獻。進入 90 年代，少數民族新聞研究獲得了初步發展。1994 年《中國少數民族文字報刊史綱》和 1997 年《民族新聞學導論》的出版，是我國少數民族新聞傳播研究發展的重要里程碑。

20 世紀 90 年代以來，少數民族新聞研究成果逐漸增多，佔領了更大的研究空間，內容也更加豐富。例如，史學方面有《中國少數民族廣播電視發展史》、《西藏新聞傳播史》、《中國少數民族新聞傳播通史》等；實務方面有《新聞報導中的西北民族問題研究》；專論有《民族宣傳散論》、《西部大開發與西部報業經濟發展研究》等；週年紀念著作、文集有《內蒙古日報五十年》、《實踐與思考——中央人民廣播電臺民族廣播 55 週年文集》、《走向輝煌——西藏人民廣播電臺四十五週年巡禮》等等；傳播學著作有《傳播與民族發展——雲南少數民族地區信息傳播與社會發展關係研究》、《中國西北地區少數民族大

眾傳播與民族文化》、《新聞傳播與少數民族受眾》等；工具書有《藏學報刊匯志》、《中國少數民族新聞工作者生平檢索》等等。

下面分門別類重點介紹 20 世紀末、21 世紀初的中國少數民族新聞傳播學研究成果。

（一）史學研究

20 世紀末 21 世紀初葉，十年間的史學研究種類齊全，內容豐富，是成果最多的一個領域。有通史、有地區史、有廣播電視史；有專著也有教材。

1.《中國少數民族廣播電視發展史》（林青主編，北京廣播學院出版社 2000 年出版，62 萬字，以下簡稱《發展史》）。

《發展史》分上中下三篇，分別敘述了中國少數民族廣播的誕生與發展，中國少數民族電視隊伍建設、技術管理、音像事業報刊出版、文藝表演團體及基本經驗等等，進一步豐富了中國特色的社會主義廣播電視的理論和實踐。這部著作不僅是中國少數民族廣播電視事業的奠基之作，而且為中國少數民族廣播電視學的創立奠定了理論和實踐基礎。

這部著作由顧問、主編、副主編、編委、編寫組、通稿等多名同志組成。專著在林青的領導下，徵集資料、擬定大綱、反覆推敲，歷經 9 年幾易其稿，其中的甘苦也只有付出艱辛勞動的這個研究團隊體會最深。這期間還有 3 位作者王辛丁、權五允，秦石麟並未看到他們親手鑄就的作品就與世長辭了。

《發展史》第一次在全國新聞學界，尤其是在少數民族新聞學界樹立起了全面、系統研究我國少數民族廣播電視的旗幟。從這個意義上來說，這部著作不僅填補了中國新聞史的空白，而且是構築少數民族新聞傳播學大廈的一塊不可或缺的基石。

2.《西藏新聞傳播史》（周德倉著，中央民族大學出版社 2005 年出版，32 萬字）。

這是一部民族地區新聞史。「它是我國第一部全面地系統地評述西藏新聞傳播史的著作。〔註1〕」其「理論架構是新設計的，有不少資料是新發現的，甚至有的概念也是首次提出來的。」〔註2〕這部書的特點有四：「定位準確，是

〔註 1〕白潤生：《少數民族地區新聞傳播史的突破性成果——〈西藏新聞傳播史〉序》，載《西藏新聞傳播史》，中央民族大學出版社 2005 年版。
〔註 2〕丁淦林：《西藏地區新聞傳播歷史的挖掘與探索》，載《西藏新聞傳播史》，中央民族大學出版社 2005 年版。

這部書的首要特點。」〔註3〕「其次，關於西藏傳播形態、傳播形式及其特點
的概括與分析是這部書的又一重要內容。」〔註4〕西藏遠離祖國腹地，改革開
放之後，才建立起當代傳媒體系。其廣播、電視和報刊三大新聞傳媒一直堅持
「藏語為主，藏漢並舉」的原則，形成了獨特的傳播方式。西藏地區的新聞傳
播特點是悠久的歷史傳統與開放的當代大眾傳播相互影響、相互推動的結果，
這一特點的形成是與西藏文化的特點完全吻合的，它也是西藏文化在當代社
會鮮明的民族文化色彩的展現。「第三，歷史分期的創新與突破。」作者突破
了政治歷史劃分章節的傳統，是以西藏地區的新聞傳播活動發展和客觀規律
確定古代、近代和現代與當代各個歷史時期的。這樣的劃分方式建立在作者對
西藏新聞傳播活動、新聞傳播事業實地考察和深入研究的基礎之上，有堅實的
史料為依據。「第四，史論結合，論從史出。」既有縱向敘述，即「史」的梳
理，廓清西藏新聞傳播發展的歷史軌跡，又有橫向的論述，即專設幾個專題，
對西藏新聞對外傳播、西藏新聞教育、西藏藏文傳播形態、西藏的電影和新聞
援藏等領域作為「類編」，進行歷史敘述和歷史分析，與縱向歷史敘述相互映
照，使這一地區的新聞傳播特點更為突出。

這部著作獲教育部人文社會科學優秀成果獎。

3.《中國少數民族新聞傳播通史》（白潤生主編，中央民族大學出版社
2008 年出版，上下兩冊，90 萬字，以下簡稱《通史》）。

《通史》屬國家「十五」社科基金項目《少數民族語文的新聞事業研究》
最終成果之一，把少數民族新聞傳播研究列為國家社科基金項目，新中國成立
以來，這還是第一次。該成果全景式地記錄了中國少數民族新聞傳播事業（報
刊、廣播、電視、網絡、新聞教育與研究、隊伍建設）的興起、發展、繁榮，
全面系統的挖掘和闡發了其中所蘊含的新聞傳播規律。客觀平實的觀點，珍貴
翔實的史料和濃鬱的民族風情是其鮮明特色。

全書除緒論和附錄外分四編：蹣跚學步（從遠古～20 世紀 20 年代）、崢
嶸歲月（20 世紀 20 年代～40 年代末）、火紅年代（20 世紀 40 年代末～70 年
代中葉）、滿園春色（20 世紀 70 年代中葉～20 世紀末）共 12 章 71 節，結構
獨特。它回顧、研究了我國少數民族新聞傳播事業的興起、發展、繁榮的歷程，

〔註 3〕白潤生：《少數民族地區新聞傳播史的突破性成果——〈西藏新聞傳播史〉序》，
載《西藏新聞傳播史》，中央民族大學出版社 2005 年版。
〔註 4〕白潤生：《少數民族地區新聞傳播史的突破性成果——〈西藏新聞傳播史〉序》，
載《西藏新聞傳播史》，中央民族大學出版社 2005 年版。

尋繹其軌跡，總結其規律，尤其對新時期我國少數民族新聞傳播事業的新發展進行了提煉。它不僅對於中國少數民族新聞傳播事業的繁榮有著重要意義，而且對整個中國新聞傳播事業的發展有著積極意義。

著名新聞學家方漢奇教授認為，這部著作有兩個突出特點：

（1）扣「少數民族」，遵循歷史唯物主義的原則，對我國少數民族的新聞活動作了全面的歷史描述。其內容涉及少數民族報刊產生前的傳播活動，及第一份少數民族文字報刊的問世到現在四個重要發展時期，為讀者展示了一幅我國兄弟民族多元文化格局大新聞傳播史畫卷。

（2）蘊含時代意義，突出實際效用。它在對中國少數民族新聞傳播事業（報刊、廣播、電視、網絡、新聞教育與研究、隊伍建設）的興起、發展、繁榮的歷史進行全景式的記錄的同時，及時分析和總結了西部大開發的新聞傳播現象，明確了少數民族新聞傳播事業在建設具有中國特色的社會主義經濟、文化事業的實際效用，以及如何發揮這種效用，提供新形勢下少數民族新聞傳播事業的發展方向、任務與規律，為其深入發展提供了豐富的經驗，促進少數民族新聞傳播事業的大發展。

國家民委副主任丹珠昂奔（藏族）教授在序言中說，《通史》的出版，是「少數民族新聞傳播界的一件大事」，「我感到這一工作至少實現了三個目標：一是『填補了中國新聞史的空白』……二是『梳理了中國少數民族的新聞傳播史料』。修『史』的過程是個艱難的資料搜尋、分析、研究的過程……三是『為中華民族共同團結奮鬥，共同繁榮發展的偉大主題提供新的範例』。」在他看來，「重視民族新聞傳播事業也成了我們黨團結各族群眾進行社會主義建設事業的重要組成部分和基本經驗」。

值得指出的是，附錄中收錄了兩篇關於少數民族地區辦報經驗與發展策略的會議紀要，為當今的少數民族報業提供了借鑒；同時還收錄了 25 篇少數民族報刊發刊詞（代發刊詞）為史學家提供了寶貴的資料。該書還配有 70 多幅圖片，圖文並茂。

這部《通史》是多民族作者集體勞動的結晶，參與寫作的除漢族外，還有蒙古族、回族、藏族、維吾爾族、苗族、彝族、布依族、朝鮮族、滿族、土家族、納西族、錫伯族等 10 多個民族，共計 50 餘人。為了搜集資料，他們的足跡踏遍了大江南北、長城內外、東部沿海和西部邊陲的 22 個省市自治區，深入民族地區采風，挖掘有價值的史料。《通史》內容涵蓋地域之廣、民族之眾、

新聞傳媒之多，都遠遠超過了此前已出版的同類著作，填補了中國新聞傳播史研究的空白，具有較高的學術價值和文獻價值。

（二）實務研究

實務研究，過去一直是少數民族新聞研究中的一個薄弱環節。2007 年民族出社出版的西北民族大學牛麗紅教授的專著《新聞報導中的西北民族問題研究》，填補了這一研究領域的空白。牛老師在高校任教前，曾在報社工作，在採訪報導中遇到較多的敏感而棘手的問題，使她不知如何處理。2003 年轉入高校後，她冷靜下來深入思考當年遇到的問題。「新聞報導中的西北民族問題研究」成為她科研的首選課題。「憑著記者的敏感和教師的專注，發現新聞學與民族學之間的聯繫及其對於做好民族新聞的意義」〔註5〕，以此為綱，搜章索據，廣徵博引，終於成就了這部 30 萬字的著作。

這部著作除附錄外，共分 10 章 35 節，主要探討了在我國新聞報導中如何正確處理民族問題，從少數民族新聞傳播的視角，指出了民族新聞報導中的內在規律、傳播特點和「規避」法則，為民族新聞工作提供了一些可資借鑒的理論和方法。據我現在掌握的資料，這部著作是以馬克思主義的民族觀和新聞觀為指導，研究我國少數民族新聞採寫理論的第一部專著，具有一定的學術價值。

（三）專論與文集

專論與文集有共同的地方。專論是就某一相同或相近的問題進行集中的研究；而有的文集也是就某一領域或相近領域中的問題分別予以研究，並就這一研究的若干篇文章匯總在一起出個集子。當然，也有的學者將自己若干年來散發在不同時間、不同報刊上的研究成果集在一起出版論文集、作品集的。這是兩者的不同之處。在這裡也收入了新聞媒體創立週年紀念性集子。

1.《民族宣傳散論》（張小平著，中國藏學出版社 2005 年出版，31.5 萬字，以下簡稱《散論》）。

這是中央人民廣播電臺原副總編輯張小平獻給中央人民廣播電臺少數民族廣播創辦 55 週年的個人文集。中央人民廣播電台臺長楊波同志在序文中說：「張小平同志是中央人民廣播電臺的一位富有經驗的編輯和記者。三十多

〔註 5〕玄承東：《寫好民族新聞促進民族團結》，載《新聞報導中的西北民族問題研究》，民族出版社 2007 年版，第 6 頁。

年來，他多次出入西藏，還幾乎走遍了我國少數民族地區，對祖國的大家庭和民族宣傳事業有著深厚的感情。他甘於寂寞，不畏艱險，勤奮刻苦，持之以恆，採寫了大量具有廣播特色、時代特色和民族特色的作品，並且在工作之餘，對民族宣傳的理論進行了不懈的探討。」

這部著作除序、自序外，還有專論 33 篇、評論 10 篇、隨筆 10 篇。書後還附有 1950 年至 2005 年中央人民廣播電臺民族廣播大事記的史料索引。《散論》對民族宣傳的概念、性質、任務，民族宣傳的歷史，民族宣傳的普遍規律與特殊規律，以及編輯、採訪、涉藏宣傳等相關領域都有一些理論性思考，具有開創意識。作者寫的書評、影視評論和隨筆，又以另外的風格展現了作者對民族宣傳的理解和情懷。理論是實踐經驗的總結，理論又能推動實踐更加具有自覺性和創造性。

在我看來，「民族宣傳散論」即「民族新聞散論」，儘管新聞與宣傳有其相異之處，但在這部著作中論述的都是少數民族廣播電視在新聞報導中的宗旨與任務及其歷史與現狀。少數民族廣播電視新聞宣傳集政治、經濟、文化、民族、宗教、統戰、信息、文藝與娛樂等領域為一體，以多民族語文為傳播載體，面向國內外的各民族聽眾、觀眾，擁有廣大的受眾群體。共同政治性、敏感性、權威性、特殊性、知識性，以及它所具有的濃鬱民族色彩的地域情調，使之獨樹一幟。

2.《西部大開發與西部報業經濟發展研究》（邱沛篁、余長久、唐小強、唐嗣田主編，四川大學出版社 2008 年出版，52 萬字，以下簡稱《發展研究》）。

按照有關部門的界定，西部 12 個省、市、自治區大多是少數民族聚居區，也是對我國革命做出貢獻的老區，同時又是較不發達的貧困地區，而新疆、西藏、雲南、廣西等省區又與 10 多個國家接壤，約 12747 萬公里陸地邊境線。開發西部地區從一定意義上說，就是開發老少邊窮地區。自 1999 年在中央民族工作會議上提出西部大開發這一跨世紀的戰略之後，社會各界積極響應，走進西部，加快西部地區的發展，為加強民族團結、維護祖國統一和社會穩定獻計獻策，也為少數民族新聞傳播學的研究，提供了前所未有的機遇。由邱沛篁主持的社科基金項目「西部大開發與西部報業發展研究」立項及其最終成果的問世，就是這一形勢下的一大收穫。

《發展研究》共 24 章，分上中下三篇。上篇（1～7 章）剖析了在西部大開發背景下，西部一些省、市、自治區報業經濟發展的歷史過程、現狀、成功

經驗和教訓，提供了這些地區進一步發展報業和報業經濟的新思路及新建議；中篇（8～11章）系統論述了西部不同類型報紙如黨報、都市報、民族報和教育報在西部大開發背景下的改革歷程和報業經濟發展概況，提出了西部各種不同類型報紙改革管理體制和發展報業經濟的新途徑；下篇（12～24章）從各個角度包括報紙宣傳與報業經濟、報紙經濟專刊與市場對接、報業經濟發展與商業報導、報業經濟與旅遊報導、報業經濟與報業副刊等，剖析了西部經濟發展中的一系列重大問題。並對西部報業廣告、報紙發行、報業多種經營、網絡、媒體經營、報業物資管理以及報業體制改革、人才資源整合等進行了全方位的深入探討，最後對西部報業發展的經驗及其趨勢進行了總結。這部著作較為詳細地闡述了西部大開發背景下西部報業經濟不斷發展的現狀，探索報業經濟發展中存在的若干問題，找到解決問題、謀求報業經濟更快發展的新思路和新途徑，進一步促進西部報業乃至全國報業經濟的健康發展。

這部著作拿出三章的篇幅專門研究民族地區報業經濟的發展。三章的篇幅雖然與5個自治區、30個自治州、120個自治縣、1173個民族鄉相比略顯不足，但是該書作者們已經意識到「西部大開發戰略在一定程度上也就是民族地區大開發」。〔註6〕這三章分別為該書的第四章《西部大開發與寧夏報業經濟》、第七章《西部大開發與新疆報業經濟》和第十章《西部大開發與民族報業發展》。這些專章中的真知灼見，為我國少數民族新聞傳播學的研究注入了新的活力。

此外，我還想評介三部紀念性文集。紀念性文集大多是各新聞媒體逢五逢十，舉行週年慶祝和紀念性活動前後，有關人員撰寫的回憶其發展歷史、取得的輝煌成就及其未來發展願景的文章結集出版的著作。這裡擇要重點評介的是《內蒙古日報五十年》、《走向繁榮——西藏人民廣播電臺四十五週年巡禮》、《實踐與思考——中央人民廣播電臺民族廣播55週年文集》。

1.《內蒙古日報五十年》（內蒙古人民出版社1988年出版，32萬字）。

這部書論述了我國最早的少數民族省級黨報《內蒙古日報》半個世紀的發展歷程，總結了辦報的經驗教訓，全書共11章，另有結束語和《內蒙古日報大事記》兩個相對獨立的部分，共計32萬字。這部著作也可歸入個案研究系列。

〔註6〕邱沛篁等主編：《西部大開發與西部報業經濟發展研究》，四川大學出版社2008年版，第189頁。

2.《走向繁榮──西藏人民廣播電臺四十五週年巡禮》（莫樹吉主編，西藏人民出版社 2004 年出版，25 萬字）。

除兩篇序文和後記外，全書分為歷程，情結，廣播名牌節目、欄目、廣電報介紹、成果，大事記（廣播發展過程中具有歷史意義的重大事件）和機構人員一覽，共 6 章。「它以豐富翔實的資料，實事求是的論述，全面展現了西藏人民廣播電臺走過的艱難曲折的道路；再現了西藏廣播事業發展過程中那些大氣磅礴、波瀾壯闊、令人難忘的歷史場景；生動地論述了一代又一代廣播人為西藏廣播事業所創造的輝煌業績，探索和總結出了在西藏如何辦廣播、怎樣辦好廣播的成功經驗，總結出以老西藏、老廣播艱苦奮鬥、求真務實、敬業奉獻的優良作風和聚精會神辦廣播、全心全意為人民服務的光輝傳統；描繪了新世紀、新階段西藏廣播跨越式發展的藍圖；提出了在較短的時間走進西部 12 個省（市）省區級電臺強臺之列的目標。」〔註7〕編撰者以「走向輝煌」為題，目的是展現西藏廣播人艱苦創業，無私奉獻的精神和發揚西藏精神和老廣播的優良傳統，大力推進廣播事業的創新。這部著作集歷史性、資料性、可讀性為一體，既有歷史的縱深感又有時代感。我想，對於繼承和發揚前人的成就經驗和優良傳統，開創西藏廣播更加輝煌的明天，一定會產生積極的影響。

3.《實踐與思考──中央人民廣播電臺民族廣播 55 週年文集》（張小平、蕭玉林主編，中國國際廣播出版社 2005 年出版，30 萬字）。

這部著作除張小平寫的代序──《傾聽〈民族之聲〉》外，還包括新聞宣傳篇（36 篇）、翻譯篇（9 篇）、播音主持篇（9 篇）、採訪製作篇（13 篇）等共 81 篇文章。這些文章由中央臺民族廣播中心各歷史時期工作的漢族和少數民族同胞撰寫的。目前民族廣播中心有蒙古、藏、維吾爾、哈薩克、朝鮮、漢、滿、回、彝、土家、畬、俄羅斯等 12 個民族的 110 名新聞工作者。他們經營著中央臺第 8 套節目《民族之聲》，55 年來向國內外約計 1 億人以上，以 5 種少數民族語言（蒙古、藏、維吾爾、哈薩克、朝鮮）每天播放中國各民族前進的腳步和中國的發展與進步的旋律。它是一部展示中央人民廣播電臺少數民族的編輯、記者、播音員、主持人對《民族之聲》的感悟和解讀，也是中央臺各民族廣播工作者獻給民族廣播創建 55 週年的一份厚禮。書中多篇文章追憶了作者進入中央臺工作的前前後後，以細膩的文筆和樸實無華的語言記述了

〔註 7〕明瑪才仁：《序言》，載《走向繁榮──西藏人民廣播電臺四十五週年巡禮》，西藏人民出版社 2004 年版。

自己離開故鄉，走出草原、走出深山時父老鄉親的囑託和那些難忘的情景，讀來令人感動，催人淚下。還有幾篇文章記錄了作者從學生時代起萌發的濃濃的廣播情結，以及來到中央臺後的奮鬥與成就。〔註8〕

文章還真實記錄民族廣播的發展歷程和業務實踐感受。節目定位、選題策劃、編輯守則、採訪甘苦、翻譯春秋、播音製作、主持心路等等，在文集中都有生動地闡述，展現了中央臺幾代民族廣播工作者艱苦創業、不斷探索、與時俱進的軌跡，具有重要的史料價值、認識價值和實用價值。

書中作者認真思考了民族廣播的過去、現在與未來。他們運用科學發展觀和建立和諧社會的思想，提出了 21 世紀民族廣播的發展思路，「凝聚力、影響力、感染力」的內涵、「西新工程」對民族廣播的拉動、「以人為本」觀念在民族廣播中的運用、加強漢語民族廣播、廣播節目形態的優化、創新欄目的探索、節目水平的提升、新概念術語的把握，以及競爭、創優素質、職業道德、隊伍建設等民族廣播諸多方面的見解，許多觀點具有可行性和超前性，展現了各民族廣播工作者的智慧和膽識。作者在這一理性的思考與昇華，預示著中央臺民族廣播的未來，必將有更大的發展和進步。

（四）傳播學著作

追隨時代的腳步，少數民族傳播學的研究在新世紀到來之際開始起步，其成果簡介如下：

1.《傳播與民族發展——雲南少數民族地區與社會發展關係研究》（張宇丹主編，新華出版社 2000 年出版，30 萬字）。

《傳播與民族發展》除前言與後記外，包括總報告一個，即信息傳播與少數民族地區發展關係研究綜述；分報告 5 個，分別是關於少數民族地區信息傳播的研究方法、雲南少數民族信息化評價、雲南少數民族地區大眾傳播中問題剖析、雲南少數民族地區信息內容分析，雲南少數民族地區受眾分析；個案研究 2 個，分別是雲南少數民族地區的電視廣播和獨龍江獨龍族信息傳播調研；對策建議 3 個，分別是實施信息扶貧工程與建構農村信息網絡、在雲南少數民族地區開展媒介教育、在民族地區信息傳播工作的諮詢報告。在總報告、分報告、個案研究、對策建議和諮詢報告前後均有調查日誌，這 13 篇日誌具體記錄了課題組的師生在調研中的生動細節。

〔註8〕張小平：《傾聽〈民族之聲〉——代序》，載《實踐與思考——中央人民廣播電臺民族廣播 55 週年文集》，中國國際廣播出版社 2005 年版。

《傳播與民族發展》的問世有重要意義。首先，它是在雲南省開展大規模傳播學應用研究的首次嘗試。在調研中，從問卷設計、抽樣，到數據處理、綜合分析以及引出結論，始終是按照傳播學的理論和方法進行的，每一步都盡可能做到規範化，謹慎從事。因此所獲得的材料真實、全面，所提出的問題准確深刻，所做出的分析與結論客觀、合理。其次，有益於傳播學的本土化。中國傳播學的學科建設要前進，必須踏踏實實的立足於本國實際，開展大量的實證性研究，一方面積累豐富的資料，另一方面在這個過程中借鑒前人成果，探索有自己特色的原創性理論和方法，同時培養優秀的研究和實踐性人才。這次調研，為我國傳播學研究開拓了一條理論與實踐相結合的新路。

2.《中國西北地區少數民族大眾傳播與民族文化》（益西拉姆著，蘭州大學出版社 2002 年出版，21.6 萬字，以下簡稱《傳播與文化》）。

《傳播與文化》係國家哲學社會科學基金資助項目的最終成果，共九章，介紹了西北地區少數民族大眾傳播的歷史淵源、發展進程、傳播特點、社會功能及目前存在的問題和解決方法與途徑；西北地區少數民族文化的基本形態、文化特點與民族文化的變遷轉型；大眾傳播與民族文化的關係及發展。該書並沒有單一的從歷史的角度審視西北地區少數民族新聞事業的發展，而是將大眾傳播媒介與民族文化這兩個方面一併加入議題的設置，大大拓寬了視野，呈現出多學科交叉融合的態勢。這裡既包含了新聞學、傳播學的內容，同時也涉及社會學、民俗學的範疇。多學科的視角，呈現一定的創新精神和顯著的學術價值；表現了作者紮實的知識積累、駕取龐大體系的能力。

這部著作，成功地運用問卷調查和實地考察的方法，以及生動的個案分析，使其結論更科學，更可靠。其中關於民族文化變遷和轉型的論述給讀者印象最為深刻，在全球化的浪潮和信息傳播更方便快捷的前提下，任何一種文化形態都會面臨其他文化的撞擊和共鳴，甚至是侵蝕和霸佔。西北地區的民族文化正是面臨著漢文化的衝擊，而且已經在經歷著文化的壇變，尤其在標誌文化上，作者以「水乳交融的共生形態」來概括這種變遷與轉型，其觀點比較新穎和獨到。

這部書使讀者對西北地區大眾傳播，尤其是少數民族文種、語種傳媒的傳播特點有了更為清晰的認識；而且作者將大眾傳播與民族文化相互關聯的範疇結合在一處，尋求兩者之間相互促進的規律的深刻分析，對讀者的啟發頗深。正如作者所說，通過這些理論的探索和創新，使具有信息優勢和技術優勢

的大眾傳播能夠成為西北地區民族文化發展的有效手段，在促進西北地區的物質文明和精神文明建設的歷史過程中發揮積極作用。

3.《新聞傳播與少數民族受眾——現代傳播行為與邊疆少數民族傳統文化觀念的衝突與調適》（阿斯買·尼牙孜著，新疆大學出版社 2006 年出版，20 萬字，以下簡稱《傳播與受眾》）。

《傳播與受眾》係國家社科基金項目，除前言和參考文獻外，還包括四部分：第一部分總報告（含課題研究方法、新疆信息化進程評價、新疆不同經濟地區受眾群體狀況差異分析等）；第二部分新疆少數民族受眾分析［含新疆維吾爾文黨報的現狀分析、《新疆日報》與《新疆經濟報》（維吾爾文版）讀者調查對少數民族期刊業現狀的調查與思考，新疆少數民族觀眾現狀調查的分析、維吾爾語節目內容分析、新疆少數民族語言廣播的發展歷程、大眾傳媒對新疆少數民族女性的影響、新疆少數民族地區人際傳播特點分析等］；第三部分新疆部分民族受眾調查報告（含維吾爾族受眾調查分析、哈薩克族受眾調查分析與傳媒引導、新疆蒙古族受眾調查及分析等）；第四部分新疆少數民族傳媒現狀調查（含部分少數民族語言文字新聞媒體現狀分析、新疆人民廣播電臺和部分地方轉播臺的現狀調查報告、新疆部分貧困縣廣播電視事業調查等）等。這是首次對新疆這個多元文化地區的新聞傳播系統和傳授雙方之間的雙向信息化進行科學分析，研究影響少數民族地區新聞傳播效果的諸因素，在強調傳播學「本土化」的意義上總結多民族地區的特殊傳播規律。這一課題兼有民族學、統計學、社會學等多學科、跨學科的研究，並採用抽樣調查和綜合分析的方法，從問卷設計、抽樣方法到數據處理，綜合分析以及結論的最後論斷，課題組十分重視材料的真實性和全面性，分析論證過程的科學性和嚴謹性，確保結論的客觀、科學、真實，體現了傳播學研究的學科特點和理論色彩。

本書作者即課題組的負責人阿斯買·尼牙孜。她係新疆大學新聞與傳播學院教授、碩士生導師，維吾爾族。她能用維吾爾、柯爾克孜、俄語和漢語寫作，與人交流。曾赴白俄羅斯留學，獲博士學位。她主持的課題有國家社科基金項目《現代傳播行為與邊疆少數民族傳播文化觀念的衝突與調適》和《哈薩克、柯爾克孜和錫伯族報刊史研究》等、橫向項目《少數民族受眾調查研究》、校級項目《新聞傳播形式與方法對輿論形式的影響》等；公開出版專著、教材有《少數民族聽眾與廣播》、《中國新聞事業簡史》（編譯教材），在國內外發表論文 30 餘篇。她是一位年輕有為的少數民族學者。

（五）工具書

新世紀到來後，少數民族新聞學研究又有新發展，工具書的出版就是一個新領域。

1.《藏學報刊匯志》（徐麗華編著，中國藏學出版社 2003 年出版，29.5 萬字，下簡稱《匯志》）。

《匯志》收入藏學報刊 700 餘種，其中 1949 年以前的報刊 105 種；1949 年以後的 600 餘種。內容按西藏、青海、甘肅、四川、雲南、北京、其他（國外）排列。每種報刊名稱在前，按主辦單位（主辦人）、文種、開本規格、刊期、辦刊宗旨、主要欄目和社址介紹。對部分報刊的歷史變遷、特點、重要文章等進行了較深入地考證和論述。以創刊時間和音序兩種方法檢索。附錄部分報刊書影，十分珍貴。

《匯志》的出版，為藏學研究工作者提供了資料和線索，彌補了《全國中文期刊聯合目錄》、《中國新聞事業編年史》及一些藏學工具書之不足。

編撰者徐麗華，藏族。現任中央民族大學圖書館副館長。長期與古舊書打交道，對書和圖書館產生了難捨難分的眷戀之情。《匯志》是他工作的積累，也是他工作之餘的研究成果。

2.《中國少數民族新聞工作者生平檢索》（白潤生主編，貴州民族出版社 2007 年出版，27 萬字，以下簡稱《生平檢索》）。

《生平檢索》搜集、整理、編寫了 26 個少數民族新聞工作者共 525 人。收入該書的都是在我國新聞史上做出過重要貢獻的新聞工作者。其中，包括我國歷史上第一位少數民族女報人，本民族歷史上第一名高級編輯、高級記者、第一位獲國家級大獎的新聞工作者等等。

通過對少數民族新聞傳播研究的歷史和現狀，尤其對近 10 年來的科研成果的簡要評介，我們基本理清了少數民族新聞傳播研究的脈絡，對其成就與問題有了基本的認識。

三

總結近 10 餘年的研究成果，對於當前少數民族新聞傳播學研究特點，可以作個簡要的歸納。

（一）少數民族新聞傳播學研究成果，不僅數量有明顯增加，而且研究水平大大提升。

首先，研究領域擴大了。從最初只是報刊史的研究，逐步擴展到廣播史、電視史、新聞教育與研究、隊伍建設等諸多方面；特別是少數民族新聞業務研究、少數民族傳播學的研究也有所突破。

其次，研究層次提高了。過去大多是自選項目，而如今大多是省級項目，校際合作項目，進入 21 世紀，有不少少數民族新聞傳播學的研究課題，還列為國家社科基金項目。這些課題的結項和研究，成果的出版，都從不同側面填補了少數民族新聞傳播學研究的空白。

第三，在研究方法上，這一時期少數民族新聞傳播學的研究更加注重實證調查。尤其是傳播學的研究，往往是深入到少數民族地區，從現實生活發現問題。通過數據分析，從理論上回答現實中的問題，使研究成果更具現實意義。

總之，大家已認識到在信息時代、在知識社會，少數民族新聞傳播學的研究一定要把中國的少數民族新聞傳播事業推向進步，使之更好地為中華民族的偉大復興，為少數民族地區的物質文明和精神文明，少數民族人民的福祉發揮更重要的作用。

（二）西部大開發戰略的實施，為少數民族新聞傳播學研究提供了歷史性機遇。少數民族新聞傳播研究，由於研究領域的擴大、研究成果的增多、傳播學研究方法的介入，使少數民族新聞傳播研究隊伍不斷擴大。

從以上評介的十幾部著作來看，有相當一部分著作是多民族集體合作的成果。這些作者大多是來自民族地區、民族院校的師生和民族地區研究機構的成員，還有少數民族新聞傳媒中的新聞人，他們當然是少數民族新聞傳播學研究的主力。

但是也有一部分作者並非來自民族地區、民族院校、少數民族新聞媒體，而是被「西部大開發」戰略部署召喚，深入到老少邊窮地區、總結其新聞媒體的成功經驗。社科基金項目《西部大開發與西部報業經濟發展研究》的四位主編邱沛篁、余長久、唐小強、唐嗣田，他們既不是民族地區民族院校的教授，也不是少數民族新聞傳媒中的新聞人。參加編寫這部著作的約有 40 多人，除極少數來自民族院校、少數民族新聞媒體外，絕大多數此前並沒有進行過少數民族新聞傳播學的研究。但他們的科研成果被列入了少數民族新聞傳播學的行列。他們也是少數民族新聞傳播研究的一支重要力量。

據估計，少數民族新聞傳播研究隊伍已過百人。其中，既有經驗豐富的老兵，也有朝氣蓬勃的新人。依靠這支隊伍，少數民族新聞傳播學研究就會不斷

有新發展。正如丁淦林教授所說，這支隊伍稱得上是「一支有發展前途的新軍」，他們「正朝著建設成熟的獨立學科的目標前進！」〔註9〕

（三）少數民族新聞傳播學，作為一個新興的獨立學科，與其他學科相比，還有很多的路要走。

首先，要提高認識。要明確少數民族新聞傳播學的學術地位和在構建社會主義和諧社會中的重要意義。中國少數民族新聞傳播學兼有民族學、新聞學、傳播學、文化學的特質，是多學科交叉的邊緣學科。其興起和發展改變了過去只研究以漢語文為載體的新聞傳媒的單一格局，完善和發展了我國的新聞學和傳播學。這一學科的創立發展拓寬了研究領域，是研究少數民族地區建設中國特色的社會主義新聞傳播事業基礎理論和實踐的重要學科。少數民族新聞傳播學研究主要對象，具體來說，應該包括民族新聞，以少數民族語文傳播的新聞，民族新聞機構及其業務的活動，以中國少數民族語文傳播的新聞機構及其業務活動，少數民族新聞工作者的隊伍建設和民族新聞傳播的歷史發展。

改革開放以來，我國進入了信息化時代。隨著黨的民族團結和民族區域自治政策的深入貫徹落實，人們更加強調文化的多樣性。少數民族地區，為了促進新聞事業的研究，許多報社紛紛成立研究機構，加強對本地區新聞傳播學的研究。內蒙古自治區新聞研究所在少數民族省（區）中是成立最早的研究機構之一。民族地區，區（省）、州（盟、地）級報社的新聞研究機構是少數民族新聞傳播學研究的一支重要力量。而少數民族新聞教育的發展又催生了一支新聞學和傳播學研究隊伍。據不完全統計，全國近 20 所民族地區高校和民族院校已完成國家科研項目 4 項，省部級課題 10 餘項。

民族地區科研機構、民族地區高等院校和民族院校固然是一支重要的研究少數民族新聞傳播學的隊伍，但是並不是唯一的。我們需要更多的人關注中國少數民族新聞事業的發展和參與少數民族新聞傳播學的學科建設，為完善和發展這一學科做出貢獻。

其次，要提高研究少數民族新聞傳播事業的敏感性和積極性。少數民族新聞傳播學的探索空間還是十分廣泛的，還有很多未開墾的處女地，還需要深入探討，不斷鑽研。

〔註9〕丁淦林：《中國少數民族新聞傳播史·序》，載《中國少數民族新聞傳播史》，民族出版社 2008 年版。

......

......我還要重申：研究少數民族新聞傳播學不僅僅是民族地區民族院校，民族地區研究機構的任務。在中國人民大學舉辦中國少數民族地區信息傳播與社會發展論壇，恰恰說明了這一點。少數民族新聞傳播研究空間十分廣闊，那種研究的「差不多了」或「沒有什麼可研究的想法」以及「不是我研究的領域」，而不去關注少數民族新聞傳播事業發展和研究的想法應當糾正，每個研究人員都應該提高責任心，樹立使命感。為少數民族新聞傳播事業的繁榮，為少數民族新聞傳播的發展做出應有貢獻。

第三，我還要指出，有少數同志存有畏難情緒，他們怕犯錯誤。有人說民族、宗教問題都是敏感問題，不敢觸及這方面問題，怕違反民族政策、宗教政策。又怕研究成果沒有地方發表，因為有些報社、期刊社、出版社的負責人怕因一篇文章的發表，一部書的出版丟了烏紗帽，很不值得。的確，研究少數民族新聞傳播學需要較高的政策水平和理論水平，尤其是要認真學習民族理論、民族政策，並要有民族學、民俗學等方面的知識，但這並不意味著少數民族新聞傳播研究是個禁區。我認為，研究無禁區，可是要做出研究結論，特別是出版發表的時候，要全面、慎重、嚴謹，反對片面、極端、草率，真正使研究成果有益於學術，也有益於國家和社會。

2009.12.15 急就於北京，2009.12.17 修改

（原載鄭保衛主編：《新聞教學與學術研究》2010 年刊，

經濟日報出版社 2011 年版）